班牙）卡米洛·何塞·塞拉 著

明 译

为亡灵弹奏玛祖卡

Camilo
José
Cela

漓江出版社

桂图登字：20-2014-115

图书在版编目(CIP)数据
为亡灵弹奏玛祖卡 /（西）卡米洛·何塞·塞拉著；李德明译. —桂林：漓江出版社，2015.6（2019.2重印）
ISBN 978-7-5407-7516-2
Ⅰ.①为… Ⅱ.①塞… ②李… Ⅲ.①长篇小说-西班牙-现代 Ⅳ.①I551.45
中国版本图书馆 CIP 数据核字（2015）第074472号

为亡灵弹奏玛祖卡
WEI WANGLING TANZOU MAZUKA

作　　者：[西] 卡米洛·何塞·塞拉
译　　者：李德明

出 版 人：刘迪才
策划编辑：陆　源
责任编辑：陆　源
助理编辑：孙静静　林培秋
装帧设计：周伟伟
责任监印：黄菲菲

出版发行：漓江出版社有限公司
社　　址：广西桂林市南环路22号
邮　　编：541002
发行电话：0773-2583322　010-85893190
传　　真：0773-2582200　010-85890870-814
邮购热线：0773-2583322
电子信箱：ljcbs@163.com
网　　址：http://www.lijiangbook.com
印　　制：三河市腾飞印务有限公司
开　　本：890 mm × 1240 mm　1/32
印　　张：9.25　　字　　数：250千字
版　　次：2015年6月第1版　　印　　次：2019年2月第2次印刷
书　　号：ISBN 978-7-5407-7516-2　　定　　价：38.80元

Camilo José Cela

Mazurca para dos muertos

西班牙新小说的先驱

——“塞拉作品系列”前言

林一安

1942年,在西班牙内战后岑寂而压抑的文坛上,出现了一部篇幅不大、标题也不醒目的中篇小说:《帕斯库亚尔·杜阿尔特一家》。但是,人们在阅读之后,却不禁为作者的胆量暗暗吃惊。

小说以回忆录的形式写出,前后还加了重抄者(即发现和整理这部回忆录手稿的人)的说明,以期造成“真实效果”;其实,故事并不复杂:回忆录的作者即小说主人公帕斯库亚尔·杜阿尔特是西班牙一个乡村小镇的青年,他善良、淳朴,对未来满怀憧憬。但不幸的是,他的家是一个贫困、愚昧、落后的家庭。父亲年轻时是个走私犯,被判过刑,坐过牢,出狱后,意志消沉,终日狂喝滥饮,任意打骂妻儿,借以发泄。家人对他十分厌恶,但慑于他的淫威,敢怒而不敢言。一天,他狂犬病发作,家人积聚在心头的怨恨终于有了宣泄的机会:他们用暴力将他关进壁橱,把他活活折磨死了。母亲是个目不识丁的村妇,既愚昧无知,生性又剽悍粗野。面对丈夫的凌辱,她毫不示弱,总是以牙还牙,棍棒相迎。她对子女冷酷无情,从未施过母爱。她的小儿子智能低下,肢体残缺,是她与人私通的产物。当她的情夫狠踢这个小可怜虫时,她竟放声大笑,毫无怜悯之心。帕斯库亚尔从小也受到父母的虐待,享受不到人间的温暖。他一生坎坷,命运多舛:好不容易结婚成家,可外出度蜜月时,他和妻子同骑的一头母马受了惊,导致婚前受孕的妻子小产。帕斯库亚尔在盛怒之下用刀捅死了母马。后来,他的妹妹和妻子遭到流氓埃斯蒂劳侮辱,他气愤已极,便与之决斗,将他活活踩死。帕斯库亚尔于是被判处二十八年徒刑。服刑期间,他表现良好,满心希望重新做人,后被减刑为三年,期满释放。谁知出狱后,他因不堪忍受恶毒的母亲的骚扰,终于用柴刀将这个给家人带来许多不幸和屈辱的泼妇杀死,从而受到法律的严厉制裁,被处以绞刑。

这部小说的作者就是1989年的诺贝尔文学奖得主、西班牙著名作家卡米洛·何塞·塞拉。当时,他年仅26岁,只发表过一本诗集,题名为《踏着白日犹豫的光芒》(1935),在西班牙文坛可以说是无名小卒。

可是,就是这位小青年的这样一本薄薄的小书,却在西班牙闹出了一场轩然大波!文学界反响巨大,一时间好评如潮,一致认为此书一扫内战后西班牙文坛沉闷而萧条的空气。西班牙著名文学评论家贡萨洛·索贝哈诺认为:"《帕斯库亚尔·杜阿尔特一家》的问世,一举证明了西班牙小说界蕴藏着巨大的新的活力,为复苏和重建西班牙现代小说奠下了第一块基石,同时也从根本上扭转了40年代西班牙读书界只注重外国翻译小说的兴趣。"①而且,塞拉在这部中篇里表现的自然主义倾向,还被一些文学评论家称为"可怕主义"或"可怕现实主义"。这是因为,小说中除了有大量令人毛骨悚然的残忍行为描写之外,还有意扭曲人物的形象,有时甚至把人的行为和动物的行为等同起来,造成一种厌恶感,从而深化读者对这种行为的厌恶,进而憎恨形成这类行为的社会诱因。有的评论家指出,就美学意义和叙事艺术而言,《帕斯库亚尔·杜阿尔特

① 贡萨洛·索贝哈诺:《当代西班牙小说》(1975),第33页。

一家》一书也是对传统的有力挑战和成功背叛：它彻底变更了读者一味接受、叙述者无所不知、故事情节按部就班地发展、小说结构四平八稳等陈旧程式，为西班牙新小说的拓展开了风气之先。

当时，西班牙法西斯势力已夺取政权，正受到其御用文人的一片歌功颂德、粉饰太平的肉麻吹捧和疯狂鼓噪，塞拉居然创作出这样一部揭露人间黑暗，唤起社会控诉的小说，应该说是难能可贵的。然而，该书也立即遭到官方和教会的强烈指责，后来还被查禁。其实，原因也很简单：这部作品表现了战后西班牙人民的幻灭和绝望，而它要告诉西班牙人民的是，西班牙社会内部沉积着一种愚昧落后的文化，这样的社会只会窒息人性，是造成现实罪恶和冤冤相报的冲突的真正祸根，而毫无人性的法西斯政权连同它那严密控制的书刊检查，更是扼杀人性乃至新生命的绞刑架和刽子手。

事情闹得天翻地覆，人们自然会把好奇的目光转向胆大包天的青年作家身上。人们这才搞清，这个年轻人全名为卡米洛·何塞·塞拉·特鲁洛克（Camilo José Cela Trulock），1916 年 5 月 11 日出生于西班牙西北部加利西亚地区拉科鲁尼亚省帕德隆市伊里亚——弗拉维亚县，父亲是西班牙人，母亲兼有英国和意大利血统。

九岁时，塞拉随全家移居马德里。进入大学后，曾攻读法律、医学、哲学和文学。1936 年，西班牙内战爆发，塞拉中途辍学，离开马德里，参加佛朗哥的军队，当了一名士兵，糊里糊涂地替法西斯卖命。然而，血腥的无意义的杀戮和人性的扭曲强烈地震撼了他，使他醒悟。1939 年内战结束后，他开始反省那场战争，认识战后的现实和人生。塞拉退役回到马德里后，为谋生计，曾当过小公务员、画匠、电影演员、斗牛士，甚至柔道教练。广泛丰富的阅历为塞拉日后的文学创作提供了厚实的素材。

长期内战后的西班牙，满目疮痍，人民生活极端贫困，但在法西斯政权的文人墨客粉饰下(佛朗哥本人就带头写了一本为反革命内战歌功颂德的"小说"),广大民众受到蒙蔽和欺骗,一时不明真相。这时,塞拉毅然推出《帕斯库亚尔·杜阿尔特一家》这样一部血淋淋揭示人性扭曲的作品。应该说,这同时也是作家在思想认识上觉醒的一个飞跃。作家深刻地告诉读者,原来秉性善良的人之所以沦为冷酷、凶残的杀人犯,走上绞刑架,乃是恶浊的社会环境使然。这才是灭绝天良的真正祸首元凶!

这部小说当然也有不少缺陷,例如,作品中的一些自然主义或"可怕现实主义"的描写,虽然在一定程度上深化了读者对西班牙社会现实的憎恨,从而激起一股颇有影响的社会抗议浪潮,但同时也造成了读者沉重的心理负担和消极的反感情绪。另一方面,作品中有不少情节描写、人物的心理刻画乃至形象塑造都没能充分展开,因而显得简单、稚嫩甚至牵强,比起 40 年代即被国际文坛"重新确认"的一些拉丁美洲小说来,如阿根廷作家博尔赫斯的《交叉小径的花园》、危地马拉作家阿斯图里亚斯的《总统先生》和《玉米人》、古巴作家卡彭铁尔的《人间王国》,似乎就稍逊一筹了。

然而,如果考虑到塞拉当时所处的艰难的社会环境以及他对西班牙战后小说所起的作用和影响,那么,认为他的这部中篇"开创了西班牙小说的新阶段"①,应该说不失为一种公允的评价。

1951 年,塞拉花了五年时间写成的重要长篇小说《蜂房》在布宜诺斯艾利斯出版,不仅受到西班牙读者的广泛欢迎,而且还引起了最为苛刻的文学评论家的注意。

小说共分六章和一个尾声,描写的是西班牙内战结束后不久而世界大战正在进行时的马德里下层社会。故事发生在 1942 年

---

① 马里亚诺安托林·拉托:《圣卡米洛:文学巨星》,西班牙《变革 16》杂志,1989 年 10 月 30 日,第 8 页。

12 月短短的三天里：青年诗人马丁失了业，生活无着，终日放荡不羁，无所事事，出入饭馆酒肆，打发日子。有一天，他在罗莎开的小咖啡馆里吃了东西而付不出钱，被老板娘当众逐出门外。小说以此为线索，围绕着活动在小咖啡馆周围的三百余名各色人物展开，其中有工人、职员、医生、警察、小贩、妓女、流氓、跑堂的、放债的、巡夜的、擦皮鞋的……三教九流，纷繁复杂。小说最后以妓女马戈特被人在厕所里勒死，警察准备传讯马丁作为结束。

小说不仅隐喻这家咖啡馆活像一个营营不息地骚动着的蜂房，战后西班牙普通百姓整日为生活忙碌奔波，仿佛一只只疲于奔命的蜜蜂，饱受贫困、饥饿、绝望、空虚等肉体上和精神上的巨大痛苦，而且还通过描写这些芸芸众生之间只知金钱和情欲而不知其他的冷漠关系，刻画出他们孤独、隔阂的心态，暗示他们好像被禁锢在一个个六角形的蜡巢里，坐以待毙。

西班牙著名文学评论家安赫尔·巴桑塔认为，除了深刻的社会意义外，《蜂房》一书在写作技巧上“也不愧为西班牙小说中最为杰出的作品”，“开创了西班牙小说的新时代”。①

综观全书，这部小说在艺术手法上有四大特点。一是客观主义的描写。塞拉本人承认，“我的这本小说……是按照生活的本来面貌，准确地一步一步地加以描写的。”②因此，无论叙事写入，还是状物绘景，都由一个叙述者客观地、不加议论地从客观的角度进行客观的镜头摄取或笔头记录，然后加以播发或报道。可以看出，作家做出了巨大的努力，希图完善他在《帕斯库亚尔·杜阿尔特一家》中尚嫌稚嫩的笔锋。促成艺术上更为完善的“真实效应”。然而，笔者认为，书中对于众多人物的介绍，仍然存在着某些电影说

---

① 安·巴桑塔：《西班牙小说四十年》(1979)，第 12 页。

② 塞拉：《蜂房》，中文版，青海人民出版社，1986。

明书或履历表式描写的痕迹，作家似乎没有完全摆脱过去那种"简单"的窠臼。

二是"摄影机眼"的引进。"摄影机眼"是美国著名作家约翰·多斯·帕索斯首先倡导运用的。他在他的许多作品里，特别是在1925年发表的长篇小说《曼哈顿中转站》中采用了这种写作手法。根据这种技法，作家仿佛长了一双电影摄影机一般的眼睛，对他笔下的人物，可以运用全景、远景、近景、特写、融入、切入、闪回等多种影视手段来加以刻画描绘，因而灵活生动，效果真实。许多文学评论家认为，塞拉显然深受多斯·帕索斯的影响，在《蜂房》中成功地运用了这一技法。

三是集体主角的巧妙运用。全书合中文仅20万字，但出场人物却有346位之多。这些人物基本上可以说只有上场先后之别，而无主次之分。巴桑塔认为，这些众多的人物都极其重要，都可胜任主角，因而可称为"集体主角"。这是塞拉十分大胆的、在西班牙战后文坛不失为一种独创的尝试。如果没有驾驭文字、封画人物的深厚功力和准确把握，作家是绝不会贸然行事的。在塞拉笔下，这浩浩荡荡的各色人物性格各异，形象鲜明，血肉丰满。有的人物，作家虽没有用浓墨重彩，但寥寥数笔，便活脱脱勾勒出一个完整的形象来。

四是时空的转换和压缩。全书的情节并不一一按时间和场景的顺序排列，作家往往采用倒叙、跳叙以及同步、并置等一系列新颖的时空描写手段处理，因而增加了作品的艺术效果，同时也增强了读者的参与意识。

《蜂房》显然又是一部对社会的控诉书，因此未出版就遭到当局查禁，不得不在阿根廷出版。直到1962年，才获准在西班牙本土发行。然而作家却因此声名大振，进一步奠定了他在西班牙文学界的重要地位。1982年，此书由西班牙著名电影导演卡穆斯搬上银幕，作家重操旧业，在影片中也扮演了一个角色，塞拉于是举国闻名。

1983 年 9 月，塞拉另一部成功的长篇小说《为亡灵弹奏玛祖卡》问世，作家由于这部作品而获得 1984 年设立的西班牙全国文学奖。塞拉通过西班牙内战期间一桩谋杀案及其复仇事件的描写，生动地反映了加利西亚山区居民的生活及其政治倾向。作家巧妙地运用了加利西亚方言，把西班牙西北部这一地区的民俗风情描摹得淋漓尽致，充溢着浓郁的地方色彩。

故事围绕着加利西亚一偏远山区的两大家族派系展开。古欣德家族世代居住此地，因血缘相近，后代长相古怪：两排稀松的牙齿配上一张长长的马脸。但他们彼此和睦团结，友善相处，其中大多数人以种田、打猎、捕鱼为生。另一些居民是从外省迁来的卡罗波人，他们长相也很特别：额头上都有一块猪皮样的印记，犹如工厂产品的商标或者坏人标签。他们从事的是“坐着干活”的行当，如修鞋匠、裁缝、药材店伙计等等。

内战烽烟四起，波及加利西亚。原来就有宿怨的古欣德人和卡罗波人关系日趋紧张。卡罗波人法比安·明盖拉认为铲除对头的机会来了。他的死敌是古欣德人巴尔多梅罗。这小伙子胆识过人，勇猛异常。最令人惊异的是他前额上生有一块会变色的星形斑痕，有时它会发出红色光芒，有时变成晶莹透明的黄玉，有时仿佛玲珑剔透的翡翠，有时又宛若洁白无瑕的钻石……由于巴尔多梅罗的孔武英勇和神奇色彩，他在当地享有极高的威望。法比安对他又恨又怕，必欲置之于死地而后快。

一个阴云密布的夜晚，法比安纠集一帮歹徒，将巴尔多梅罗父子抓获，残害致死。消息传到在帕罗恰妓院拉手风琴谋生的盲乐师高登西奥耳里，他第一次弹奏起玛祖卡舞曲，为姐夫和外甥哀悼。三年后，古欣德人举行家族会议，决定由巴尔多梅罗的二弟塔尼斯执行报仇决定。塔尼斯武艺高强,皮肤长得跟钢铁一般坚硬。他接受命令后便伺机行事。一天,他带上两条训练有素的大狼狗,找到了正在河边喝水的法比安。狼犬猛扑上去,咬住要害,法比安一命归阴。高登西奥获悉后,第二次奏起了玛祖卡舞曲,乐声通宵达旦。

这部长篇小说,是塞拉文学创作"革新意识"相当全面的展示。西班牙著名文学评论家鲍尔·伊列在论述塞拉的文学创作时概括道:"塞拉多产,但不重复自己;他多变,但每变均有开创。"[①]这段话,同样适用于《为亡灵弹奏玛祖卡》。

这部小说并不分章,为保持故事的连贯和完整,从头到尾,一气呵成,只是最后附了一份法医解剖法比安尸体的验尸报告。西班牙文学评论界普遍认为,这部小说是塞拉晚年文学创作的一个高峰,可以列为西班牙当代小说的经典作品。

确实,这部别具一格的小说具有更为深邃的思想内涵。作家向读者展示的绝不仅仅是血肉模糊的尸体,凶狠野蛮的残忍行为,报仇雪恨的杀戮场面,从而造成人们胆战心惊的"可怕主义"感觉;作家也绝不是企图借助一些肆无忌惮的打情骂俏,粗俗村野的情爱镜头,激起人们的感官冲动。我们从作品中可以明显地体味到,作家强烈地谴责这种迷信、粗野而毫无理智的鲁莽行为。他所探讨的乃是人类的前途。他力图揭示在封闭、愚昧、落后、与世隔绝的社会环境里,在内战狼烟蔓延的阴影下,西班牙民众的生存状态。作家认为,西班牙人犹如一头伤痕斑斑的、被猎叉紧紧卡住脖子的野兽在进行绝望的挣扎。这无疑又是一幅触目惊心的悲惨图景!塞拉对内战所引起的西班牙民众人性的扭曲感到深切的忧虑,对西班牙的前途满怀憧憬而又惴惴不安,他公开谴责佛朗哥的

---

① 西班牙《国家报》,1989年11月3日。

行政机构，骂它是“蛀虫”、“猛于山间野兽”……我们不难看到，在塞拉的胸膛内，跳动着一颗祝福西班牙、祝福人类的善良心灵。

在写作技巧上，塞拉除了保持他原有的风格和特色之外，还作了许多新的尝试和探索。

在人物的刻画上，他适当地运用了盛行于拉丁美洲的魔幻现实主义手法，给作品蒙上了一层神奇色彩，例如写卡罗波人额头上长有一块猪皮样的印记，古欣德人巴尔多梅罗额头上生有一块会突出各种鲜艳色彩的星形斑痕……这完全改变了塞拉在他过去的小说中常用的客观描摹的手法，而多少糅进了作家的主观色彩，因为对卡罗波人流露出厌恶的情绪，而对巴尔多梅罗则倾注了钦佩和同情，这是显而易见的。

在《为亡灵弹奏玛祖卡》中，象征主义手法运用得比较成功的当首推贯穿全书始终的关于雨的描写。那是一种牛毛细雨，它连绵不断，无始无终，下得人们失去了耐心，甚至失去了脾性，使得人无可奈何，逆来顺受，完全“磨”没了棱角，变得混混沌沌，碌碌无为……作家在这里岂不是向读者暗示，在长期落后、愚昧、封闭的社会禁锢下人性扭曲的缘由？作家在这里岂不是告诫人们，生活在这样恶浊的环境里，不但不能自我拯救，不能自拔，反而会自取灭亡，越陷越深？

积极参与作品中人物的活动，是塞拉小说创作的一大特色。作家在网罗人事、编织情节时，往往亲临其间，成为众多人物中的一个角色。但是，作家的出场，常常是有目的性、选择性的，塞拉显然愿意和他笔下倾注同情的人物往来。这点，在《为亡灵弹奏玛祖卡》中体现得尤为显著。塞拉在这部作品中被人们视为可信赖的人物，所以，巴尔多梅罗的母亲阿德加一有机会便与他对话，吐露心事，倾诉不幸。在以往的小说中，作家用第一人称笔法把自己融入角色的例子，似乎并不少见；然而像塞拉这样在客观的描写中揉进自己的写法，倒还不多见。

总之，这是一部手法细腻、剪裁适当的作品，当然，小说中仍然有些许履历表式的人物介绍和不太必要的性描写，但毕竟瑕不掩瑜，相信读者自会有公允的评价。

塞拉的其他中长篇小说还有：《憩阁疗养院》（1943），《小癞子新传》（1944），《考德威尔太太和儿子谈心》（1953），《圣卡米洛，1936》（1969），《寻找阴暗面的职业，5》（1973）等等。其中值得一提的是《圣卡米洛，1936》。这部小说实际上是对西班牙内战的反思。故事集中于 1936 年 7 月 18 日前后展开。作家运用主人公的长篇内心独白，即故事叙述者面对镜中的我，以第二人称“你”向自己发问，追究谁是挑起这场内战亦即所谓“杀戮”的肇事者。作家得出的结论是：“……所有的人……我们都是内战责任的承担者。”

总之，中长篇小说是塞拉文学创作领域中的强项，其特点就是革新意识强烈，多变而又有所开创。

塞拉还著有《飘过的那几朵云彩》（1945）、《风磨》（1955）、《十一个有关足球的故事》（1963）等多部短篇小说集。这些短篇描述了西班牙战后“饥饿的年代”里首都马德里的小市民生活，除了揭露小市民的庸俗、狭隘、投机和彼此之间的争斗之外，还写出了他们在艰难时仗义相助的热肠；此外，还可以欣赏到塞拉笔下的人物在窘境中开善意玩笑的西班牙式幽默，亦即西班牙人苦中求乐的开朗性格。

通观塞拉的文学创作，可以认为，他的风格是在西班牙古老文学传统中融合了旷达豪放的笔法以及激情和责任。1989 年 10 月 19 日，瑞典文学院在宣布将该年度的诺贝尔文学奖授予塞拉时说，这是“由于他的作品内容丰富、情节生动而富有诗意”，“他以风格多样、语言精炼的散文作品含蓄地描绘了无依无靠的人们”，“他是西班牙战后年代里，在西班牙文学革新方面一位举足轻重的人物”。

消息传开,西班牙举国欢腾。首相冈萨雷斯当晚即致电塞拉祝贺,并决定安排一个星期的时间让人们吹风笛、放烟火、纵情歌舞。然而在国际文坛,却众说纷纭。哥伦比亚作家梅塞德斯·卡兰萨认为:“塞拉不是一个优秀的小说家,他最多不过是西班牙文学长期贫乏和普遍平庸时期的突出代表。”①就连塞拉的同胞、著名诗人拉斐尔·阿尔贝蒂也颇有微词,他不客气地说:“别人更配得奖。”②阿尔贝蒂所谓的别人,是指墨西哥的著名诗人奥克塔维奥·帕斯(阿尔贝蒂果然言中,这位大诗人于1990年获奖了),还有西班牙著名女作家、诗人罗莎·查塞尔。此说确实有一定的道理。因为即使在西班牙语国家即大部分拉丁美洲国家里,塞拉似乎也并非诺贝尔文学奖的有力竞争者。据西班牙语文学界的普遍看法,他的名字要远远排在墨西哥的帕斯和富恩特斯、秘鲁的巴尔加斯·略萨、乌拉圭的奥内蒂、阿根廷的萨瓦托、智利的多诺索等著名作家之后,更不消说在欧洲、美国和巴西(用葡萄牙语),还有一大批咄咄逼人的角逐者,如英国的格林和奈保尔,德国的格拉斯,意大利的莫拉维亚,捷克的昆德拉,美国的阿瑟·米勒和欧茨,巴西的亚马多。

塞拉本人在获知自己得奖后平静而谦逊地说:“我认为,一切把全部生命投入文学事业而毫不计较任何形式的名利的作家都可以享受这一殊荣。这次轮到了我,我感到十分荣幸,但更感到责任重大。”③

确实,无论是作品的数量和质量,还是它的思想深度和艺术技巧,比起国际知名的许多文学大师来,塞拉也许并不是一名强者,

---

① 西班牙《变革16》杂志,1989年10月30日,第23页。

② 西班牙《变革16》杂志,1989年10月30日,第22页。

③ 西班牙《国家报》,1989年10月21日。

但是诺贝尔文学奖常常不是对所有作家的公正裁判,更不是最后的评价,它不过是世界文坛众多文学奖当中一项影响较大的荣誉。即便塞拉没有获得此项殊荣,只要认真考察塞拉的生平和他的文学创作,就应该公允地承认,他毕竟是一位严肃的作家,而且在西班牙,他的确是排名第一位的小说家,并且公认是继塞万提斯之后作品被人们读得最多的一位作家。西班牙文学界赞誉他复苏和重建了西班牙文学,是西班牙新小说的先驱,开辟了一代文风,也并非完全是溢美之词。塞拉本人在获得诺贝尔文学奖之后表示,他决不会改变他的充满激情和责任的创作风格。人们有理由认为,这不仅是一种性格、一种信心,更是一种职责。

……我们的思想干枯而又麻痹，

我们的记忆干枯而又可疑。

——埃德加·爱伦·坡，《尤娜路姆》

细雨连绵,下个不停。雨点懒洋洋地滴落下来,它的耐性是那样大,好像要下一辈子似的。雨点滴落在和天空同样颜色、介于浅绿和浅铅灰两种颜色之间的大地上,远方的山界许久以前就失去了踪影。

"许久以前,是不是说好几个小时?"

"不是几个小时,而是几年。自从拉萨罗·科德沙尔死后,这座山界就消失了。看来,我们的上帝不想让任何人看到它。"

拉萨罗·科德沙尔死在摩洛哥,当时他被派驻在蒂兹—阿萨。据最可靠的消息说,他是被塔弗尔希特部落的一个摩尔人杀害的。拉萨罗·科德沙尔很会搞女人,他也有这种癖好。他长着一头红发,蓝眼睛。拉萨罗·科德沙尔死时很年轻,还不满二十二岁,可是,方圆五六莱瓜①,甚至更远的地方,只有他一个人善于征服女人。那个摩尔人趁他不备时对他下了毒手,摩尔人是趁他在无花果树下搞那种脏事时打死他的,谁都知道无花果树荫下很适宜悄悄地干那种勾当;若是面对面地对拉萨罗·科德沙尔下手,不管是谁,摩尔人呀,阿斯图里亚斯人呀,葡萄牙人呀,莱昂人呀,都对他

---

① 西班牙里程单位,每莱瓜约为 5.5 公里。

奈何不得。自从拉萨罗·科德沙尔被害以后,那座山界就消失了,永远消失了。

雨不紧不慢地下着,好像从拉蒙·诺那托圣神日①,也许在那之前就开始下了,而今天已经是马卡里奥圣神日②了,这是打牌走运,抽彩中奖的日子。已经九个多月了,牛毛细雨一直下个不停,雨点滴落在田野的小草上和我家窗户的玻璃上,细雨连绵,但天气并不冷,我是说不很冷;我如果会拉小提琴的话,一定整个下午整个下午地拉小提琴,可是我不会;我如果会吹口琴的话,一定整个下午整个下午地吹口琴,可是我不会。我只会吹风笛,但风笛不宜在房间里吹。我不会拉小提琴,不会吹口琴,再加上不能在屋子里吹风笛,我每天下午便在床上和贝妮希亚(我在下面将介绍贝妮希亚是何许人也,这个女人有栗子那样的奶头)搞那种脏事,若在首都完全可以去电影院看莉莉·朋斯,这个颇有名气的年轻女高音演员在《梦漫漫》中扮演女主角,这些都是报上说的,可是这儿没有电影院。

公墓里有一眼清泉,它洗刷着死人的遗骨,也洗刷着死人的异常冰冷的肝脏;人们给这眼清泉起了个名字,叫米安盖依罗。麻风病人为了减轻病痛,都到这眼泉水里洗澡。乌鸦栖落在夜间夜莺孤零零地啼鸣的那棵柏树上,啾啾地唱着。现在已经没有麻风病人了,而以前,这种病人很多,他们像猫头鹰那样啼叫,互相通报着,说传教士在寻找他们,为他们驱灾赎罪。

一般地说,每年的约瑟圣神日③一过,青蛙便苏醒过来,呱呱的蛙声告诉人们,春天正迈着艰难的脚步,带着它那不幸的信息姗姗地走来。青蛙是具有魔力,甚至可以说近似神力的小动物。用五

---

① 每年的8月31日。

② 每年的5月10日。

③ 即3月19日。

六只青蛙头同安息香花一起熬制的药液可以提神，治愈情妇的小恙或下身疼痛。青蛙这种动物很难驯化，这是因为快要驯化成功的时候，它们便失去了耐性，一下子撑裂开肚皮。玻利卡波是全国最佳驯蛙师，他不单单驯化青蛙，还有乌鸦、负鼠、狐狸，以及其他动物。玻利卡波什么都驯化，甚至包括野狼和猞猁，当时这后一种动物还是很多的；唯一一种他从未驯化过的是野猪，因为野猪是一种智商不高的动物，既不听管教又没有头脑。这位一只手上缺少三个指头的巴加涅依拉人玻利卡波居住在塞拉·德·坎帕隆小镇上，他常常跑到公路旁观看开往圣地亚哥的公共汽车，车上总是有两三个神父坐着吃干无花果。玻利卡波被马咬了右手，从而失掉了食指、中指和无名指，然而，他用小指和大拇指什么都能干。

“我不能吹风笛，也不能拉手风琴，可是，不会吹不会拉，又有什么可遗憾的？”

在奥伦塞，在帕罗恰的妓院里，有一位盲人手风琴师，他可能已经死了，对，对了，我现在记起来了，他在一九四五年春天，即希特勒死后一个星期就死了，他演奏“哈瓦”曲和进行曲供那些甘当乌龟的人消遣娱乐，我这里说的是当时的情况；他的名字叫高登西奥·贝拉，进过神学院，失明前，我是说快失明的时候，他被神学院赶了出来。

“他手风琴拉得很娴熟吧？”

“当然啰，好极了！他的确是一位真正的艺术家，手法细腻、利落，有感情，深沉，激昂。”

高登西奥在其谋生的妓院里演奏的曲目单十分丰富，但是其中有一支玛祖卡舞曲，即《我亲爱的马利娅娜》，他只拉过两次，一次是在一九三六年十一月“蛮子”被害时，另一次是在一九四〇年莫乔被杀时。除此之外，他再没有拉过。

“再没有拉过，再没有拉过，这事我知道得很清楚，知道得再清楚不过了;那支玛祖卡舞曲颇为悲哀,催人泪下。”

贝妮希亚是高登西奥的外甥女,加莫索九兄弟、巴加涅依拉人玻利卡波和已故的拉萨罗·科德沙尔的远房表妹。在那一带,除了卡罗波一家以外,我们或多或少都有亲缘关系,卡罗波家每个兄弟的额头上都毫无例外地有一块猪皮样的胎记。

细雨轻柔地滴落在阿尔内戈河上,这条河的水流推动着水磨,驱赶着痨病患者,那时马尔蒂尼亚村的疯婆子卡塔利娜·巴茵特赤着身子在埃斯巴拉多山冈上散步,两只奶头湿漉漉的,头发一直披散到腰间。

“快走开,你这个心肠狠毒的娘们儿,十恶不赦,你一定会被扔到地狱的油锅里挨炸!”

细雨轻柔地滴落在贝尔木河上,河水奔腾呼啸,唱着哀歌,吻舔着栎树,那时法比安·明盖拉,也就是被称为死神之鸟的莫乔,在砂石上磨着他的折刀。

“快走开,快走开,你这个坏蛋,到了阴间一定会有人找你算账不可!”

卡山杜费尔人蒙莱多认为,法比安·明盖拉是个货真价实的私生子,私生子有九大特征。

“从什么地方可以看出来呢?”

“别着急,你慢慢就会知道了。”

加莫索九兄弟中的老大名叫巴尔多梅罗,对了,他已经死了,应该说他活着时叫巴尔多梅罗·马尔维斯·温德拉,或者巴尔多梅罗·马尔维斯·费尔南德斯,有的人把他叫作费尔南德斯,反正都一样,可是,他的绰号“蛮子”叫得更多些,因为他性格坚韧,谁都不怕,不管是活人还是死人。一九三三年的老圣地亚哥圣神日①那

---

① 即6月25日。

天，在德塞得依拉斯，即从拉古迪尼亚到拉林的公路上靠近克莱多依拉古墓遗址的地方，“蛮子”夺了两个民警的枪，把他们的双手反绑在身后，然后连同滑腔枪一起送交兵营。在兵营里，先说要打他一顿棍子，后来没有那样做，两个民警也给放了，说这两个人是大笨蛋，没有脑子；警察不是当地人，谁也不知道他们是从哪里来的，他们走了以后，再也没有消息。“蛮子”在胳臂上刺了一个十分引人注目的图饰，一条红蓝相间的蛇盘绕在一个赤身裸体的女人身上。

“蛮子”是一九〇六年出生的，那一天正是国王阿尔丰索十三世举行盛大婚礼的日子。他二十二岁同洛利妮亚·莫斯克索·罗德里盖斯完婚，这个女人的性格是那样倔强，不得不用棍子降服她。洛利妮亚死得很惨，一头受惊的黄牛把她顶在王宫大门上，又用蹄子胡踢乱踩。洛利妮亚死时丈夫已不在人间，那时她已经孀居四五年了。“蛮子”只有弟弟而没有妹妹。加莫索九兄弟的父母，或者说巴尔多梅罗·马尔维斯·卡萨雷斯，即“兜肚”，和特雷莎·温德拉(或费尔南德斯)·瓦尔杜依德，即“泼妇”，在一九二〇年那次发生于阿尔巴雷斯站的火车相撞的大事故中不幸遇难，当时死者逾百，火车刚刚驶出拉索山洞，旅客大都窒息而死，于是山洞变成了一个无底墓穴，一个永远也填不满的墓穴；那一带人说许多人还活着时就被埋掉了，这样可以在事故报告中省去许多说明，然而这种说法大概不可信。

加莫索兄弟中的二弟是塔尼斯，人们都叫他“魔鬼”，因为他一眨眼就能生出个坏主意来。塔尼斯和奥伦塞一个缉私队员的女儿罗莎·罗孔结了婚。罗莎喜欢饮用茴芹酒，整天没早没晚地睡大觉；这里应该说清楚，她人并不坏，但是茴芹酒常常饮得过量。塔尼斯像他的大哥、三弟和表弟巴加涅依拉人玻利卡波——飞鸟、青蛙及小兽的驯化师一样，既耕田又养畜；他们也都爱好或者说有兴趣和兽类打交道，但并没有下决心以此为业。他们追捕野马很有办法，把它们围圈在山上打好记号，野马飞奔掀起阵阵尘埃，发出一声声气恼或是恐怖的嘶叫，汗流浃背，或者说汗淋如雨。塔尼斯很有手腕，和外乡人打赌没有不赢的。

“老乡，您输了四个雷阿尔，掏钱吧，和我们喝一杯去，在这里我们无意和任何人结怨结仇。您应该永远记住我的话，这些话能给您很大的慰藉：但愿上帝永存。乌鸦永远歌唱，酷夏一过便是严冬。”

天气转暖时，当然现在气温还不很高，“魔鬼”便喜欢和卡塔利娜·巴茵特，即马尔蒂尼亚村的疯婆子一起，脱得光光的，到路西奥·莫罗水磨大坝那儿洗澡，把她那半似长蛇半似山猫的肉体占为己有；这里用“占有”这个词儿，只不过是人们都那么说而已，塔尼斯并非以暴力占有，因为她既不挣扎逃脱也不认为那是受折磨，而是每每潜入水中她都咯咯地笑个不停。马尔蒂尼亚村的疯婆子不会游泳，看她踏着舞步沉到水下很是令人惬意。

贝妮希亚的奶头像烤栗子一样，这点大家都知道，圣胡安一带的栗子熟透了时就是那个样子。贝妮希亚的血液里总是燃烧着火焰，她从来不知道疲倦，从来不表现出厌烦。贝妮希亚长着一双蓝眼睛，在床上总是一副欢快、活跃的表情。贝妮希亚结过婚，对了，也许现在她还没有和那个制作木偶、半似女人模样的葡萄牙人离婚，此人常常到莱昂这边来；但是，她逃离了丈夫，住到自己家乡这边来了。

贝妮希亚的母亲是高登西奥，即帕罗恰妓院拉手风琴的盲人琴师的表姐。贝妮希亚·塞加德·贝拉步履矫健，脸上总是挂着笑容，好像心中有什么高兴事儿似的。她母亲识字，也会书写；贝妮希亚则不会，常常发生这种情况，也就是在家庭境况走下坡路，而谁也无能为力时，这个家最后破产，只能找出几颗别人以前送的金豆子变卖掉维持生活,而现在很可能连一颗金豆也没有了。贝妮希亚的母亲叫阿德加,她手风琴拉得几乎和弟弟一样好,把波尔卡舞曲《凡菲内特》拉得有感情,有声色。

“说到底,我是维拉尔·德·蒙德村人,这个村子坐落在萨尔诺索山和埃斯巴拉多山之间,那里的孩子吃多少奶我都了如指掌。您,堂卡米罗,出生在一个整天吵架的家庭里,这会有报应的。您的祖父用棍子把佩得利尼亚河上的磨坊主人胡安·阿米耶罗斯活活打死了,之后他不得不离开家长达十四年,逃到巴西去了,这些您都知道得一清二楚。说到底,我是维拉尔·德·蒙德村人,这个村子就在西尔瓦博亚和利克贝洛过去一点点的地方,就是说翻过两道山梁,但是,我的亡夫,我是说西得朗·塞加德,他是卡苏拉克人,这个村子在波尔特利纳山脚下,和萨莫罗斯毗邻,但是两村居民几乎连招呼都不打,他们互不往来,看来这对他们无关紧要,他们就是不喜欢来往,甚至连上帝的意志都不放在心上。我把这些事讲给您听,是让您看到我这个人是可信的,我并不是外人,而现在到处都是坏人。如果我不发誓说我们之间有亲缘关系,上帝会斥责我的!您的祖父在伊莎贝尔二世时就去了巴西,想来已是百年以前的事了。您的祖父的风流韵事可真不少,请您原谅,人们都这么说,他跟玛内齐娅·阿米耶罗斯打得火热,玛内齐娅·阿米耶罗斯是胡安和另外一个我记不清叫什么名字的人的妹妹,可能叫弗朗西斯科,对,是叫弗朗西斯科,这个人只有一只眼睛,这并不是说他的另外一只眼睛瞎了,而是说他只长着一只眼睛,这只眼睛长在前额正中,生下来就是这样。您的祖父和玛内齐娅·阿米耶罗斯经常在宝沙松林的一个洞里鬼混,他们在洞里用干草筑窝,用木头烤腊肠吃、暖身子。一天夜里,玛内齐娅的两个哥哥在格拉维利尼奥河的拐弯处等着您的祖父,一个手拿砍刀,另一个手握铁棍,人们说他们要打死他,可是,您的祖父催马冲上去,把他们撞倒了。

一只眼睛的弗朗西斯科扔下铁棍疯也似的跑了,但是胡安却面对面地站到您祖父眼前,两个人厮打起来。胡安照着您祖父的腰狠狠砍了一刀,可是,堂卡米罗,他个头儿并不高,却很勇猛,他不顾晕眩,抓起那个屁滚尿流逃跑的弟弟扔下的铁棍,把胡安打倒在地。人们说,给死者解剖时,发现他的肺部已惨不忍睹,简直变成了一摊水。那一棍打得很重!"

加莫索的三兄弟名叫罗克,他虽然不是修士,但是人们都叫他克梅沙尼亚修士,不知道为什么。克梅沙尼亚修士的那个"家伙"特别大,这远近有名,甚至在莱昂地区的朋费拉达都有人知道。克梅沙尼亚修士的"家伙"很可能和布西尼奥斯的圣米格尔教堂神父的"家伙"一样大,后者将在本书后面的章节中出现。旅游的人经过这里时,如果想让他们大吃一惊的话,常常带他们去观看卡尔加多依罗山坡上的修道院遗址——那里的羊肠小道清晰可见——以及罗克的那个大"家伙"。

"喂,罗克,把你知道的东西跟这两位先生讲一讲,他们是从马德里来的一对夫妇。喝一杯甘蔗酒吧!"

"应该喝两杯。"

"好吧,两杯就两杯。"

这时,罗克便解开带子,把那个"家伙"掏出来,于是这东西像狐狸似的吊到膝盖那里。罗克虽然已经习惯了,但干这种事时毕竟有些紧张。

"夫人,请您原谅,他很少让它这样曝光。面对不熟悉的人,更……"

罗克的妻子,也就是阿维拉依奥斯人切洛·多明戈斯,当丈夫让她分腿,准备干那种事时,她就在那"家伙"上套一块餐巾,不让它完全进去,以免伤了自己。

"我的老天!但愿上帝让我们这些女人忏悔,阿门,耶稣!"

阿德加对发生的事知道得很清楚,但在很长一段时间里守口如瓶。

“如果我们身上的血液都是一样的,您不可能默不作声呀!”

“我不能默不作声;先生,我也不想默不作声,我保持沉默已经很长时间了!喝杯葡萄酒,好吗?”

“好。太感谢了。”

看着那一串串雨点轻轻地落下来,真是别有一番情趣,而这一串串雨点不就是连祷吗?毛毛雨不紧不慢地洒落在田野上、房顶上和窗户的玻璃上。

“那些证件是我弟弟塞孔迪诺从卡尔瓦利尼奥法院偷出来的,对,应该说是书记员有意让他偷出来的。这个书记员是胡里安·莫斯特依龙,但是人们都叫他科戈索·德·马拉尼斯;此人曾在缉私队当过兵。因为我弟弟对钱看得并不很重,给了他五个比索让他去‘作恶’,又给了五个比索让他去‘行善’,也就是说给了他十个比索。杀害‘蛮子’的凶手已经死了,死了好久了,这事您比我知道得清楚,我就不说了。卡苏拉克的男人都是些出名的汉子,所以我们女人和他们处得很好,我是说维拉尔·德·蒙德和附近几个村子的女人,因为女人所希望得到的,归根结底是男人的爱抚。莫乔是从远处来的,对了,他的父亲,他们的家,在这儿已住了很多年,但他们是从远处来的,在我们眼里他们多半是马拉加台利亚人,但我不敢肯定,是的,人们都这么说,我不想骗您。如果您要我孙女安赫拉给您做女仆的话,要知道她才十二岁,还没有开始干女人的那种脏事呢。我将把那个已经死了的、杀害‘蛮子’的凶手的证件,还有皮靴都送给您,虽然不值几个钱,这我知道,但终归是个纪念品吧。我弟弟把烟草装在皮靴里,这样看上去很好玩;堂席尔维奥,卡瓦耶达的圣马利亚教堂的神父,对,他的亲戚圣者费尔南德斯就是卡瓦耶达人,有一天甚至这样对他说,如果不庄庄重重地把靴子埋掉的话，他就要进地狱。他根本没有理会这些话；我弟弟塞孔迪诺对地狱毫不畏惧，他想，与其说上帝是死亡和饥饿之友，毋宁说是生存和食物的保护者。再喝一点吧，天气太冷了。”

婊子儿子的第一个特征就是头发稀少，法比安·明盖拉的头发就很少，东一根西一根的。

“是什么颜色的？”

“听说随天气变化而变化。”

老四和老五，就是说塞莱斯蒂诺和塞费利诺，是一对孪生兄弟，他们在奥伦塞神学院学习时就当上了神父，人们说，他们在品质上受到了良好的教养。人们把塞莱斯蒂诺叫做“玉米穗”，他在塔博亚德拉的圣米格尔教堂供职。塞费利诺则被称做“耗子”，曾在萨佩亚乌斯的圣安德亚安教堂任神父，这个地方属于拉依里兹·德·维加管辖，现在调到卡瓦耶达的圣马利亚教堂去了，接任已故的堂席尔维奥；卡瓦耶达属于皮尼奥尔·德·塞亚管辖。

是的，看着雨不停地下也是一大乐趣。雨点滴滴答答，冬天下，夏天下，白天下，夜里下，雨点打在田野上，滴在罪恶上。雨为男人而下，为女人而降，为牲畜而落。

对“蛮子”巴尔多梅罗不能正面顶撞，因为他像萨古梅依拉山上的野狼一样凶残；他的二弟“魔鬼”塔尼斯憋着气能把一个彪形大汉高高举起来；他的三弟克梅沙尼亚修士，或者说罗克，有些羞怯；他的两个孪生弟弟“玉米穗”塞莱斯蒂诺和“耗子”塞费利诺唱弥撒，这一点谁都知道，他们的棋术很有造诣。“玉米穗”是猎手（猎兔子和花颈鸽子），“耗子”是渔夫（打带鱼、鲃鱼，有时走运能打到鲈鱼）。除此以外，他还有四个兄弟。

阿德加是个举止谨慎的人，但是待人慷慨大方，年轻时一定热情奔放，性欲强烈，喜欢聚会。

“据说我的亡夫和另外好几个人，一共有十二三个，也是杀害

‘蛮子’的那个已死的凶手杀害的,人们都说那个狗娘养的,请您原谅我用这个词儿,简直和猎枪结下了不解之缘。我对这件事知道得不很确切,但是那个死鬼被杀时,我在奥塞依拉皇家圣玛利亚教堂的耶稣像前为他点燃了一支蜡烛。有的人死了令人悲哀,但是也有的人死了却叫人高兴,您说是不是?还有的死人令人望而生畏,比如淹死的人,得瘟病死的人,而另外一些人则让人忍俊不禁,特别是那些吊死的人被风吹得来回摇动时。我小时候,在宝沙·德·丰多看见一个吊死鬼,小孩子拉着他的双脚打秋千玩,而他却没事儿似的;民警来了以后,把小孩子都赶跑了。法官先生十分严肃,是个谨慎的卡斯蒂利亚人,名字叫堂莱昂,对于开玩笑的事绝对不能容忍,这我记得很清楚。现在,风俗习惯都变了,变化真大呀!”

拉萨罗·科德沙尔的形象还没有从人们的脑海里消失。阿德加是唯一一个了解那些事情的女人。一天夜里,他从卡布莱依拉下来,一边唱着一边往下走,拉萨罗·科德沙尔总是唱歌,他外出时唱歌,返回时也唱歌。他走到格鲁斯·德尔·齐斯克时被一个汉子截住了。

“我一个人,您也是形单影只。”

“走开,我可不想吵架,我走我的路,碍您什么事?”

两个人说着说着就吵了起来,后来竟然互相抡起了棍子,你打我一棍子,我打你一棍子,打了一百甚至两百棍子,拉萨罗·科德沙尔把那个人打得直不起腰来,后来又把他的两手反绑在身后,并且把他本人的棍子插上,放他回去了。

“走吧,回去让你夫人解开。往后再别和老实人打架了,记住这个教训。”

当时,还能看见那座山界;若不是因为那个摩尔人下毒手,那座山界永远不会消失。在这儿,无花果树长得不好;我如果是个大富翁的话，一定找个无花果树长得茂盛挺拔的地方，买上一百棵以纪念拉萨罗·科德沙尔，这个小伙子很有魅力，让每一只鸟儿都吃到无花果。很遗憾我没有钱，什么事也做不成，不能到外边见世面，不能给女人买金银首饰，不能买无花果树……你不会拉小提琴，又不会吹口琴，所以每天下午都在床上度过。贝妮希亚简直像头听话的母猪，你让她做什么，她从不说一个"不"字。贝妮希亚不识字也不会拉手风琴，但是她年轻，会煎蛋饼，心情好的时候也会让人高兴，她的两个奶头像栗子一样香甜，个大而且坚硬。阿德加对有多少人吊死记得再清楚不过了。

"布西尼奥斯的圣米格尔教堂神父的傻儿子，也就是彼杜埃依罗斯那个大笨蛋，不是自己上吊死的，而是作为试验被人吊死的。布西尼奥斯的圣米格尔教堂神父名字叫堂梅列希尔多·阿格列克山·芬特依拉，以身材魁梧、四肢发达而远近闻名；堂梅列希尔多的那个'家伙'耸起时，但愿上帝原谅我！就好像长袍下面支着一根松树桩子。神父先生，您这个样子去哪儿呀？鬼乌龟，我看看教民们能不能帮我弄软了！（如果和他搭话的是女人，他则称呼鬼婊子！）请您原谅我，堂卡米罗！您听我说，我想给您弄点腊肠尝一尝，我劝您多吃腊肠，腊肠是补身子的。我的亡夫西得朗浑身是劲，就是因为他把腊肠整根整根吞下去；我告诉您吧，杀害我亡夫的那个死鬼，如果不是像宰杀狐狸那样杀害我亡夫的话，根本杀不死他。您一定会说是从他背后下的手，没让他看见；如果让他看见的话，那个死鬼和帮凶一定会远远地逃离他。"

布西尼奥斯的圣米格尔教堂神父简直被苍蝇包围了起来，这也许是因为他身上有甜味的缘故吧。

"他不讨厌苍蝇？"

"当然讨厌，但是他能忍受，不然，有什么办法呢？"

"活宝"在加莫索兄弟中排行老六，他叫马蒂亚斯，对纸牌算命术略知一二,也会玩杂耍。马蒂亚斯曾在奥伦塞的圣母玛利亚教堂当过看守,但是,后来他的头脑变得聪明一些了,便到卡瓦利尼奥的“安息”棺材厂工作,日工资很高。“活宝”很活泼,跳舞有节奏感,唱歌声音动听,从不走调,玩台球总是赢(有时一连几个月赢到一千比塞塔或更多)。“活宝”风趣诙谐,经常用德国人的声调讲“傻蛋和精灵”的故事。“活宝”是鳏夫,妻子普利妮亚死于肺病,据说是巫婆传染给她的。普利妮亚是老大的妻子洛利妮亚·莫斯克索的妹妹,她们家里的女孩子都活不长,还没有满足丈夫的要求就一个个死去了。

“一定弄得家破人亡了吧!”

“还不至于,影响不大。”

阿德加去拿腊肠,她还想再弄些白酒来,阿德加的腊肠和白酒都是上乘之品,营养价值很高。

“他们拿彼杜埃依罗斯那个大笨蛋做了试验,又拿我的亡夫做了试验,不过是用另外一种方法;坏人总是有的,只是在战争年代有些人更坏罢了。上帝一定会惩罚他们的,事情不能就这样继续下去;他把许多坏人招了去,安详地死在床上的人不多。您已经看到了杀害‘蛮子’和我亡夫的那个死鬼的下场。他杀人太多了,太多了,他最后也没有活下来;血债要用血来还。您比我知道得清楚,您如果不愿意,那就别说出去好了,那个杀害‘蛮子’和我亡夫的死鬼后来被他的亲戚圈了起来,最后淹死在宝沙·德·加戈水泉里,我其实也没有必要讲这些。人们都把罗莎利娅·特拉苏尔费叫做疯婆托拉,因为她不知道羞耻,而且向来如此。罗莎利娅·特拉苏尔费解开衣领,把两个奶头露出来,对那个到处杀人的死鬼说道:‘过来,吃一口吧,这没有什么关系,我们要的是活下去。’而她现在是这样说的:‘那个死鬼吃了我的奶头,这是真的,他还吻了我身体的其他部位,但是我活了下来,另外,我洗得干干净净,把奶头洗了，把下身洗了，甚至把意志也洗了。’听她讲述这些，真有趣！”

加莫索的每个兄弟都有自己的绰号；这样的事并不是总有的，但是可能偶尔有之。胡里安·马尔维斯·温德拉或费尔南德斯，也就是说胡里安·加莫索，被人叫做“机灵鬼”，因为他行如光，动如星。“机灵鬼”在羌塔达有个钟表店，对了，其实那钟表店是他妻子的，所以他在兄弟中离开家乡最远，但是生活条件不错。“机灵鬼”和羌塔达镇上的钟表店老板娘、寡妇皮拉尔·毛列·佩尔娜斯结了婚；其实，这个寡妇只不过是个间接继承人；皮拉尔的前夫，也就是店主乌尔瓦诺·达佩纳·埃斯卡依隆，得了腹痛病死了以后，钟表店就由儿子小乌尔瓦诺继承了，但是小乌尔瓦诺总是病恹恹的，不久便得了贫血病死了，这样钟表店就转归了皮拉尔，当时的财产继承法有这样的规定。“机灵鬼”和皮拉尔有五个儿子和三个女儿，一个个都长得身强力壮，红光满面。“机灵鬼”当店主的可能性是微乎其微的，这再清楚不过了，不过，这对他关系不大，只要在钟表店当个合伙经营人，孩子能吃饱穿暖，能上学，他也就心满意足了。

“那个杀害‘蛮子’、我的亡夫和另外十二三个人的死鬼嘬了疯婆托拉的奶头，这个狗娘养的现在已经死了，但是并没有被埋掉。堂卡米罗，有一个女人，总有一天我会告诉您她是谁，只要您知道是我在讲话，而上帝并不希望我讲得太多就够了，她把他的尸体从墓里偷回家，别人永远不会知道她为什么要偷尸体，当然她本人也不会说出来。应该贴着地面，贴着地面总比浮在水上好。疯婆托拉一点儿也不疯，她很有主意，我想，她现在还和她的女儿埃德尔米拉住在一起，她女儿在沙利亚和一个警察结了婚。她也就是我这个年龄，顶多比我大一两岁，我们之间的关系一直很好。我们女人都被人嘬过奶头，我们的奶头就是让人嘬的嘛，谁也不能去掉我们的这种嗜好，重要的是不能把奶头弄脏了。这个小伙子在草垛上，那个年轻人在厩棚里，神父在圣器室里，赶集的人在灶前，磨坊主人在磨坊，陌生人在山上，丈夫随时随地……重要的是不能把奶头弄脏了。我的这两个奶头，生我女儿贝妮希亚时那可是地地道道的奶头，托上帝的福，又大又硬，奶水特别多，蛇也嘬过我的奶头，不过我的亡夫用锄头一下子就把蛇头劈成了两半，打死了。这里都是死人，饥饿的风在栎树中呼啸，奏着《国王进行曲》。"①

雨点滴落在皮尼奥尔的十字路口和阿尔瓦罗纳小溪上，那一带野狼成群，罗基尼奥的牛车在车道上滚动着，车轴的吱吱呀呀声吓得野狼不敢靠近。冬天里，蛞蝓变成了水，躲藏在含有糖分的野樱桃树根下方。炼狱里的亡灵也像麻风病人一样，饮用米安盖依罗的泉水，他们厌倦时便在上帝的陪伴下漫步河边。贝尼托·加莫索的外号是"南蝎"；他的长相真像一只大蝎子，尽管没有毒。"南蝎"是个聋哑人，但十分聪明，他很会做家具，刨木头，饲养家兔，煎蛋饼，他的蛋饼煎得和贝妮希亚一样好。他没有结婚，和哥哥马蒂亚斯住在卡尔瓦利尼奥，在棺材厂里做工，挣的钱足够花销。"南蝎"每个月都到城里逛一次妓院，花多少钱都不在乎。九弟萨路斯蒂奥也和"活宝"、"南蝎"住在一块儿。萨路斯蒂奥这个可怜的小弟弟，性格天真，身体虚弱；他什么都会做，而且毫不费力。"活宝"不想再婚，因为他不知道弟兄们的境况将会怎样。

"我这样不是很好吗，说一千道一万，我的弟兄们也是上帝的人！"

人们把马尔维斯九弟，或者说最后一个弟弟称做"牢骚狂"，因为他整天用他那蟋蟀一样细小的声音抱怨这个抱怨那个，大概是因为内脏疼痛而说不出来吧。

---

① 西班牙国歌。

阿德加不看到大海死不瞑目。

“死倒没有什么关系，糟糕的是让大家都知道，糟糕的是给活着的人留下笑柄；我比那个死鬼多活一天就心满意足了，而现在我比他多活了好多天。杀害我亡夫的那个死鬼已经死了，已经死死的了，而我还活着；重要的是看着别人怎样一个一个地死去。现在，我所希望的是在看到大海之前不要死去，我想大海一定很美。疯婆托拉对我说过，大海起码有奥伦塞那么大，也许还要大。杀害‘蛮子’和我亡夫的那个死鬼已经死了，我对此感到莫大的安慰。应该离水近一些，水比空气重要。疯婆托拉很会驯化小鸟和其他小动物，而且驯化得和巴加涅依拉人玻利卡波·奥本萨一样好。她驯化雕鸮、乌鸦……雕鸮比乌鸦还蠢笨；她还驯化癞蛤蟆、山羊，山羊比较容易驯化，也驯化石貂、蝙蝠，动物没有她不能驯化的。疯婆托拉还会恐吓母鸡，阉割长蛇，用劈成两半的辣椒擦狐狸屁股，让它不停地跳来跳去。只有她那个村子里的邻居才是好人，真可笑！疯婆托拉比男人有本事。我们女人都偶尔干过那种下贱事，那是司空见惯的，年轻的时候，什么都不在乎。天真烂漫的小伙子呀，如果是个色鬼，那就更好了，只要在身边，天气不很冷，又不哭闹。男人们寻找大奶头的山羊，抓住犄角，美美地蹭一阵，那也是常有的事。对了，疯婆托拉和狼干那种事，这事谁也不相信，可是确有其事，我亲眼看见过。野兽对疯婆托拉百依百顺，因为在罗伦西尼奥·德·卡斯弗盖依罗圣神节的那场暴风中，她母亲在马背上受了孕；每年这样的暴风雨来临时，都要死一两个卡斯蒂利亚人、吉卜赛人、黑人和神学院学生，暴风雨残酷无情，破坏性极大。疯婆托拉有一支奥卡利纳笛子，暴风雨一来，她就吹响笛子通知没有防御能力的小动物：田鼠、多脚虫、豆蜘蛛、蜗牛等等。”

巴加涅依拉人玻利卡波不姓奥本萨，而是姓波多莫利克，奥本萨是他祖母的姓，他祖母是个很能干的女人，不过脾气暴躁。

卡罗波兄弟的额头上都有一块猪皮样的印记，每个人都有，犹如工厂产品的商标或者坏人标签。莫乔的身上流淌着卡罗波家族的血液，他不是一个诚实可靠的人。谁也不知道卡罗波一家人是从哪儿来的，反正不是本地人，大概是从马拉卡台利亚来的吧，这个地方比朋费拉达还远，他们可能是逃荒或者躲避法律制裁才迁到这里，这是尽人皆知的。法比安·明盖拉，也就是莫乔，无时无刻不在磨他那把折刀，刀刃时时闪着寒光，说不定哪一天会让某个人吞下它。卡罗波一家既不耕田也不养畜，卡罗波一家人都是鞋匠，人们把坐着干活的，或者至少不淋雨的人都称作鞋匠，当然他们当中包括鞋匠，但也包括裁缝、药店店员、理发师、书记员和其他从事既不需要土地也不需要力气的工作的人。婊子儿子的第二个特征是额头上有一道凹槽，你没有看过法比安·明盖拉的前额吗？对了，他就是这样。

蒙乔·雷克依索·卡斯博拉多被人称做"懒虫"蒙乔，因为他除了到处闲逛和游玩以外什么也不干。他和拉萨罗·科德沙尔·格洛瓦斯一块儿参加过梅利利亚①战争。在本书前面可能没有提到他的第二个姓，但是他逃出了摩尔人的包围圈，保住了生命，尽管丢了一条腿。"懒虫"蒙乔总是受雇于荷兰轮船，因而得以周游世界；他最喜欢瓜亚基尔。

"有这条长短一致的假腿，活得也不错吧，请不要相信这种谎言。新大力士岛是太平洋中的一个岛，英国人用大炮，对，是用大炮，把这个岛击沉了，因为岛上的土著人要实行十进位制，在他们眼里，拖着假腿是出身高贵的象征；他们想让我当总理，但是我对他们说，我不愿意当总理，宁愿返回故土。"

"懒虫"蒙乔有一副古代探险家的相貌，他是说谎大王，恋爱

① 港口城市，位于摩洛哥的地中海岸边，主权一直属于西班牙。

狂，固执不化，惰性十足，喜欢传播流言蜚语。据“懒虫”蒙乔自己透露，他在巴斯蒂亚尼尼奥海岸看到一棵非常奇怪的树，叫“欧姆利尔”，每到秋天，被悲凄打落的树叶软绵绵地打起了褶皱，好像蜗牛肉似的，然后变成蝙蝠，没有眼睛，翅膀上画着一颗血红色的人头。刮风时，它们可以离开地面，变成活物飞起来；如果不刮风，必须让这些树叶变成的蝙蝠贴在地面上，直至饿死，因为打死它们会带来灾祸。然而，如果贴在地面上，则不会发生任何不幸，天不会塌下来。

阿德加是“懒虫”蒙乔的好朋友，甚至有那么一段时间两个人还谈过恋爱，而现在已有好多年没有见面了。

“您看，堂卡米罗，您别笑话，我不时想到您在嘲笑我。最好忍受着点儿，让那些已经做过忏悔的、被判处死刑的人死了以后再死一次。那些死人的眼睛、额头和心脏都画着死神，所有的人都希望他们死去，是这样，这是上天的法律：使别人流血的人，他自己最终也会流血，并且会淹死在血泊之中。另外，这种人没有任何退路，因为世界的大门对他关闭着。应该靠近空气，空气要比死神有用得多。面色苍白如土的死神到处播种死亡的种子，人们已经厌烦它了，报仇的时刻来临时——这种时刻最终会来临的，因为有上帝的帮助——要为每一个苍白如土的死者——他们痛哭过，但是依然活着——种上一棵榛子树，这是为了记住血债，同时也是为了让野猪高兴。这儿种了好多榛子树！那些苍白如土的死者这样告诉尚未轮到偿还血债的人：让我们接受训诫吧！不，先生，他们回答说，那些榛子树是野生的，是它们自己长出来的，是为了让野猪吃到鲜榛子。”

阿德加讲完这最后几个字时声音已经嘶哑了。过了一会儿，她咽下一口口水，微微笑了笑。

“请您原谅。您想让我用手风琴演奏波尔卡舞曲《凡菲内特》

吗？我已经老了，但是还能拉得出来。您等着瞧吧。”

阿德加拉得很好，有风格。

“您拉得很好。”

“已经不如从前了，自从我的亡夫被杀害以后，我的脑袋里总是乱糟糟的，这个样子谁能拉手风琴呀。我只是随便拉一下罢了，我像一架自动钢琴……您能让我痛痛快快地哭一场吗？我马上就完。”

阿德加掉下了两三滴眼泪。

“杀害我亡夫的那个死鬼被打死以后，我本以为可以高高兴兴地喘口气了，可是事与愿违。以前，我满腔怒火，现在则蔑视一切；我的体力都耗在这上面了。以前，我沉默不语，现在则开口讲话，我也许讲得过多了。所谓手风琴，就如同喝泉水一样；这几天口渴，过几天又不渴了。我觉得我唯一可以做得好的事就是蔑视，学会蔑视可费了我不少力气。现在，我像上帝那样蔑视一切，这一点我可以对上天发誓。主要的是应该知道这一点可能使一个女人头痛，尽管现在还没有这样。我是这个地方的人，谁也不能把我赶走；我死了以后，要变成泥土，让庄稼长得好一些，我要变成荆豆的金色花朵，好吧，我死以前到底会发生什么事，那就等着瞧了。”

阿德加沉静了一会儿，又斟满两杯白酒，一杯是给她自己的，另一杯给我。

“干杯。”

拉蒙娜小姐的家宅后面有一座花园，这花园一直伸到河边，里面有蒲草，有蕨类植物，有皮筏子，有鳃鱼，还有人在那儿自杀过；十一年当中有三个人自杀，这不算多。这个地方自杀的人不是很多：一个是无依无靠的老人，一个是失恋的姑娘，另一个是喜新厌旧而内心感到内疚的已婚女人，谁也不知道拉蒙娜小姐的母亲是有意投河自杀还是上天授意的。

“你与我和卡山杜尔费人莱蒙多都是表兄妹关系，你和他是姨表，我和他是姑表。你和我是亲戚的亲戚，你想一想，咱们就是亲戚吧？在这里，咱们大家都是亲戚，只有卡罗波一家除外，他们是从另外一个世界飞来的，现在人口多得像一棵茂盛的大树。”

拉蒙娜小姐看上去三十岁的样子，也许多个一岁半岁。她表情高傲，有怪癖，很自信，不大合群，腼腆，神秘。拉蒙娜小姐有一双康波斯特拉山雀那样又大又黑的眼睛，面色黝黑，大概是有墨西哥人的血统吧，卡山杜尔费兄弟的祖母或曾祖母是墨西哥人。拉蒙娜小姐曾经谈过三次恋爱，最后出于尊严仍然孤身一人生活着。拉蒙娜小姐会作诗，能用钢琴弹奏小夜曲，家里有两个老年男仆和两个巫婆一样的女仆，这几个仆人都是她从父亲那儿继承来的，她父亲堂布雷希莫·法拉米尼亚斯·霍辛相信招魂术，喜欢弹奏班卓琴，死的时候还是后勤长官呢。拉蒙娜小姐的四个仆人简直是四大灾难，也就是说是四个废物，不过，不能把他们赶出家门，让他们饿死，穷困潦倒。

“你们不能走，在这儿住下去吧。我来给你们料理后事，反正你们也活不了多久了。”

“谢谢，小姐，上帝会报答您的慈悲心肠的。”

拉蒙娜小姐从她父亲手里继承了一辆庄重的黑色“帕盖特”和一辆漂亮的白色“伊索塔-法兰奇尼”，两辆汽车一直放在车库里。拉蒙娜小姐会开车，在那一带她是唯一有驾驶执照的女人，但是她从来没有把车开出车库一步。

“太耗油了，还是放在那儿生锈吧。”

拉蒙娜小姐的客厅里挂着两幅费尔南多·阿尔瓦雷斯·德·索托马约尔的肖像作品，一幅是她本人，穿着当地服装，另一幅是她母亲，肩上搭着西班牙披巾。

“你们母女长得很像，是吧？”

“不知道，我没有见过我母亲。”

“也罢，反正都一样，肖像总是要画得相像的。”

卡山杜尔费人莱蒙多是莎尔瓦多拉的儿子，而莎尔瓦多拉是我母亲的妹妹，卡山杜尔费人莱蒙多有学问，仪表堂堂。他每次看望我们的表妹拉蒙娜小姐时，都要给她带上一枝白色茶花。

“喂，蒙齐娅，我这是让你知道我爱你，永远把你记在心上。”

“太谢谢你了，莱蒙多，你不该这样费心。”

拉蒙娜小姐有一条绵毛狗，一只土耳其猫，一只身体巨大、羽毛艳丽的赤鹦鹉，一只绿色鹦鹉，一只猴子，一只乌龟和两只天鹅，这两只天鹅在花园的池塘里游来游去，有时竟游到河边，但是每次都游回来。拉蒙娜小姐很喜欢动物，唯一不喜欢的是那些或多或少有点儿用途的动物，像奶牛啦，肥猪啦，母鸡啦；马儿除外，拉蒙娜小姐有一匹枣红大马，这匹马说不定有二十岁了。

“马儿和男人一样，潇洒，轻浮，有的感情高尚。”

除了鹦鹉之外，拉蒙娜小姐的所有动物都有自己的名字：狗叫瓦尔德，和她睡在一起；猫叫金格；赤鹦鹉叫拉贝乔；猴子叫赫莱米亚；乌龟叫夏洛帕；马儿叫卡鲁索；两只天鹅分别叫罗慕洛和雷莫。猫已被阉割了，因为一天夜里它发情，跑出家门，第二天早晨才回来：肮脏，悲凄，并且有伤。拉蒙娜小姐决定了的事绝不更改。

“可怜的小动物！再不能发生这种事了，把它阉了吧！”

当然啰，说阉就阉了，从那以后猫儿再没有跑出家门，跑出去干什么呀？那只赤鹦鹉有蓝、白、红三色羽毛，像法兰西的国旗一样，其间夹杂着几根绿色和黄色的饰羽。这只小鸟每天都待在一根栖木上，被一根长长的链子锁着；赤鹦鹉一会儿跳下来，一会儿跳上去，一会儿吊挂着，一会儿又厌烦而庄重地从栖木底部往上攀爬，它懒洋洋的，一副无可奈何的样子。猴子经常手淫，不住地咳嗽，乌龟只知道睡大觉，潇洒的天鹅在池塘里无精打采地游来游去。在拉蒙娜小姐家里,唯一不被忧伤的指头指点的就是那匹马儿了。

“莱蒙多,你别笑话我。我一个人生活,并不觉得有什么不好,我一直一个人生活,这么多年已经习惯了……问题是我每天都觉得魂不附体,好像脑袋不是长在自己的脖子上,已经失去了理智一样。每过一天,我们就远离自己一程,同时对我们自己的厌烦也增加一分。你说,我是不是应该搬到马德里去住?”

上帝让雨点滴落在罪人身上,以示惩罚;大地染上了天空的那种轻柔淡雅的颜色;空中没有小鸟飞过,连一只小鸟也没有。我既不会拉小提琴,也不会吹口琴,又找不到柜子的钥匙取出珍藏在里面的集邮册,于是每天下午就和贝妮希亚躺在床头,朗诵胡安·拉雷阿①的诗作,听探戈舞曲。贝妮希亚前一天去了奥伦塞,带回一个咖啡壶送给我;这东西很实用,每次可以煮两杯咖啡,一杯给我,另一杯给她自己。

“还想喝吗?”

“再喝一杯吧。”

糟糕的是贝妮希亚身强力壮,性情欢快,两只奶头黑而大,坚硬而甜蜜。贝妮希亚有一双蓝眼睛,喜欢指手画脚,横躺在床上,很会做爱,什么都得听她的。贝妮希亚既不识字,也不会写字,但总是自信地微笑。

“我们跳个探戈吧?”

“不跳,我身上冷;你过来。”

贝妮希亚身上总是暖烘烘的,不管天气多冷,她都是这样;贝妮希亚是一架供暖机器,是一架制造欢乐的机器。我不会拉小提琴,不会吹口琴,这倒令我高兴。

---

① 胡安·拉雷阿(1895—1980),西班牙诗人。

“亲我一下。”

“好。”

“给我一杯白酒。”

“好。”

“给我炸一根腊肠。”

“好。”

贝妮希亚像一头温顺的母猪，对任何事都不说一个“不”字。

“今天留在这里和我一块儿过夜吧。”

“不行，‘耗子’加莫索要去看我，他在圣亚德里安教堂当神父，对了，他现在是卡瓦耶达的圣玛利亚教堂的神父了，他每个月的第一个星期二都去我那儿。”

“好吧！”

拉萨罗·科德沙尔是被一个摩尔人在无花果树荫下杀害的，那人用铳枪突然对他开火，拉萨罗·科德沙尔根本没有料到，一下子就死去了。当子弹从太阳穴射进脑袋时，拉萨罗·科德沙尔还在想着阿德加如何赤身裸体仰面躺在山坡上晒太阳；我们都是从年轻时代走过来的。今天，那棵无花果树仍然生长在麻风病人清洗皮肤病痛的米安盖依罗泉水边，它的树枝曾经变成过长矛，费盖罗阿一家用这种长矛把佩托·布尔德洛塔的七个妙龄女郎从摩尔人手中解救了出来。今天谁也记不得这段历史了。佛朗塞洛斯草原上的砍柴女工玛拉卡——对于她，阿德加的一位朋友在他撰写的一本书中做过介绍——一共生了十二个女儿；她们在十岁以前都失去了贞操，以出卖肉体谋生。其中一个叫卡尔洛塔，堂娜罗莎咖啡馆的老板娘埃尔维拉曾在奥伦塞城里的贝罗娜妓院见过她。米安盖依罗泉水清澈，但是不能饮用，连小鸟都不能喝它的水，因为泉水冲洗着死者遗骨、死者肺叶和亡灵的贫困命运，泉水载运着痛苦。

盲人高登西奥很听话,拉起手风琴来从来不知道疲倦。

“拉支进行曲吧,高登西奥!”

“您说拉什么,我就拉什么。”

盲人高登西奥就住在他供职的地方,也就是说在帕罗恰妓院里,这样可以节省房租。他在楼梯底下的更衣室里放个草垫子,睡在上面;高登西奥的小狗窝总是暖烘烘的。那里没有光线;这是事实,可是他不需要光线,对于盲人来说,有没有光线都一样。

“能发现点什么吧?”

“不知道,我觉得发现不了什么。”

早晨,高登西奥拉完琴以后,大约五点或五点半的样子,便去阿尔马古拉大街的梅塞德斯教堂听弥撒,然后回来躺在床上,一直睡到中午。他死的时候,妓女们给他买了一个花圈,并且请人为他做了弥撒;她们没有去墓地,因为警察当局不让。

“您的祖父跑到巴西已经好几年了,这事千真万确,那是在您的祖父把胡安·阿米耶罗斯杀死,把弗朗西斯科吓跑以后,他给了玛内齐娅五万雷亚尔的响当当的硬币——那真是一笔可观的钱呀——另外用五万雷亚尔买了 M.Z.A.铁路股票,还写了一封信,把她介绍给《我们先辈之财产》的作者堂莫德斯托·费尔南德斯-贡萨雷斯,那篇文章署名是卡米罗·德·塞拉,他经常用这个笔名在《西班牙和美洲画报》和《西班牙邮报》上发表作品。玛内齐娅去了马德里,在圣马尔科斯大街开了一家名叫奥伦塞的酒馆,她干净利落,又不怕吃苦,所以积攒下不少钱,逐渐富了起来,最后和议会官员堂莱昂·罗加·伊巴涅斯结了婚,婚后生了八女二子。几个女儿都找到了称心如意的丈夫;儿子呢,一个当了技术员,另一个给法院当代理人。堂莱昂和玛内齐娅的一个孙子,即他们的四女儿玛鲁希塔二婚之子,竟然在共和时期当上了副秘书长,一九四九年死在委内瑞拉的巴尔基西梅托。他还是共和派议员,活着时叫堂格拉罗·克梅沙尼亚·罗加,而把阿米耶罗斯这个姓放在了第四位。玛内齐娅总是收拾得干干净净,着装整洁,她的儿孙们虽然在这方面不及她,但也个个都是一副好模样。副秘书长的一个女儿,也就是玛内齐娅的曾孙女阿依德·克梅沙尼亚·贝滕古特,曾在五十年代被选为巴尔基西梅托美女。"

有的笨蛋走运,有的则倒霉,从世界成其为世界以来就是如此,而且将永远如此。罗基尼奥·博伦就是一个不幸的笨蛋,他被锁在一只柜子里长达五年之久,据说是不让他打扰别人;把他放出来的时候,他简直像一只蜘蛛,面色苍白,毛发长得要命。

"这对他有什么关系!您没有发现他那么笨吗?"

"哎呀呀,我不知……他大概早就想伸伸懒腰,呼吸一点空气啦。"

"很可能!我不能否认这一点!"

罗基尼奥·博伦的母亲认为笨蛋没有感觉,不知道疼痛。

"可怜的笨蛋呀!……"

以前还能够带他们去朝圣,可是现在这么缺吃少穿,谁也不愿意见到他们。现在,他们用别的东西消遣娱乐,低声嘟哝,一遍一遍地诉说着苦痛,诉说苦痛时,也是低声嘟哝,在这里没有必要提高声音。教堂司事的葡萄架上吊挂着一串害兽,看上去犹如几副锚钩任凭风吹雨淋,散发出腐肉味。马尔蒂尼亚村的疯婆子卡塔利娜·巴茵特趁人看不见时走进教堂司事的葡萄园里,掏出奶头给那些死兽看。

"喂,喂,现在是坏人当道呀。圣犹大,你这个光辉的使徒,让我摆脱痛苦,心情高兴高兴吧。喂,喂,圣犹大,雨水把什么都冲走了。圣犹大,你在天堂,让处在苦痛之中的我得到一点安慰吧。喂,喂,清风把什么都吹走了。"

教堂司事常常用石块把马尔蒂尼亚村的疯婆子赶走。

"滚开,令人作呕的疯婆子!还是让魔鬼去看你的奶头吧,别来打扰正派人!"

疯婆子收起奶头,咯咯地笑起来。然后她淹没在雨气中,顺着路往下走去,她总是笑着,每隔三四步便回过头去看一眼。

卡塔利娜·巴茵特天真无邪,并不是令人畏惧的暴躁型疯子,她的生活充满突发事件,也充满惰性,要想不吃饭活活饿死可不是件容易事;她经常咳嗽,并且咯血,但是每年约翰圣神日①一到,云渐渐飘离天空,她的病情就好转一些。卡塔利娜·巴茵特大概有二十二岁的样子,最喜欢在路西奥·莫罗的水磨坊的池塘里脱光身子洗澡。

布西尼奥斯的圣米格尔教堂神父整天被一群苍蝇围着,至少有一千只苍蝇在他身边飞舞,为他做伴,据说苍蝇肉很香甜,具有粮食一样的营养价值。一天,布西尼奥斯的圣米格尔教堂神父去奥伦塞照相,照相之前被关在黑屋子里长达半小时之久,才使苍蝇安静下来,睡过去。

"为什么不往他身上喷洒灭蝇药呀?"

"不知道,也许是不习惯用灭蝇药吧。"

布西尼奥斯的圣米格尔教堂神父和一位独臂老妇人住在一起,老妇人浑身散发着萘的气味,一刻也离不开咖啡酒,每天都喝得醉醺醺的。

"多洛雷斯。"

"堂梅列希尔多,有什么事?请您吩咐吧!"

"这块面包太硬了,你吃了吧!"

"好的,先生。"

几年以前,多洛雷斯的胳臂上生了个疖子,也许是恶性溃疡,

① 即12月27日。

医生为了避免出现并发症，把她送到医院截肢，于是，那只胳臂被锯掉了。

"一个女人少只胳臂反倒自理得格外好，人们对此非常气愤，据说她不干活。"

布西尼奥斯的圣米格尔教堂神父体大如牛，声似雄狮。

"我们男人应该像上帝要求的一样，不应该掩饰自己、唠叨、让人家讨厌，不然就更被人嘲笑，成为别人的笑柄。"

布西尼奥斯的圣米格尔教堂神父每天都酒足饭饱。

"在整个四旬斋期间，我要像圣母要求的那样严格节食，人们怎么不提这个呀？"

"有的人正是这样问自己：人们怎么闭口不说这个呀？"

布西尼奥斯的圣米格尔教堂神父还喜欢别的东西，这没有必要在此详细交代了，人是控制不住肉欲的，只是他善于伪装，把自己打扮成正人君子。

"在这里，说三道四的人太多了，他们不知道羞耻。"

"您说得对，先生，他们信口开河，胡说八道，根本不顾事实。"

听说布西尼奥斯的圣米格尔教堂神父堂梅列希尔多·阿格列克山已经有了十五个私生子。

"女人们那样纠缠，他何罪之有？"

女人们总像发情的母狗那样跟在布西尼奥斯的圣米格尔教堂神父的屁股后面；她们讲述着各自的优点，不管白天黑夜总是围着他转。

"劳驾，问一下，堂梅列希尔多，您为什么这样耐心地对待她们呀？"

"为什么不应该耐心对待她们呀？她们很可怜，她们只想得到一点点慰藉。"

巴加涅依拉人玻利卡波在塞拉·德·坎帕隆小镇的住房，在他父亲死的当天第二层就塌了下来，人被压在下面。上帝哟，我们还算万幸，安然无恙！倒是没有死人，但是不少人不是断了骨头就是打破了头，人们垂头丧气，心灰意冷。据说是房梁松动，因此地板断裂，我们都掉到了底层的畜栏里，脸上沾满了牲口粪。人们把他父亲已经四分五裂的遗体重新拼凑起来，不然，这个可怜的男人飞向天堂时，很可能缺胳膊少大腿。

“不能把尸体放在外边，不然就淋湿了，你没有看见都快淋湿了吗？快移到墙根去吧。”

这次房子倒塌使玻利卡波丢失了三只已经驯化了的负鼠，那几只小鼠很听话，还会踏着鼓点跳舞呢。

“真是几只难得的小动物，再也找不到那样的动物了。”

玻利卡波的父亲活到九十岁，因饮酒过度死去；现在的年轻人酒量都不大，这位老人嗜酒成癖，不过他如此高龄才过世，酒量该不会对他有什么严重的危害了；现在年轻人的酒量都不大，可是以前干活要花大力气，男人们不仅喝酒还要抽烟，他们敢于与野猪比试高低，用砍刀把这种野兽一劈到底。

“那是什么时代呀！”

“您以为那是真正的有所作为的时代吗？”

玻利卡波的父亲贪图安逸，挥金如土，玻利卡波的父亲在世时名字叫堂贝尼格诺·波多莫利克·图彼斯盖多，出生在一个殷实的家庭里；这个家后来破落得一文不名，那是后话了。堂贝尼格诺有许多近似病态的嗜好，他疑心病重，怀疑背叛他的人无处不在。堂贝尼格诺一直认为在所有母兽中，甚至包括蛇类在内，女人是最大的妓女，最不守贞节。堂贝尼格诺的妻子叫多洛特娅·埃克斯波希娅，是巴加涅依拉人，女佣出身，长相俊秀，身材纤细，婚前曾是一个颇为神秘的女人；他们只有一个儿子活了下来，就是最小的玻利卡波，其余十一个都流了产，也就是说在胎儿时就夭折了。多洛特娅是一个美貌过人的女人,堂贝尼格诺疑心很重,他看到许许多多男人管不住自己的妻子,当了乌龟。

“我简直被当成莽夫傻汉了。我能饶恕这种人吗?那个女人和她妈妈是一路货色,不知羞耻,对于她的妈妈,没有人知道任何东西!有些事情最好不知道,知道了反而令人伤心。”

堂贝尼格诺的嫉妒心胜过日本人,而且只是出于怀疑,因为他从来也没有发现他想要发现的东西,他让多洛特娅受了苦,把她关在房间里长达十二年之久,只给她一点面包和凉水,从玻利卡波出生就一直这样对待她,直到她忍受不住,用玻璃划破动脉血管自杀身亡,太可怕了,怎么会想到用这种法子自杀呀!一位曾是神学院学生的人看管和监视多洛特娅,这个人说话口吃,满脸雀斑,名字叫路易西尼奥·博塞洛,外号“鸭子”。堂贝尼格诺把他雇来,交代完任务以后就用镰刀把他阉割了,让他打消邪念,免得做出不忠的事来。开始,小伙子很气愤,过了一段时间他看到事情已无法挽回,也就平静下来,慢慢地消了气,听话顺从了。

“这样也好,失去了机会,也就脱离了危险,再说,这里吃得还算好。”

堂贝尼格诺不打算为他妻子举行隆重的葬礼,于是,卡瓦耶达的圣玛利亚教堂神父,即“耗子”塞费利诺,不得不出面干预,以避免闹出笑话来。在突尼斯,则为雷利娅·赫纳依娜公主,即亚基默德·帕吉亚的妻子,举行了隆重的葬礼。

“好吧,我认为应该为她举行隆重的葬礼。”

“耗子”塞费利诺,或者说“耗子”加莫索,每个月的第一个和第三个星期二都去看望贝妮希亚,晚上到,第二天天不亮就离开。表面上一切如故,谁都不必干预别人的生活,如果是神父,就更不必了,神父也是男人,男人需要女人,这没有什么不好。贝妮希亚在床上热情奔放,很喜欢搏斗。

“哎呀呀，堂塞费利诺，您太让我高兴了！搂紧点儿，搂紧点儿，快，快！哎哟，哎哟！”

贝妮希亚对堂塞费利诺一向十分敬仰，从不以“你”称呼他。

“过来点儿，我来把您那个东西洗一洗。堂塞费利诺，您知道得真多！您越来越年轻了！”

“哪里，哪里……”

实行什一税和实物税的时候，对了，现在已经没有什一税和实物税了，教民们送给他什么，比如鸡呀，蛋呀，腊肠呀，成筐的苹果呀，或者他钓到了鱼，他都要给贝妮希亚送去一份。

“我们大家都得吃饭呀，我们的上帝惩罚吝啬，吝啬是天地不容的大罪。再说，西班牙土地上的东西就应该属于西班牙人。”

贝妮希亚生来是个感恩戴德的人。

“我把什么都献给您，好吗？”

“过一会儿。”

蒙乔·雷克依索，也就是“懒虫”蒙乔，这个在梅利利亚战役中同拉萨罗·科德沙尔在一条战壕战斗过的战友，讲话总是很稳重的。

“过去，在家庭内部互相尊重，互相关心，里里外外干净整洁。我表姐赫欧希娜，您认识她，她用紫茉莉花，也就是毛莨煮水，让第一个丈夫喝了，结果中毒身亡，而她对第二个丈夫则实行一种特殊的控制手段，即每个星期六都让他吃‘小橄榄果’泻肚子，请注意，其实那不是橄榄果，而是另外一种东西。请把假腿递给我，挂在衣架上，我想取点烟叶去。谢谢，我表妹阿德拉，赫欧希娜的妹妹，没有一天不吃草药和骆驼蓬籽，这儿不出产这种东西，我几年前给她带回一铁筒，她种在花盆里，‘欧姆别尔’树叶像空袋一样，或者说像空阴囊，很是神秘。我的这两个表姐妹的母亲，对，也就是我的姨妈米卡埃拉，她是我母亲的姐姐，每天晚上都在厨房的角落里逗我，而那时我的外祖父正在讲述甲米地①战役的惨败。以前，在家庭内部，人与人之间都和睦相处，互相礼貌谦让。”

新大力士岛属于卡蒂卡斯群岛，它沉没的时候，“懒虫”蒙乔发现一种酷似药用牡丹形状的小鸟，身上没有羽毛而是光闪闪的浅绿色肉皮，当地人称这种鸟是“治愈的小耶稣”，他不知道为什么叫这种名字，只知道那里的人用这种小鸟给情妇寄送书信，给妻子送不了信，给未婚妻也送不了信，只能给情妇送信。“懒虫”蒙乔带回来一对，但是半路上死掉了，小鸟受不了红海上的航行。

疯傻女人做事要比疯傻汉子好，因为她们专心致志。我们都知道卡塔利娜·巴茵特是疯婆子，不然就不会叫她马尔蒂尼亚村的疯婆子了，但是，那个“家伙”吊在那儿，总是晃来晃去的。

“您怎么知道？”

“这和您有什么关系？”

绵绵细雨毫不仁慈地，也许是十分仁慈地滴落在那座消失的山界以内的大地上，山界以外发生什么事不得而知，不过，这无关紧要。绵绵细雨滴落在肉体或鲜花生长时发出那种声响的大地上，空中有个痛快的亡灵在游荡，呼唤随便哪一颗心脏收容它。你和一个女人同床共卧，当她生下儿子或者女儿，这个女儿还没有长到十五岁就和莱昂的一个游手好闲的男人私奔时，雨点依然如故，不停地滴落在山上。我们处在一切的中间阶段，开始就是一切的中间阶段，谁也不知道结尾之前将发生的情况。两条狗刚刚在雨下交过尾，现在一个面向东方，另一个面向西方，等待着兴奋激起的血流返回原处。

“喂，如果有瓦尔德②那样的‘家伙’就好了！”

---

① 菲律宾吕宋岛的一个城市，1898年，西班牙海军在此被美军战败。

② 小狗名，后文还会提及。

“你别那么不知羞耻，蒙齐娅。”

拉蒙娜小姐喝了杯巧克力饮料压惊。

“上帝会报答你的，莱蒙多，和你在一起我舒服极了。”

拉蒙娜小姐沉思片刻之后，脸上露出了笑容。

“喂，如果你那个‘家伙’能像汽车那样有四挡就好了！”

“你别那么不知羞耻，蒙齐娅。”

拉蒙娜小姐披头散发，两只奶露在外面，向下垂着，她用眼睛望着表哥莱蒙多，后者坐在摇椅上，卷着烟。

“你这个傻子！我们女人赤身裸体时想说什么就说什么；被窝里的话不算数。我穿好衣服，就不再说话了！”

马尔科思·阿尔必德·莫拉达斯两条腿都没有了，整天坐在一个橘色的四轮箱子里；箱子前面有一颗绿色的五角星，并且写着他的姓氏的起首字母 M.A.M，每个字母都用金色小钉勾勒出来。马尔科思·阿尔必德被一条疯狐狸咬了双腿之后便瘫痪了，后来双腿开始腐烂，只好进行高位截肢。马尔科思·阿尔必德脸上流露出厌烦的表情，生活无聊，谁都会厌世的，不幸的遭遇会使所有的人都产生这种情绪。马尔科斯·阿尔必德声音混浊，犹如在吟诵圣诗，他说话像是在敲一只破鼓。

“您看看，九年了，我一直疯疯癫癫的。这九年间，我失去了记忆，理性和意志，还有自由。这九年间，我母亲、我老婆和我儿子，一个接一个地死去了；后来，我的双腿又被锯掉了。我母亲在前厅上吊自杀，我老婆被一辆货车轧死，我儿子死于白喉，如果上帝帮忙让我有一点钱的话，他本来会得救的……我什么也不知道，因为没有必要给疯子做任何解释，人变疯了，也就没有义务尽他的职责了。”

牛车的中轴就是上帝的风笛，牛车沿着土路滚动，发出嘶哑的声音，把巫婆和炼狱中的幽灵驱赶得远远的，牛车的中轴也是世界和寂寞的心脏。我给马尔科思·阿尔必德送去科鲁尼亚工厂产的六支雪茄烟。

“很香,你抽一抽就知道了,都是精心制作之品。”

“太感谢了,这是我有生以来收到的最珍贵礼物。”

马尔科思的木刻作品别具一格,圣母像呀,圣神像呀,形象都十分逼真。

“那么我给卡米罗圣神雕刻一幅像吧,您拿去做纪念,好不好?”

“太好了。”

“喂,卡米罗圣神有胡子吧?”

“老实说,我不知道。”

四旬斋期间,帕罗恰的顾客稍减。四旬斋期间,高登西奥出于尊重宗教节日的缘故,暂停拉手风琴。

“一个人做到有礼貌并不花什么力气,我是说,不该触犯上帝。”

在奥伦塞,四旬斋期间,天气还是很冷的,有时甚至下雪,从米尼奥河时时袭来饱含凡士林味的潮气。高登西奥很喜欢听阿奴霞西翁·莎瓦德尔的声音,很富有旋律感,他也喜欢摸她那弹性十足的奶头和臀部。太美了!

“今天夜里可能没有人来睡觉,那你就等我吧,我一定来。”

阿奴霞西翁出生在拉林,她从家里逃出来想见世面,但是并没有走出很远;她现在不敢回家,怕父亲敲碎她脑袋。阿奴霞西翁爱干净,热情。她从厨房出来时,女管家问她:

“你去哪儿?”

“我给高登西奥挤奶去,这个不幸的男人真可怜;今天夜里他简直是个死人,死透了!他很烦闷……”

“去吧,快去吧;有人找你的话,我通知你好了。”

高登西奥把身体的各个部位洗干净坐在床头等她。他抽着烟，身边点着烛光，但是他看不见。他做完那些几乎习惯了的淫荡“杂耍”以后，总是说一声“谢谢”。

“谢谢，阿奴霞西翁，让上帝报答你。”

早晨五点半高登西奥去梅塞德斯教堂听弥撒，他的那位善良情妇不愿意陪他前往。

“我不去，你自己去吧。你回来时在这儿会找到我的，别拖太长时间，路上小心些。”

阿奴霞西翁很可能对高登西奥有感情，每天都有稀奇古怪的事情发生。

多年以前，在共和时期，即在“蛮子”夺下两个警察的枪支前不久，加莫索兄弟，加莫索三个大哥哥和我们几个朋友一道去苏雷斯山上的马场。苏雷斯山坐落在利米亚那边，靠近葡萄牙边界，我们去那儿换换空气，活动一下筋骨，帮马尔维斯亲戚一把。他们住在布里尼德洛，生活没有保障，几乎只靠在洛维奥斯，或者说丰德维拉的圣佩拉约·德·阿拉乌克索教区与葡萄牙人搞走私交易过活。

“我们并不像萨布塞多的蓬特韦德拉人，既不偷马，也不给马做标记，但是我们很愿意去那个地方。”

就是那次远征，巴加涅依拉人玻利卡波·波多莫利克·埃克斯波希托丢了三个指头，人要倒霉，不出一分钟就会断送一切，但是世界并不因此就停止转动。“懒虫”蒙乔已经用上了假腿，若是用上等材料制作假腿，尺寸又合适，根本看不出是假的。“魔鬼”塔尼斯·加莫索总是有使不完的劲儿，他的力气大极了。塔尼斯只要在额头或脖颈上给马儿一拳，就会把它打翻在地，据说他能够阻断马儿血液的流通。他的弟弟克梅沙尼亚修士，即罗克，每场赌博必赢，他把您知道的那东西摆在桌面上，就是说押四十个硬币，整整四十个硬币,您如果不相信的话,我请大家在这儿吃晚饭。布雷希莫·法拉米尼亚斯·霍辛已经当上了后勤学院学员,应该对他使用尊称“堂”:堂布雷希莫·法拉米尼亚斯·霍辛是班卓琴师,他长得像美国人,嗜酒是后来的事了。那时,盲人高登西奥的眼睛还没有瞎,在神学院里;马尔科思·阿尔必德的腿也没有锯掉,更没有进疯人院;后来抛下寡妻阿德加的美男子西得朗·塞加德还没有死去,他活着,而且活得很好,刚刚结婚。

“还有谁没到?”

“还能有谁没到呢?”

“蛮子”巴尔多梅罗·加莫索主持会议,他连衬衣都没穿,为的是让大家好好看看他身上的文身和这图饰象征的权威:女人象征财产,蛇象征意志,这很清楚;蛇盘绕在女人身上,这就是说,意志控制着财产,男人是生活的胜者。

“都到齐了吧?”

“为什么不到齐呢?”

鞋匠们不骑马。我们没有让法比安·明盖拉,即莫乔,跟我们一道来马场;卡罗波兄弟的额头上都长着一块猪皮,那东西用来点燃混合炸药倒不错,对了,可是额头上有猪皮的人并不适宜跟在马后面到山上去,也不适宜夹在我们中间。再说,卡罗波兄弟并不是本地人,我们不用棍子撵走他们就不错了。他们如果不高兴的话,那就不高兴好了,世界照常转动,谁也不能让世界停止转动。婊子儿子的第三个特征是面色苍白,跟死人一样。对,或者说,跟法比安·明盖拉一样。

“到苏雷斯去有三天路程,这条路我们都熟悉,三天路程累不死人。”

安蒂奥基亚城被埋在,也就是说沉睡在安德拉湖底,多少世纪以来一直为它的残酷罪行赎罪。一个主人并不能用牧羊人的肉满足自己的肉欲，尽管以后可能用腰带勒死他，因为上天戒律绝对禁止这样做；一只狼不能骑到母鹿身上去，一个女人不能给另一个裸着身子的、怀孕的或患麻风病的女人戴花环。安蒂奥基亚的亡灵要在约翰圣神日的夜里摇响铁钟，请求宽容，然而对他们来说，这一天却迟迟不来，永远不来，因为他们被永远囚在地狱里。凡是穿越安德拉湖的人都会失去记忆，我不知道是从这儿往那边走，还是从那边往这儿走，而且在阿尔杜斯王①寻找圣格利亚尔②时，他的士兵竟然变成了蚊子；安德拉湖里全是蚊子，还有青蛙和水蛇。

“可是，那湖是不是在我们去的路边上？”

“对，到了那儿我们就可以放心了。”

从开始到布里尼德洛的旅途生活是欢快的、舒服的，没有发生大的问题；在毛利里略内斯，也就是说旅程的第二天，“懒虫”蒙乔在酒馆里和别人吵了一架，没有大动干戈，可是，“魔鬼”塔尼斯还是出面作了调解，在那里没有发生任何不可收拾的事情。

“有的人只有喝醉了才开心，最好让他们多呼吸一点空气。”

苏雷斯马场很荒凉，但是个很有吸引力的地方。到苏雷斯马场去的只有我们兄弟几个人，因为没有必要带别人去。奥伦塞省是加利西亚地区野马最少的省份；在金锁山、飞机塔山和猪山上有一些，不过那已是蓬特韦德拉管区了。我们的亲戚马尔维斯很高兴，端出醇香的老酒招待我们。苏雷斯的野马都有胡须，野马都有胡须，是烈性马。在苏雷斯一带，人们把马场、野马场，把追捕、围关和剃毛做标志的地方统统称为马场；在其他地方，把驯马叫做围关、剃毛、打印。布里尼德洛的马尔维斯兄弟共三人，是塞贡多、埃瓦利斯托和卡米罗，他们是罗克的儿子；罗克是“兜肚”的弟弟，他

---

① 阿尔杜斯王，公元前8世纪时统治威尔士。
② 传说是耶稣最后的晚餐使用的杯子。

和当地一位姑娘结了婚，后来两个人又分了手；罗克不想回皮尼奥尔，现在和一个葡萄牙女人住在埃斯佩列罗，也就是圣费兹·德·加莱斯教区，行政区叫恩特里莫，离得并不远。罗克和几个儿子的关系还不错，而且每年在罗莎圣神日那天都打发人给妻子送去几只母鸡，他是打发葡萄牙女人送去的。马场远征军由“蛮子”指挥。

“指挥的事交给你了，我们跟着你，听你的。”

“好。”

第二天一大早，天还没有亮，我们便出发去山里，我们这些和马儿打交道的人，一个个洗漱干净，消除了疲劳；我们的坐骑也都吃饱喝足，在暖烘烘的马厩里休息了一夜，圈马有一个秘诀，要沉着、耐心，不能让野马受惊跑散；开始，把野马赶到一起，小声驯导，让它们慢慢地安静下来，我们的小马儿，太好了！喂，老实点儿！安静些儿，饿了吧！天亮以后，把一群群的野马赶到马场，这时便可以大声呼叫，挥棍抡棒了。

十二三个人骑着马，趁着黎明前的黑暗追捕上百匹，也许不到一百匹的惊恐万状的野马，那可真是紧要关头呀，心都提到了嗓子眼儿。

“截住！”

“从下边往上赶！”

“小心，别让它跑了！”

玻利卡波措手不及，一头小马闯过来咬了他一口，咬住他一只手，只给他留下两个指头。玻利卡波用手帕把伤口紧紧包住，把伤手插到衣兜里，忍受着剧痛，一招不慎，痛失全局，不过，太阳依然东升西落，走它的路，仿佛什么也没有发生。玻利卡波落在后面，回到布里尼德洛以后，马尔维斯兄弟的母亲用一种老处方给他治：草叶、鲜牛粪、女人尿、蜘蛛网、黄土和糖，让狗把伤口舔干净。

把牲口赶到马场以后，头一两天最好不喂它们水，让它们镇静下来。之后，把受孕的母马分离开来，刚刚分娩过的母马也要分开，弱马和残马则要放掉，让野狼处置它们吧（现在通常送进屠宰场），最后把剩下的马一个个弄倒，剃毛打印记。三四个身强力壮的汉子，有胆量的男人，“蛮子”、他的弟弟塔尼斯、西得朗和马尔维斯家中最小的弟弟卡米罗一起干，并不怎么困难，问题是不能大意。堂布雷希莫·法拉米尼亚斯坐在由于天长日久已变成绿色的石柱上，弹奏班卓琴，高登西奥半似惊愕半似嫉妒地“看着”伙伴们飞马奔跑，“懒虫”蒙乔吊着那条精心制作的假腿骑在马上，挥舞大棒，轰赶马群。克梅沙尼亚修士、马尔科思·阿尔必德、塞贡多、埃瓦利斯托，还有我，注意观察四周，照着篝火，端着酒囊喝葡萄酒，等着合适的时间给马剃鬃毛。

“玻利卡波呢？”

“他去布里尼德洛了，听说他受了伤。”

剃马鬃，越快越好，绝不能慢吞吞的；要早点结束，越早越好。每头牲口可以剃下一磅鬃毛，也可能少一些；马鬃长而干净，一把一把的，和新鲜的牛犊肉一样值钱。克梅沙尼亚修士一直看着我。

“在这里，我们大家都变成了古欣德人，好吧，反正都一样，一些人古欣德人的成分多些，另一些人成分少些；我们大家都长着嘴能吃饭，一个个身强力壮，家里的成员都这样。我们是七尺大汉，体重都在五个阿罗瓦①以上。挺得住，没关系！”

马尔科思·阿尔必德习惯咀嚼葡萄牙烟叶。

“最糟糕的是口水，把什么都吐掉了；不过，咀嚼烟叶比抽烟叶好，不损伤肺部。”

像其他牲口一样，马儿也要用热烙铁烫印标记。马尔维斯·德·布里尼德洛兄弟的标记是L，即母亲罗莎·洛莱塞斯姓中的第

① 重量单位，每阿罗瓦合11.5公斤。

一个字母。马的每只耳朵上也要烫印标记。瘦弱多病的牲口，我是说那些将被饿狼吃掉，在饥饿和寒冷中死去的牲口，每年都多达千头以上，对这些牲口则不必做标记，为什么呢？凶猛的矮马大部分是栗色的，也有黑色的和杂色的，身高还不及两个瓦拉①，绝不能圈起来，不然的话，用不了半天工夫便会因为郁闷非病即亡。西得朗·塞加德累了时便放声唱歌，据说唱歌对肺部和喉咙都有益处。

罗宾·列宝桑把以前发生的事写完之后，便高声朗读起来，接着站起身。

"看来咖啡和白兰地我都喝多了。再说，今天晚上我还要去看望罗西克莱尔，给她送点精制巧克力去，让她长胖些。"

罗西克莱尔是护士，很会打针，她一直给拉蒙娜小姐注射铁、钙和保肝药剂，让她增强体力。拉蒙娜小姐喝"得思齐恩"葡萄酒，贫血、体弱、衰竭，吃胶囊药物、速效钙片。听说罗西克莱尔的情夫不止一个，不过她对此守口如瓶，这种情况有什么可张扬的。当别人不注意的时候，罗西克莱尔和拉蒙娜小姐一块儿跳舞、亲昵；小狗瓦尔德也乖乖地让她抚摸、溺爱，小狗很听话，很温顺。

"罗西克莱尔，别走，再待一会儿吧。"

"你表哥莱蒙多今天夜里不来吗？"

"来不来和你有什么关系？莱蒙多完全可以和我们两个一块儿睡嘛。"

"对，这也是……他已经不是第一次弄得我们两个精疲力竭了。"

"罗西克莱尔，闭上你的嘴，别那么风骚。"

"我就应该是我，蒙齐娅。还有，我不愿意听到你叫我风骚娘们儿。"

---

① 长度单位，每瓦拉合0.8米。

“请原谅。”

罗西克莱尔和拉蒙娜一块儿吃了晚饭，她在那儿呆到很晚。

“夜都这么深了，你还走呀？”

“没关系；今天该轮到你和罗宾舒舒服服地过一夜了。”

“可是，你不想学点新东西吗？”

“不想学。”

内战期间，罗西克莱尔的父亲曾在奥伦塞被游过街，最后被律师堂赫苏斯·曼萨内多杀害，这位律师以杀人著称，谁也不会给自己的女儿起罗西克莱尔这样的名字呀，玩火者必自焚；应该给女孩子起圣母、女圣徒那样的名字，不要起世俗的、让人捉摸不定的名字：罗西克莱尔、阿玛内塞尔、奥罗拉①……对，奥罗拉还可以说得过去，亚特莫斯弗拉，维纳斯，太荒唐了！罗西克莱尔的父亲当过银行的出纳员，这个可怜的男人，就是因为没有心眼才被人杀害了。

“堂娜阿尔塞妮亚，您是不是认为事情像您说的那样？”

拉萨罗·科德沙尔被杀害了，那是他倒霉，他轻信别人，对摩尔人不应该怀有一点信任，因为他们在感情和性格上都是狡猾的，谁也不知道杀害拉萨罗·科德沙尔的那个摩尔人叫什么名字，当时前者在无花果树下做爱，脑海中想着赤身裸体的阿德加，不过，这并没有什么关系。拉萨罗·科德沙尔很会用弹弓射石，百发百中。

“你大概射不中电线杆上的小鸽子吧？”

“射不中？”

拉萨罗·科德沙尔拿起弹弓，啪的一声！电线杆上的小鸽子粉身碎骨，从空中散落下来。

---

① 在西班牙语中，这三个字都有“黎明”之意。

“你大概射不中那只黑猫吧？”

“射不中？”

拉萨罗·科德沙尔瞄准弹弓，啪的一声！黑猫两眼冒金星，脑袋开了瓢。

“是不是魔鬼呀？”

“我想不是，这一带很少有魔鬼。”

拉萨罗·科德沙尔被杀害时，那座山界就消失了，从那个不幸的日子开始，谁也看不见山界了，我觉得山被移到很远很远的地方去了，也许移到了通向萨那布利亚路上的坎达和帕多尔内洛西处庄园那里。在格鲁斯·德尔·乔斯克，迎着拉萨罗·科德沙尔的面走上去的那个已婚男人没有估算好距离，上帝哟，那个人怎么如此厚颜无耻呀！当了乌龟，也不该那样厚颜无耻呀，应该有礼貌，谨慎、顺从，做一个有人格有风度的乌龟真不是件容易事呀。

“我走我的路，请您闪开一点，我可不是来打架的。”

那个男人没有躲开，当然啰，他被打伤以后，又被捆绑起来送回家里，羞怯得抬不起头来。蒙乔·雷克依索曾经和拉萨罗·科德沙尔一起在梅利利亚打过仗，但是他活着回来了，虽然腿瘸了，但保住了生命。

“我不知道那条腿哪里去了，我想是被人扔掉了；我认为把人家的腿锯掉了，腿应该归还本人，就是用大盐腌起来也好呀，可以作为纪念物保存起来嘛。”

“懒虫”蒙乔横渡红海时，他的一公一母两只信鸽死掉了；被治愈的小耶稣是只充满幻想的小鸟，很脆弱，只会传送爱的信息，一把它从岛上带走，便会悲痛死去，患感冒死去。盲人高登西奥做完弥撒回来时都快冻僵了。

“太冷了，阿奴霞西翁，这简直是到世界末日了。”

“还没有到那种地步，过来，躺在被窝里，我马上给你弄杯热咖啡。”

雨已经下了两百个日日夜夜,天得不到喘息,地得不到休息,塞克索的那只母狐狸已经老了,并且患有风湿病,人们说它活厌了,站在巢穴的出口处有气无力地咳嗽。我若是像古人那样会弹奏圣诗——现在已经没有圣诗了——就可以每天下午以此消磨时光了,可是我不会。我若是像堂布雷希莫·法拉米尼亚斯那样会弹奏班卓琴,也就用它消磨时光了,班卓琴不也是个很好的伴侣吗,可是我不会弹。我只会吹风笛,站在树下吹风笛也别有一番情趣,与此同时小伙子们欢快地叫喊着,姑娘们时紧时慢地呼吸着,焦急地等待着甜蜜而令人劳神的夜晚到来。我不会弹奏圣诗,也不会弹奏班卓琴,又不能在房子里吹奏风笛,只好每天下午找个人躺在床上干那种脏事,有时单独一个人,问题是我的腰弯不到那种程度,就差那么一点点够不到。可能谁也够不到,我常常这样安慰自己。贝妮希亚性格欢快,但是从来不知疲倦,也令人厌烦。贝妮希亚很会做蛋饼,她有两只栗子样的奶头,看着她煎蛋饼时把两只奶头露在外边,很是惬意。

“贝妮希亚。”

“什么事?”

“把报纸递给我,给我斟杯葡萄酒。”

“我马上去。”

安德拉湖里的青蛙要比加利西亚、莱昂、阿斯图利亚斯、葡萄牙和卡斯蒂利亚的其他青蛙历史古老;历史如此悠久,身份如此显贵的青蛙,在普罗旺斯的瓦尔河和图卢罗尔河,在匈牙利的巴拉顿湖和爱尔兰的蒂帕雷里,以及在沃特福德两个郡的池塘里,已经不复存在。我们的上帝耶稣源于白鸽,而他的圣洁之母源于百合花和纯净的兜帽。安德拉湖里有一只青蛙,名叫利奥尔塔,由它派生出九个不同但又互为亲戚的家庭,他们是:马尔维斯一家、塞拉一家、塞加德一家、法拉米尼亚斯一家、阿尔必德一家、贝拉一家、波多莫利克一家、雷克依索一家和列宝桑一家；人们把这一大群人统称为古欣德人，他们如果齐心合力干点什么，没有干不成的。

看着贝妮希亚赤身露体地斟酒很有意思，那时雨点不停地从天上滴落到地上，滴落到痛苦、不幸、焦虑的心田上。

“把酒浇到你的奶头上。”

“我才不干那种事呢。”

据一五九五年威尼斯出版的圣笃会修士阿尔纳多·维昂的作品《生命的十字架》称，爱尔兰阿马主教圣马拉吉亚在他的教皇大事记中明白无误地写道，二〇五三年，如果上苍愿意的话，耶稣将回到人间。“人们将把安德拉湖淘干，而代之以湖区被灾难和瘟疫洗劫。当湖水完全枯竭以后，人们就要刨挖大地寻找矿产，干枯的大地于是将被饥饿和死亡征服。”

我们这些古欣德人很喜欢在朝圣时打闹，这有什么不好！还喜欢在教堂前厅和公墓里跳单人舞，有时手里握着棍棒。我不会拉小提琴，不会吹口琴，不会弹奏圣诗，也不会弹奏班卓琴，我只会吹风笛，真糟糕。高登西奥在帕罗恰那里拉手风琴，拉华尔兹和进行曲，有时还拉一两首探戈曲，供别人消遣娱乐；但他就是不拉玛祖卡曲《我亲爱的玛利亚娜》，这支玛祖卡曲他只拉过两次，一次是一九三六年“蛮子”死时；另一次是一九四〇年法比安·明盖拉，即卡罗波·莫乔死时；除此之外，他再也没有拉过。

“供顾客消遣娱乐？”

“我看是，高登西奥一直在用心钻研乐谱。”

他的妹妹阿德加也拉手风琴，她拉波尔卡曲《凡菲内特》《我的爱》和《巴黎，巴黎》。

“杀害我亡夫的那个死鬼活着时从来没干过正经事，您看见了他的下场。杀害我亡夫的那个死鬼不是古欣德人，但愿上帝原谅我,他是外地人,这就是我们对流浪汉发善心的报应,如果他父亲来要施舍,我们把他打个稀巴烂,给他吃饭的人就不会流血丧命了;后来,事情被遗忘了,可是我还记得,在那一带,人们谈论得很多,所以应该把事情记在心里。堂卡米罗,您是古欣德人,是古欣德人当然好,我的亡夫就是古欣德人,是古欣德人有好处。可是,这也要付出代价,不管你愿意与否,那个男人死了以后依然是男人,我们女人留下来看着这个死人,把事情讲给儿女们听。我告诉您一件事,这件事所有人都知道了,而您还不知道,因为您不常到这边来,不过,我已经说出一大半了,请您记住:我把杀害我亡夫的那个死鬼挖了出来,一天夜里,我跑到卡尔瓦利尼奥公墓把那个死鬼偷了回来,把他拖回家里,将腐肉切下来喂了猪,后来我宰了那头猪,吃了肉,把前肘放在一边,肠子和头放在另一边,这样一直吃到最后。古欣德人高兴极了,他们没有作声,卡罗波兄弟生了疑心,但也没有作声,因为他们如果声张的话,谁也不会理睬;这是上天的戒律,我认为他们迟早要离开这里,有的已经走了,一些人去了瑞士,另一些人去了德国,我总觉得他们会死在天涯海角,被中国人吃掉。"

"还有莫乔吧?"

"他跑到什么地方去了?"

婊子儿子的第四个特征是情妇众多,法比安·明盖拉是一个令人赞叹的美男子。法比安·明盖拉这个在所到之处播种死亡的死鬼,至少和疯婆托拉,也就是罗莎利娅·特拉苏尔费,分文不花地同居了四年之久。他触摸疯婆托拉,即罗莎利娅·特拉苏尔费的臀部,嘬她的奶头,还打骂她,至少从一九三六年到一九四〇年期间他们住在一起,他是杀害"蛮子"、杀害阿德加亡夫、杀害另外十二三个人的死鬼。

"你还是不作声好,不然,我可能把你打发到那个我已经把另外一些人打发去的地方，他们没有一个人得以返回，这一点你知道得很清楚。”

那个死鬼使罗莎利娅·特拉苏尔费，即疯婆托拉怀了三次孕，这三次她都去接生婆达密亚娜·欧塔利洛，即“洋姜”家里打了胎，是用欧芹做的打胎药。

“许多年来我一直想自食其力，不愿意过妓女生活，我不想和婊子儿子生孩子。也许上帝总有一天会让这种生活结束。”

罗莎利娅·特拉苏尔费，即疯婆托拉，总是这样反复述说着。

“他到处寻找我，这是实情，他走遍了他要去的地方。但是，我依然活着，并且把自己洗得干干净净，莫乔像死人的蛆虫一样，死人给这些蛆虫提供食物和住房。”

马尔科思·阿尔必德的轮椅好像一辆马车，除了音乐以外一应俱全。

“我现在要重新油漆一下，那颗星星已经模糊不清了，但是铁钉还能用得上，在我疯了的时候，对我来说什么都一样，但是现在不同了，现在我要把东西弄得好看一些，就像上帝要求的那样。绿色油漆好看，这我知道，但是干了以后，就显得逊色了。”

马尔科思·阿尔必德坐在轮椅里很舒服，只是有点儿寂寞，对，谁都忍受不了寂寞，但是他很舒服，有的人则不舒服。

“我来画个卡米罗圣神像，把那个‘家伙’画得大大的，这样，人们看到卡米罗圣神时一定会惊愕。”

我们不得不用担架把巴加涅依拉人玻利卡波从布里尼德洛抬回来，他手上的伤还没好，被小野马咬了以后又大病一场，现在还发高烧。

“烧得厉害吗？”

“还好，不太厉害。”

那里的马尔维斯兄弟的妈妈罗莎·洛莱塞斯不让他走。

“他身上流淌着我儿子一样的血液,待在这里没有关系,但是让他走山路,身体一定会吃不消。你们应该让他至少睡上两天。”

“好吧。”

我们这些马场人,或者说古欣德人,分别住到了布里尼德洛、普谢多和塞拉,马尔维斯兄弟住在他们的表兄弟家里,玻利卡波也留在了那里,西得朗·塞加德和他的后来失明了的小舅子高登西奥住在猎人兼走私犯乌尔瓦诺·拉丁家里,此人是斜眼,斜得比谁都厉害。

“西得朗,不要看他的脸,斜眼人不能理解正常人的感情。”

布雷希莫住到盲人佩贝尼奥·列古亚斯的家里,主人只收一个比塞塔的床位钱,马尔科思·阿尔必德和蒙乔去了普谢多,住在拉乌伦蒂尼娅姐妹家里,我和罗宾·列宝桑到了塞拉,看望我的亲戚温塞亚一家。

“你们两个就住在这儿吧,房子很宽绰,留下来给我们做伴。”

温塞亚兄弟和他们的母亲住在一起,老母亲多玲达已经一百零三岁了,她时时抱怨全身发冷,家里的女仆熬制的咖啡酒比什么都好。

“那个女人叫什么名字?”

“不知道,那个可怜的女人是个哑巴,当然啰,她不会告诉我们她叫什么名字。她不是本地人,看她的长相像葡萄牙人,但或许也不是那里的人,她没有身份证明,和我们住在一起已经很久了,五十多年了,她从来不‘说’别人的坏话,没有损害过任何人。在村子里,我们叫她哑巴,这不是绰号,她真是哑巴。”

哑巴熬制咖啡酒时很认真,您如果愿意的话,请记下来。在砂锅里加入下面这些东西:一锅醇香的葡萄烧酒、两磅烤熟的咖啡豆、四磅冰糖、两把核桃,当然啰,要剥了皮的,还要用手掰碎些,以便充分利用其营养成分,另外加进两只苦味橘的果皮。以后,用一根榛木棒不停地搅动两个星期,天亮时顺时针搅动一百次,天黑时逆时针搅动一百次;最后用粗包装纸过滤,装瓶,并且至少存放一年。有的人把酒装在大口瓶里,用蜡封严,也有的人根本不过滤,径直装在栎木大桶里让其醇熟。每当我和罗宾咂着舌头喝酒时,哑巴都露出一副异常兴奋的表情;人们说,哑巴一高兴就禁不住放几个长长的响屁,很有意思。

洛利妮亚·莫斯克索·罗德里盖斯,即巴尔多梅罗·加莫索的妻子,对了,巴尔多梅罗·加莫索就是巴尔多梅罗·马尔维斯·温德拉或费尔南德斯,外号叫“蛮子”,她带着五个活蹦乱跳的孩子,好像她给他们的脸上抹了油似的,一个个油光闪亮。然而,罗莎·罗孔即“魔鬼”塔尼斯的妻子的五个孩子,则屁股露在外边,嘴唇上挂着两道鼻涕,上帝的创造物情况不一,茴芹酒也不是白喝的。

“你想喝杯茴芹酒吗?”

“已经到吃饭的时候了?”

阿维拉依奥斯人切洛·多明戈斯,也就是幸运的圣卡拉亚斯副主教罗克的妻子,在这个苦难深重的尘世上受尽了煎熬。

“切洛,你别唉声叹气的,有了总比没有好些。”

“人们都那么说。”

切洛·多明戈斯很会干厨房的活,她制作的腌肉饼美不胜收,一只肘子,她剁成三四块,炖煮之前放在炭火上烤黄,还有杂碎,当然是牛杂碎而不是羊杂碎,羊头羊排,这些都是她的拿手好菜。

“日本人嫉妒心很强,您说是吗?”

“问我这个干什么?”

“不干什么,我听人家这么说。”

堂贝尼格诺·波多莫利克·图彼斯盖多整天唠叨说他能活一百岁,可是九十岁上就死了,他喝的葡萄酒多得身体都盛不下了。

“您不是说谁也没有看见他喝醉过吗？”

“那种事还用我说呀？大家都看见他喝醉过，他喝酒从不避人。您别听别人那一套。”

虽然堂贝尼格诺最后几年有些驼背，但一直像个英武的兵士。

“‘鸭子’！”

“您吩咐吧，堂贝尼格诺！”

“你站到炉架上，不烤得流油别下来。”

“是，先生。”

“鸭子”路易西尼奥·博塞洛像头阉过的牲口那样顺从听话，往他身上发泄愤怒再好不过了。

“‘鸭子’！”

“您吩咐吧，堂贝尼格诺！”

“把裤子脱下来，我要在你屁股上打两棍子。”

“是，先生。”

“鸭子”路易尼西奥·博塞洛在神学院时，伙伴们都往他的床铺上撒尿，他因此常常着凉。

“‘鸭子’！”

“您吩咐吧，堂贝尼格诺！”

“你给夫人送面包和水了吗？”

赫欧希娜，即“懒虫”、瘸子蒙乔的表姐，她的第二个丈夫也奄奄一息了。

“得早一些下手，我已经不年轻了，住在这穷乡僻壤总得有个男人呀。我们女人，尽管一而再，再而三地丧夫守寡，但绝不应该孤单单地一个人过日子。”

蒙乔总是怀着亲切的感情谈起赫欧希娜的母亲，也就是他的姨妈米卡埃拉。

“她一直对我很好，我小时候，每天夜里她都逗我；以前，家庭比现在要和睦得多。”

阿德拉和赫欧希娜是亲生姐妹，但是除了嗜酒好烟和爱睡行军床外，没有丝毫相似的地方。

“女人就为这个活着呀？”

“当然啰，我们生活在这个世界上，绝不是为了传宗接代。”

阿德拉和赫欧希娜很想让拉蒙娜小姐在唱机上放卡洛斯·加尔德尔的探戈曲：《桃花》《郊外的旋律》《下山去》。

“我多么希望变成男人，和女人跳探戈呀！”

“别胡思乱想了！”

前一年的一天晚上，阿德拉和赫欧希娜与拉蒙娜小姐、罗西克莱尔跳了探戈。

“我可以脱掉连衣裙吗？”

“随你便！”

我的姨妈萨尔瓦多拉，即卡山杜尔费人莱蒙多的母亲，孤身一人住在马德里，对村子里的事，什么都不想知道。

“连亲戚家里的情况也不想知道？”

在我妈妈的族系上我还有三个姨妈和一个舅舅，他们是萨尔瓦多拉姨妈、格列托舅舅，他们的配偶都先后死去了，赫苏莎姨妈和埃米莉塔姨妈仍然单身。格列托舅舅一有空就弹奏乐器，或者说他一个人就是一支爵士乐队。

“可是，他多大年纪了？”

“不知道，七十六七岁或者七十八九岁吧。”

赫苏莎姨妈和埃米莉塔姨妈把时间都花在祈祷、议论是非和撒尿上，她们两个小便失禁。赫苏莎姨妈和埃米莉塔姨妈不和格列托舅舅说话，对了，不是不说话，而是她们讨厌他，恨他，恨得要命，她们从不掩饰这一点。

“最好男人都上吊死了。格列托每天就知道弹呀拉呀，我们一刻也不得安宁,他有意不让我们安宁!他明明知道我们有头痛病!”

我有两个姨妈和舅舅住在同一幢房子里,姨妈住在比较潮湿的楼下,舅舅住在比较干燥的楼上。格列托舅舅厌倦时就呕吐,他把指头放到嘴里,把肠子吐到脸盆里或立柜后面,听说他把吐肠子当作一大乐趣。格列托蜜月之游去了巴黎,一到那儿,妻子就病倒了,他把她送到医院里,说看到病人就恶心,他是从领事的信中得知自己已经成了鳏夫的。

“可怜的洛尔德斯没有活多久,那是实情,可是,不管怎么说,我尽了我的力,我把她送到一家很好的医院里,并且预付了各种费用,包括葬礼,都是她的命不好。”

我的外祖父母在经济上很有些地位,开皮革厂和棺材厂,棺材厂是制造地狱用品的地方,然而我的姨妈和舅舅把遗产都挥霍了,现在穷得分文没有,过着朝不保夕的生活。

“我不知道什么最糟糕,是饥饿还是肮脏;男人们宁愿肮脏,而我们女人宁愿挨饿,也许有的妓女不这样。”

在教堂司事的葡萄园里吊死的那些母兽一天比一天难看,渐渐腐烂了。马尔蒂尼亚村的疯婆子一边吃榛子,一边把奶头掏出来给那个死去的狐狸精看。

“滚开,疯婆子,你一个人犯的罪恶比索多玛①和蛾摩拉②加在一起还多!把你那东西收回去,向我的耶稣请求饶恕吧,你这么淫乱,真该受到谴责!”

一天,教堂司事用石块击中了卡塔利娜·巴茵特两只奶头中间的部位,她口吐鲜血;教堂司事笑得死去活来。

---

① 据《圣经》称,索多玛是约旦河谷地的古城。由于居民作恶、淫乱,被神毁灭。只有罗得及其女儿得到天使指点,才得以逃生。罗得的妻子不听天使的话,变成了盐柱。

② 据《圣经》称,蛾摩拉是巴勒斯坦的古城,和索多玛一起毁于天火。

“我的上帝，打得太准了！差一点打穿她的肺叶！”

马尔蒂尼亚村的疯婆卡塔利娜·巴茵特跳进路西奥·莫罗磨坊的池塘里，她像一头失群的孤羊，像天使一样的没有任何原罪的羔羊。

“水凉不凉？”

“不凉，先生，不太凉。”

如果看到一群苍蝇飞过来，你就会知道：布西尼奥斯的圣米格尔教堂神父一定在苍蝇中间，他身上的肉大概比蜜饯还甜。

“多洛雷斯。”

“听您吩咐，堂梅列希尔多。”

“这酒简直变成酸醋了，你喝了吧。”

“是，先生。”

多洛雷斯抬起臂肘，毫不犹豫地一饮而尽。多洛雷斯只有一只胳臂，喝醉了便保持不住身体的平衡。

“有些日子她一直斜着身子，据说是她的身体一边轻另一边重。”

堂梅列希尔多以那个“家伙”巨大和坚挺而远近闻名；他如果不当神父的话，完全可以在朝圣时向信徒讲述他的幸福经历，并以此谋生。

“先生们，女士们，请进来看看耶稣大敌的这个地地道道的器官，请原谅，我说它是伊比利亚半岛上最大的器官！诸位请不要拥挤，大家都可以进去，那东西不会随着时间的推移而变小的！”

不过，当然了，出于对众人的尊重，有些事情神父是不能做的。

“多洛雷斯。”

“听您吩咐，堂梅列希尔多。”

“这些苹果都烂了，你吃了吧。”

“是，先生。”

“你再给我送烂苹果,我就统统塞到你屁股里。”

“是,先生。”

罗马尼亚的卡洛尔国王访问贝尔格莱德,王储米格尔陪同。

堂贝尼格诺的温顺男仆路易西尼奥·博塞洛和圣米格尔教堂神父家里的女佣多洛雷斯是这样两个人物,好像是生活在斥责声中,一只愤怒的手,比铁钩还锋利的手,比马蹄还厉害的手,时刻悬在他们头上,说不定什么时候打将下来,降伏他们。

“马蹄应该踢在小肚子上吧?”

“往要害地方上踢!”

我要在纸上记下来,我得向科鲁尼亚表兄再要些雪茄送给马尔科思·阿尔必德,作为对那座卡米罗圣神像的报答,神像很可能成为一件艺术珍品。去苏列斯马场时,我和马尔科思·阿尔必德之间你我相称,后来战争爆发了,发生了一些事,再加上没有处理好,现在时而以“你”,时而以“您”相称,在众人面前,我们以“您”相称,我以“你”称呼他要比他用“你”称呼我的时候多。我一定记住向科鲁尼亚表兄再要些雪茄来,马尔科思·阿尔必德是个好青年,他坐在轮椅里一定很厌烦。

“小星星已经看不清了,我得重新油漆一下;绿色油漆好,人们都这么说,但是,和别种颜色的油漆一样很容易褪色,还得漆一遍。”

唱机比留声机好,豪华而更现代化,唱机没有喇叭,声音是从四周的细孔传出来的。罗西克莱尔有几位阿根廷亲戚,他们把唱机叫做“自动唱机”,手摇唱机要比留声机更古老。卡山杜尔费人莱蒙多送给我表妹的唱机是“奥德昂”牌“卡德特”型的。如果想听激荡灵魂的音乐,比如肖邦的波兰舞曲《明月,为埃莉莎升起》,还是钢琴好,然而如果听令人烦恼、半疯半癫的音乐,则应该用唱机,这样听起来更神秘,更激荡情感。要是听《风帆华尔兹》这类称不上“阳春白雪”的音乐，钢琴和唱机的效果便是一样的。那架钢琴很小，愈疮木框架，象牙键盘，是拉蒙娜小姐从她母亲手上继承下来的。她很喜欢弹钢琴，并且弹得很有风格。去年冬天的一个傍晚，拉蒙娜小姐对罗西克莱尔说，她们两个在一起跳舞已经跳厌了。

“别和那个猴子逗着玩，逗着玩是开心，不过会使人背运，再说它也有病。”

“可怜的赫列米亚斯！”

拉蒙娜小姐的钢琴是“克拉梅尔”牌的，有两个银制蜡台，那是装饰物；以前人们的生活比现在好。

“当然啰，不过，以前人们也是要死的。”

“这一点我倒不那么有把握。”

罗宾·列宝桑常常给罗西克莱尔送些精制的巧克力去。

“收下吧，把你那两只奶头保养得硬硬的，硬奶头能激起我的性欲。”

“住嘴，猪猡！”

罗宾·列宝桑经常把诗集借给拉蒙娜小姐。罗莎利娅写《沙尔河畔》时已经住到了马坦萨那里，在西火车站那里，离乌利亚河很近。《沙尔河畔》是用正统西班牙文写成的，而《新的角斗》则是用加利西亚文，这两首诗都很优美，有灵感。《沙尔河畔》是罗莎利娅死前不久发表的，她活得不长，还不到五十岁。罗宾·列宝桑估计罗莎利娅像书上说的，不是生在圣地亚哥，而是生在帕特隆，她生下不久就被抱走了，说是为了减轻那位被神父污辱了的母亲的痛苦；如果人们知道，随着时间的推移那个小姑娘将成为国内最伟大的诗人，也许不会那么匆匆行事、鲁莽无礼了；她险些被置于死地。

“都是蠢驴！”

"唉,以前也发生过这种事儿。"

罗宾·列宝桑认为罗莎利娅和贝克尔有过爱情关系,但是他没有掌握真凭实据。贝克尔和罗莎利娅的年龄差不多,但是死得早一些,他们两个人的身体都不好。拉蒙娜小姐很喜欢《我的故乡风情》那首诗,那是古罗斯[1]的作品,他是塞拉诺瓦人,去苏列斯时经过那里,他是罗宾的叔伯爷爷。

"也许你就是由此对读书产生兴趣的吧。"

"就算这样吧!"

堂拉蒙·卡瓦尼亚斯的《海风》写得非常优美;堂拉蒙·卡瓦尼亚斯是亚罗萨河口附近的坎巴多斯人,身体很好,那时我们已经进入二十世纪中叶,我很高兴,因为诗人越来越少了,现在诗人也不如足球运动员和军人多。罗西克莱尔也喜欢诗,尽管不那么强烈。卡山杜尔费人莱蒙多一边刮胡子,一边吟唱《神圣的心》。

"你就会这么一首诗?"

"你为什么这样问呀?"

"不为什么……"

劳科酒店的杂碎很有味道,比墨斗鱼烹调得好。莱蒙多和我们的表妹只有一起旅行时才睡在一起,复活节期间他们去了里斯本;莱蒙多去看望我们的表妹时,总是给她带去一棵白色茶花。

"喂,蒙齐娅,我这是要让你看到我了解你的爱好,永远不忘记你。"

对罗克西莱尔,莱蒙多却只赠送精制的巧克力,对每个人要赠送各自喜欢的东西。被称为莫乔的法比安·明盖拉总是在芬科酒馆里打牌;卡罗波兄弟每局都输得很惨,额头上那块猪皮印记皱起来,满嘴血口喷人,加莫索兄弟的父亲"兜肚"一直这么说,输者自

---

① 古罗斯(1851—1908),西班牙诗人。

毁;也就是说,输得越多,自毁得越惨,或者说,不是掉到水沟里把脑袋摔成两半,就是在萨古梅依拉山野狼活动的地方或其他地方被人往腹部捅一刀。莱蒙多喜欢骑马逛山,如果雨下得不大,上午便和拉蒙娜小姐一块儿散步;我们表妹的坐骑"卡鲁索"虽然很老了,但还能坚持得住。

"疯婆托拉能和萨古梅依拉山的野狼干那种脏事吗?"

"我的天,你想到哪儿去了!"

那个外乡人看到被称为莫乔的卡罗波兄弟背后没有一个人。婊子儿子的第五个特征在手上,双手柔软、潮湿、冰冷,法比安·明盖拉的手好像沾过口水一样。

"我本不愿意抬高声音说话,但是您如果不把输的钱付给我的话,我就把您的嘴巴撕成两半。"

劳科酒馆的那只猫没有名字,老板娘只说一声"小猫",它就知道是叫它。在莫乔往外掏钱时,那个外乡人抚摸着小猫,但眼睛并不看它。

"把钱放在桌子上,我有兴趣时再来拿。"

莫乔忍气吞声,因为没有一个人出来站在他那边,他得不到保护,也不配别人保护。法比安·明盖拉,或者叫莫乔,像卡罗波的每一个兄弟一样是坐着干活的,"鞋匠儿"不骑马也不耕田。莫乔是裁缝,兼卖些小百货,线轴呀,胶木纽扣、金属纽扣呀,棉织袜子呀,手帕什么的,卡罗波兄弟不是本地人,鬼知道他们是从什么地方冒出来的。

"把钱放在大家都能看得清的地方,比索呀,比塞塔呀,帕塔卡①呀,让大家看得见,放好钱,您就请便吧。老板娘,把酒端上来,我是说这不麻烦的话,我不想麻烦任何人。"

---

① 均为钱币名。

每到星期天，莫乔都用“欧美嘉”牌发胶把头发梳理得光洁油亮，戴上闪光的绿色蝴蝶领结，绉绸手帕用别针固定在衣兜上，不让别人偷去。

“看他打扮得像个人似的！”

“我也这么看，这种人真讨厌。”

婊子儿子的第六个特征是从来不正面看人看东西，法比安·明盖拉就是在黑暗的地方也不正面看人。拉蒙娜小姐的鹦鹉比任何人都老朽，拉蒙娜小姐的鹦鹉吃花生，念诵“神圣念珠”的连祷，万能的圣母哟，为我们祈祷吧，仁慈的圣母哟，为我们祈祷吧，忠诚的圣母哟，为我们祈祷吧，圣母这个词儿用得太多了，这如同把修女请到家里来训教步入歧途的姑娘走上正路。拉蒙娜小姐有四个用人：布芬利奥·多亚德，八十二岁，是坎波桑科斯人；安东尼奥·维加德卡波，八十一岁，森列人；普利妮亚·科莱克，八十四岁，巴尼奥斯·德·莫尔加斯人；还有莎贝拉·索拉辛，七十九岁，圣克里斯朵瓦尔·德·塞亚人。那只鹦鹉比最年长的用人年龄还大，在那里，谁都不死。谨慎的圣母哟，为我们祈祷吧，尊敬的圣母哟，为我们祈祷吧，宣讲布道的圣母哟，为我们祈祷吧，这里的圣母多得简直不可胜数，这如同把耶稣教士请来训教良家的纨绔子弟。拉蒙娜小姐的四个用人半聋半瞎，有的严重些，有的轻微些，还患有哮喘病和风湿症，而且每个人的病情都差不多；实际上，他们都已经成了废物，但是总不能把他们都扔到油锅里炸了，也不能喂野狼，或是让毒虱吃掉。

“这是慈善人应该背的包袱，我早就知道这一点；一想到在丧失殖民地之前，这些老废物胸部的心脏曾经为爱情剧烈跳动过，我就感到痛心，真是活见鬼！鹦鹉从古巴带到这里时就已经很老了，我不知道它是怎样适应这里的气候的。”

阿德加记录着死人的数目，总得有人记录死神不停地砍杀了多少生命。

“彼杜埃依罗斯大笨蛋不是自己上吊自杀的,而是被人作为试验品吊死的,但不是有意吊死他的,只是失手所致;魔鬼有时也使人无意识地吊死人,这一切都应该归罪于命不好,彼杜埃依罗斯大笨蛋是作为试验品被吊死的,是开玩笑时被吊死的,但他真的死去了,听说是一时失手使他丧了命。”

人们开玩笑把罗克·加莫索称作克梅沙尼亚修士,彼杜埃依罗斯大笨蛋也是开玩笑时被吊死的,死后立即被埋葬了,法院书记员不知道在档案上如何记录这一事件。

“怎么写呀?”

“随便写点什么好了。只不过是一桩不幸的事件,可怜的大笨蛋总是遇到倒霉事、不幸事,有的人生得逢时,有的人则生不逢时,这就是事情的全部。”

布西尼奥斯的圣米格尔教堂神父堂梅列希尔多·阿格列克山·芬特依拉为他的儿子彼杜埃依罗斯大笨蛋安排了三场弥撒,但是他没有告诉任何人为什么要做弥撒。

切洛·多明戈斯给她的丈夫罗克·加莫索生了六个儿子。

“几个儿子和他们的爸爸一样吧?”

“当然了,有其父必有其子。”

切洛把几个儿子都收拾得干干净净,她为有这样的儿子感到骄傲。

“再说,我有充分的理由感到骄傲,难得女人有七个这样的男子汉守在自己身边,看到罗克和几个儿子,我心中有说不出的高兴。”

格列托舅舅的妻子洛尔德斯舅妈很快就死去了,连蜜月都没有度完。洛尔德斯死在巴黎,因为法国人很少洗脸,于是把天花传给了她;阿德拉认为并不是这种病把她送进坟墓的。

“那是根本不可能的，因为洛尔德斯小姐，但愿她安息，是出生在闰年，谁都知道闰年出生的人不会得天花。”

“但是，你说的那是规律吗？”

“我敢肯定是规律。”

格列托舅舅把洛尔德斯舅妈丢在半路而自己只身回来时，当时还活着的外祖父母伤心极了。

“可怜的洛尔德斯，真让格列托伤透了心！洛尔德斯不是什么了不起的女人，那是实情，但是，她完全可以多活几年。我们这儿的工厂本来可以给她造一副棺材，儿子的媳妇死了应该有棺材嘛，核桃木的英式一号棺材，并且镶嵌上青铜，保护好边角。可怜的洛尔德斯哟，这么年轻就被上帝召去了！”

洛尔德斯舅妈被埋在一个很普通的墓穴里，因为格列托舅舅支付了葬礼的费用，不过没有定下墓穴的位置，法国人是很看重这一点的，领事说这和格列托舅舅没有什么关系；一个人死在国外，总有关照不周的地方，不了解人家的风俗习惯嘛。

“法国人信天主教吧？”

“对，信天主教，我看他们是信天主教，当然啰，他们是按他们自己的方式信天主教的；只有英国人和德国人信奉新教。”

“这我知道。”

加莫索的两个孪生兄弟，“玉米穗”塞莱斯蒂诺是猎手，“耗子”塞费利诺是渔夫，他们分别在塔博亚德拉的圣米格尔教堂和卡瓦耶达的圣玛利亚教堂当神父，这后一座教堂隶属皮尼奥尔地区管辖；“耗子”以前曾经在萨佩亚乌斯的圣亚得里安教堂供职，那里隶属拉依里兹·德·维加地区，即大名鼎鼎的游击队领导人“大墨斑”塞尔索·马西尔德的家乡，这个人一直在游击队里活动，一九四八年误入埋伏圈，从而全军覆没。这支游击队和埃斯特万·科尔蒂沙斯领导的游击队毫无联系，后者以置办捕鱼汽艇为业，兼任长枪党莫尔加多斯地方的头目，一九四六年在莫尔加多斯被抵抗战士击毙。“大墨斑”和外号叫佛塞利亚斯的贝尼格诺·加西亚·安特拉德，在奥尔德内斯一带也打过游击，佛塞利亚斯是第四纵队司令，一九五一年他在科鲁尼亚遭到重创。“耗子”每个月的第一个和第三个星期二都去看同贝妮希亚，这是雷打不动的规定；贝妮希亚很会做爱，但她是一个受人尊敬的女人，她总是以“您”称呼“耗子”，对了，以“您”称呼塞费利诺，分手时，她总要吻一下他的手。

“堂塞费利诺，您走好啊，满足了吧？”

“满足了，亲爱的，上帝会报答你的，我满足极了。”

神父也是上帝的造物，他们和蜘蛛、鲜花以及欢跳着离开校园的女孩一样，上帝知道怎样饶恕人们的罪恶。

“堂塞费利诺，快点！别离开我！哎呀，哎呀！”

贝妮希亚有一双碧蓝的眼睛，奶头像栗子那样大，贝妮希亚不识字，然而她凭借那颗机灵的脑袋安排生活中的一切：爱情和烦恼，生与死，好与恶，总之，一切的一切。卡山杜尔费人莱蒙多的床上功夫要比“耗子”过硬，据说他上过大学，这一点可以看出来；他在圣地亚哥上学时，曾在彭巴尔、玛卡娜、葡萄牙女人和洛拉大妈等几家妓院学得好多技巧，应该说他有了良好的训练。“耗子”是渔夫，常常给贝妮希亚送去一两条鳟鱼。

“喂，咱们完了事……对了，你该会理解我的意思吧……去把这两条鱼炸了，你一条，我一条。”

“好，堂塞费利诺，听您吩咐。”

“玉米穗”是猎手，“玉米穗”渴了时，去别的饮水槽喝水。

“费娜。”

“堂塞莱斯蒂诺，听您吩咐。”

“我给你带来一只兔子，咱们明天晚上一块儿吃吧。”

“堂塞莱斯蒂诺，我现在正来月经。”

“那有什么关系，我在你眼里不是一个重要人物。”

费娜是寡妇，肤色黝黑，婀娜多姿；费娜三十岁或三十二岁的样子，她是蓬特韦德拉人，风骚淫荡，她在那里已经定居了一段时间，她一来便住了下来，大家叫她蓬特韦德拉女人，也叫她母猪玛利尼娅，谁也不知道为什么这么称呼她。

“喂，把你的骚劲儿拿出来呀！”

“好吧。”

人们都说费娜在盛怒之下杀了丈夫，但那不是实情，当乌龟的丈夫比雄狮还凶猛。费娜一直对神父怀有特殊的兴趣，据说她有这种癖好：每当看到个不甚年长的神父，便欣喜若狂。

“他们是真正的男人，另外，他们从来不知道疲倦，浑身有使不完的劲儿，和他们在一起，太让人高兴了。”

费娜并不像贝妮希亚尊重堂塞费利诺那样尊重堂塞莱斯蒂诺，她也以“您”称呼他，可是并不经常这样，激动的时候便忘记了。

“可是，你这个混球，都是你把我刺激起来的！……请原谅，堂塞莱斯蒂诺，上帝会饶恕我的，我快喘不过气来了。”

牛车沿着土路滚动，车轴发出的刺耳的旋律谁也学不会，那旋律告知死神赶快逃走，山狼嗥，野猪叫，但是大地毫无惧色，它好像处处是胆。

“满足了吧？”

细细的雨滴把信念、希望和仁爱带给玉米和黑麦，带给美德和与其相伴的恶习，有时也单单带给恶习，带给温顺的奶牛和山狐，细细的雨滴也许根本没有携带信念、希望和仁爱，这谁也不知道，谁也没有注意这一点，细雨不停地下着，世界继续旋转：一个男人放高利贷，一个女人用一只死兔摩擦阴部，一个小男孩吃青泽李撑死，罗宾·列宝桑送精制巧克力给罗西克莱尔，罗西克莱尔总是逗引那只名叫赫列米亚斯的淘气猴子，一个小女孩被马踢死，阿基米德说过给我一个支点之类的话，等等。细雨不紧不慢地下着，雨滴懒洋洋地浇在世界上，山界那一边已经一无所有，当拉萨罗·科德沙尔在摩尔人居住的地区被杀害以后，我们上帝就把一切都抹掉了。费娜的亡夫叫安东·贡蒂米尔，他身体一直不好，整天无精打采，病恹恹的，另外，他说话口吃得很厉害，费很大劲儿才能讲出一句话来。费娜冷眼对待他，耻笑他，她不应该这样做。

"我是要让你知道你像个大傻蛋；人家方济各会的修士比你胖多了，至少有你两个重。他的知识不多，这是实情，谁也不是生来就什么都会的，可是人家爱学习呀。"

安东把脸涨得通红，狠狠地打了妻子一棍子，正好打在胸骨上；为了回报，她操起锅来，劈头砸过去。

"你真有狗胆呀，鬼乌龟！"

费娜走开了，她抬起一侧臀部，好像要放屁似的，她的脚步很重，啪的一声关上了门，多凶呀！

"你如果愿意，得亲自来请我。"

拉蒙娜小姐的家在梅索斯·德·莱依诺村外，如果从拉林方向来，则在马路的左侧。梅索斯·德·莱依诺是一个新居民点。先前，人们把这个居民点叫做梅索斯·德·莫列，因为建设萨莫拉至圣地亚哥干线公路，即五二五号公路时，首先来此造房开店的人都是邻村莫列的人，莫列也隶属皮尼奥尔地区，如果朝卡斯蒂利亚方向走，它则坐落在公路的右侧。梅索斯·德·莱依诺这个名字是后来起的，它和天堂王国①、加利西亚王国和西班牙王国毫无关系。它之所以叫这个名字，是因为当地一位最殷实的商人名叫何塞·布朗科·加利西亚，外号叫堂何塞·德·莱依诺。拉蒙娜小

① 在西班牙文中，"莱依诺"有"王国"之意。

姐的家不算古老的望族，其家史大概不会超过两百年，然而却很有声望，很神秘，在那里发生过许多爱情故事、瘟疫和灾祸。拉蒙娜小姐的家很显赫，至少在当地是如此，而在显赫的家庭里，总是发生不幸的事端。拉蒙娜小姐的母亲在阿斯内罗斯河淹死了，这条河根本没有多少水，压根儿没人知道她淹死是有意还是无意。拉蒙娜小姐的长满桂树和绣球的花园一直伸延到河边，那里很容易滑倒和失脚；有时，池塘里的两只天鹅，即罗慕洛和雷莫，也跑到河里去，人们都说是天鹅带回了厄运。费娜的丈夫安东在奥伦塞站被火车轧死，当时有许多人在场。

"怎么没来得及躲开呀？"

"我怎么知道？那个可怜男人做事从来不动脑子。"

在丈夫还活着的时候，费娜就已经给堂塞莱斯蒂诺用野兔烹制佳肴了。费娜总是尽力使神父们高兴，让他们体会到她多么和蔼可亲。我母亲的家，对了，现在是我舅舅和姨妈的家，在阿尔瓦罗纳，即圣胡安·德·巴兰教区。格列托舅舅不睡觉时便弹琴作乐，喝老窖白酒，他喝的酒全是从芬科酒馆赊来的，有钱时才还账。赫苏莎姨妈和埃米莉塔姨妈不祈祷时，便喃喃自语。

"她们的小便情况怎么样？"

"哎呀呀，太可怕了！赫苏莎姨妈和埃米莉塔姨妈至少有二十年的小便失禁史了。"

我觉得洛尔德斯舅妈埋在巴黎是她的福分，说实在的，我不知道为什么总是这么想；我的外祖父母却说，她死也应该死在加利西亚。

"这件事无关紧要，这是显而易见的，可是其他事也并非很重要，但多少还留在人们的记忆里。您应该知道，法国人把死人装在什么样的棺材里！大概是用石头一样坚硬的纤维纸做成的！"

赫苏莎姨妈和埃米莉塔姨妈除了询问哥哥格列托是否按照宗

教礼仪举行了葬礼以外,从来不跟他说一句话。

“去你们的吧!我怎么做,是我的自由。”

“老天爷,怎么这样说话呀!”

赫苏莎姨妈和埃米莉塔姨妈每次和他相遇时,都把眼睛移向一边,格列托舅舅则吹响口哨,成心气她们。

“唉,上帝哟,上帝哟!我们到底做了什么缺德的事,要背上这么个十字架呀!”

我的舅舅和姨妈互不讲话,他们曾经为了各自应该在公墓占据什么位置争吵过一次,最后竟然恶语伤人,虽然没有高声吵骂,出言不逊却是实情。格列托舅舅把姨妈气恼以后,还对她们放了一个大屁,一个简直能把人熏倒的响屁,赫苏莎姨妈和埃米莉塔姨妈放声哭了起来。

“是不是到了世界末日?”

“我看是到了。”

格列托舅舅弹琴,他的琴弹得相当好,并且时而用口哨,时而哼唱助兴,格列托舅舅不惧怕孤寂,琴弦帮助他驱走寂寞带来的痛苦。赫苏莎姨妈和埃米莉塔姨妈下午一定要吃些薄脆之类的小点心,这种食品很便宜,而且十分可口。法比安·明盖拉,即莫乔,不能走进下面这些人家的家门:我舅舅和姨妈的家、拉蒙娜小姐的家、莱蒙多的家、某个古欣德人的家。即使不发生什么事——其实发生了许多事,也最好还是不进去,待在外边。这并非因为他是外乡人,他输牌时让他把钱放在桌子上的那个汉子才是外乡人呢,谁也没有强迫他忍气吞声,更没有把他赶到门外;在这里不会发生任何针对外乡人的事情。婊子儿子的第七个特征是说话时操着笛子一样的声音,法比安·明盖拉就是用笛子的最高音说话的,高得和修女们诵唱教义时的声音一样。堂赫苏斯·曼萨内多虽然很有才华,但他是一个臭名昭著的杀人凶手;他现在很可能在地狱里被烈火永远永远烧烤着，阿门。堂赫苏斯是死在床上的，对，他死在床上，可是身体腐烂，浑身散发着臭味，儿子们都离得远远的，实在忍受不了那股味，一个个在手帕上洒满香水，堂赫苏斯死时不但感到肉体痛苦，灵魂也十分内疚。上帝无情地惩罚了他，虽然没有使用棍棒。莫乔呀，连尸首都没有留下来，当然谈不上保存了。

“冷不冷？”

“不太冷，哪一天早上都比今天冷。”

贝妮希亚是架生产热能的机器，有她陪伴在旁，你会感到无限快乐，你听着，我来告诉你：正因为我们都喜欢你，看到你既不会拉小提琴也不会吹口琴才高兴呢，贝妮希亚像一盘石磨，从不停歇。

“把那张报纸递给我，好吗？”

“要报纸干什么？”

“真的，我都看过了。”

贝妮希亚像个刚刚生过崽的母狼那样甜蜜，她喜欢为大家做好事。

“床上给我留出位子，好吗？”

“好的。”

贝妮希亚能够憋着气不呼吸，可以坚持一分钟，真怪。你应该憋着气，把她当作死人那样爬上去，死人的身体冰冷，而她不然，全身像火一样燃烧着；等她突然苏醒过来，比任何人都急促地大口喘气时，便奔腾起来，能颠散你的骨架，啃咬你的脖颈，你一定要注意。

“把窗帘拉上，我想睡一会儿。”

拉蒙娜小姐小的时候被带去洗过海水浴，因为她的肤色很难看，那是在坎巴多斯，即阿罗萨河口附近。她有表哥表妹住在那里，他们姓门德斯·科塔巴，她的表哥表妹很多，都很热情亲切。九个表哥很淘气，整天捉螃蟹玩，他们吃面包加牛奶。两个孪生的小表妹,梅塞斯德和贝娅特利兹,梳着长辫,戴小眼镜,两个人都很顽皮,有时爬到房顶上乱跑乱跳,没人管她们。

“管她们干什么?你怎么推,那两个小女孩也不会掉下来。”

在坎巴多斯,海水涨潮和退潮至少有三米,甚至四米之差。海水退下去时,渔夫们站在淤泥里,周围满是活螃蟹、觅食的海鸥和死猫,几乎每次都有一两只死鸡。多明戈斯寡妇的后代就住在坎巴多斯海边的“古巴珍珠”酒馆里;老板娘堂娜皮拉尔对她很好。那时,他们总把拉蒙娜小姐叫做蒙齐妮亚,现在很少叫这个绰号了。每天早晨七点钟就把蒙齐妮亚带到托哈,必须充分利用时间,在坎巴多斯,不能一个人洗海水浴,豪华而令人神往的小汽艇穿过海面,船头劈开大海,烟柱顺着船尾飘向后方,很有浪漫情趣,有时还能看到海豚;下午四点钟从托哈返回来。洗海水浴的最佳时间是在卡门圣母给大海赐福之后,也就是七月十六日以后。蒙齐妮亚每次洗三个疗程的海水浴,每个疗程洗九次,中间休息三天,海水浴期间还要服用“司可特”口服液,这是有益于造血和神经系统的补剂。海水浴之前,要连续三天用卡拉瓦尼亚泉水洗肠,这样洗海水浴才能有效果,然后每天喝一小袋软包装汽水,以便除去味觉。拉蒙娜小姐每当回忆那段生活时,总是不寒而栗,少女生活要比成年女人生活艰苦得多。

“我最希望你把我抱到床上,莱蒙多……已经有一个星期甚至一个多星期你没抱我了。小时候我感到很厌倦,感到非常厌倦,现在我已经加入了老年人的行列,说话间就要变成老太婆了。你再加些白兰地,给我也加一点。为什么不再带我去一趟里斯本呀?”

卡山杜尔费人莱蒙多染上了阴虱,不知道是怎么染上的,有一天他经过奥伦塞,在帕罗恰妓院玩了一会儿,他是去了那儿,可是那儿的女人很讲究卫生。莱蒙多什么也没有对我们的表妹说,事情很难解释清楚,再说女人们对这种事很厌恶,都躲得远远的;莱蒙多使用了杀虱剂，这种药药力最强，不但见效快，而且经济，也可以用英国的油剂，谁都知道那是什么药，这种油剂不留污渍，气味像熏衣草，不难闻，可以即刻杀死各类寄生虫，还有一种“神油”，最大的优点也是不留污渍，而且气味好闻，莱蒙多选用了杀虱剂，因为这是国货。

“我现在有些担心，我常常心动过速，心脏跳得太快。”

“是不是抽烟过多了？”

“谁知道呀，可能是吧！”

第十五旅旅长堂罗赫利奥·卡里达特·皮塔将军，战争伊始就在科鲁尼亚被枪毙了，后面我们将要简单介绍这件事：他的儿子帕科在一九四〇年或一九四一年从美洲返回西班牙，想和游击队建立联系，可是被当局逮捕了。住在布里尼德洛的马尔维斯一家，即罗克和他的三个儿子，塞贡多、埃瓦利斯托和卡米罗，曾经参加过贝尔梅斯游击队，他们还算走运，活着回到了家里。塞拉地区和巴特伦达地区隔着利米亚河相望，那里的居民既不是加利西亚人，也不是葡萄牙人，讲的语言与其说是加利西亚语，还不如说是葡萄牙语，他们不讲西班牙语，也不懂西班牙语。边界守卫得并不很严实，走私牲畜很方便，边界一带的孩子们去葡萄牙那边的巴拉德拉小学念书，我那些住在布里尼德洛的马尔维斯表兄弟随贝尔梅斯游击队到过阿斯图利亚斯。

对马尔科思·阿尔必德来说，事情进展得很不顺利，失去了双腿虽然也能活着，可还是有腿好一些，不但可以到处走走，而且什么事都能做。马尔科思·阿尔必德坐在轮椅里，用罐头盒当尿壶，马尔蒂尼亚村的疯婆子把尿壶拿到小溪去洗，不让它留下尿迹，马尔蒂尼亚村的疯婆子心肠很好。

“你看这雨还要下很长时间吧？”

“亲爱的，这我可不知道；我也喜欢出太阳，不过您别以为太阳会出来。”

“鲹鱼”佩贝尼奥和“活宝”马蒂亚斯·马尔维斯在同一个棺材厂,即“安息”棺材厂做工。“鲹鱼”佩贝尼奥当助理电工,他总是张着嘴巴,若说他不是傻子,他起码不会用鼻子呼吸。人们都管佩贝尼奥·波沙达·科依雷斯叫“鲹鱼”,因为他长得很像这种鱼。“鲹鱼”佩贝尼奥小的时候患过脑膜炎,走路左右摇晃。他现在对性问题、性话题谈得很多。话题和问题是同一种意思,性问题是从性话题派生出来的。

“是不是这样?”

“不是,我认为不是这样;但是您不能否认人们对这个问题谈得很多。”

问题是“鲹鱼”佩贝尼奥喜欢猥亵小男孩,而其他人则喜欢挑逗身体饱满、乳房硕大的女人。他先是给孩子们糖块吃。互相建立了信任之后,他便开始触他们的臀部、大腿和“小鸡儿”,他恨不得办一所神学院。佩贝尼奥的父母看到他是个半呆子,不怎么关心他,这事是有的。

“那个家伙是能够自理的,这一点你会看到的;这些小男孩很有本能,像蛇一样机灵。”

“是吗?”

“当然了!有过之而无不及。”

“鲹鱼”佩贝尼奥是在没有家教的情况下,也就是在上帝的放纵下长大的,到了年龄又像其他男人一样结了婚,婚后生了两个女儿,这两个傻女儿还不到周岁就一命呜呼了。他的妻子(我实在记不起她的名字了,就在嘴边上,可是想不起来)和一个祖籍是阿斯托加的货郎私奔了,现在仍然和那个人住在一起。“鲹鱼”佩贝尼奥在没了妻子、重新获得了自由之后,脸上露出了幸福的表情。

“他妈的……还是一个人好!”

一天,“鲹鱼”佩贝尼亚正在和西蒙希尼奥,即“小绵羊”干那种脏事时被人当场捉住,当时,那个六岁的小哑巴被他弄得半死。人们先是把他押到监狱,后来又送到疯人院,在路上,对他拳打脚踢,皮鞭加大棒,但他们并不想打死他,只是寻开心罢了。他的妻子得知了……等一等,他的妻子叫孔塞布西翁·埃斯蒂维尔·格列山德,我现在记起来了,对,没错,他妻子叫孔塞布西翁·埃斯蒂维尔·格列山德,人们都叫她孔齐娅·德·科娜,她什么也不想知道,反正对她来说都一样,他最好死掉,得麻风病死掉。

“我不恨他,我可以对天发誓,反正对我来说都一样;他非得麻风病不可,他就是死了我也不会为他戴孝的,放心好了。”

孔齐娅·德·科娜自从和那个阿斯托加人私奔以后,变得又漂亮又欢快,简直成了另外一个人。

“女人越变越好看嘛!”

“当然了,男人也一样!”

“活宝”马蒂亚斯生活得很好,不想再结婚了。

“我如果有孩子,还得照顾他们,可是,正因为我没有孩子……普利妮亚心肠好,确实心肠好,不过身体很弱,总是唠叨自己有什么病;女人最讨厌的事不是有没有病,每一个女人都有病,这是尽人皆知的事,糟糕的是她总在你耳边唠叨有这种病有那种病,连上帝也忍受不了呀。”

“活宝”马蒂亚斯喜欢跳舞、打牌、变戏法,也玩台球和骨牌,会讲笑话,喝有一定甜度的茴芹酒,吃椰丝饼和奶油咖啡小饼。两个小弟弟和马蒂亚斯住在一起;“南蝎”是个哑巴,很聪明,“牢骚狂”身体不好,天真烂漫。“南蝎”贝尼托每个月去逛一次妓院,他干活挣钱就是为了这个;“牢骚狂”萨路斯蒂奥从来不走出家门,整天唉声叹气。普利妮亚生前非常漂亮,但她是纤弱型的美女,而她的妯娌、“蛮子”的妻子洛利妮亚则是泼辣型的佳人。在这一带,这两种类型的美女都很多，洛利妮亚是被黄牛顶在墙上撞死的。“机灵鬼”胡里安被人称为西奥。西奥·马尔维斯·温德拉，或费尔南德斯，在羌塔达镇开钟表店，他的妻子皮拉尔·毛雷·佩尔纳斯把头发染成金黄色，她长得丰满，很引人注目。她爱束橡皮宽腰带，这样一来必须使用好多爽身粉，橡皮腰带才不至于贴在总是潮乎乎的皮肤上，当然啰，腰带上有许多小孔。皮拉尔的第一个丈夫是个嫉妒狂，既不让她染发又不让她束宽腰带。

“不能，绝不能，正派的女人就应该顺其自然，一开始就染发束宽腰带，谁知道最后会走多远呀！”

“可是，你听我说，我姐姐米拉格露丝也束橡皮腰带呀！”

“那是她丈夫的事！你姐姐米拉格露丝做什么和我有什么关系！我所关心的是你做什么。”

皮拉尔·毛雷的第一个丈夫乌尔瓦诺·达佩纳患结肠病，那是肠绞痛，死的时候满嘴吐粪。丈夫一死，她便感到一身轻松；有的人死了，是给其家属留下了安宁。小乌尔瓦诺参加了父亲的葬礼，这个孩子躲在门帘后面，把什么都看得一清二楚，他问母亲：

“妈妈，妈妈，爸爸怎么用嘴吐大便呀？”

皮拉尔·毛雷刚刚度过法律规定的丧期，便同“机灵鬼”结了婚。

“亲爱的，我吃点你的奶好吗？”

“随你吃好了，我的大王，你知道，我的一切都是你的，现在只差办手续了，我的奶头乃至我的整个身子都已经属于你了。”

“太好啦！”

在再次结婚之前，皮拉尔·毛雷把头发染成金黄色，并且买了橡皮宽腰带。有些事情，包括最隐私的事情，别人是不过问的。小乌尔瓦诺在其同母异父弟弟出生时便升了天，看来他母亲和继父没有耽误很长时间。小乌尔瓦诺是患贫血症死去的，他很小的时候就得了这种病，而且病情很重，他母亲给他吃迷迭香花加玉米饼和虱子都不见任何效果。

“一个女人为了自己的儿子有什么不能做呀？”

“是这样。”

皮拉尔·毛雷是顺产。

“这有什么可惊讶的，我们女人就是生孩子的嘛，让世界传宗接代，这种事称不上是什么功绩。”

圣者费尔南德斯并不是圣神，而是个老虔诚。我的亲戚圣者费尔南德斯生在莫依别那个地方，即皮尼奥尔管辖的卡瓦耶达的圣玛利亚教区，那一天是一八〇八年的使徒日①，卡洛斯四世刚刚放弃西班牙王位。“埃斯帕萨”百科全书上称他生在莱昂省的塞亚，这不是事实，在介绍堂莫德斯托·费尔南德斯·贡萨雷斯即笔名为卡米罗·德·塞拉的那个词条里，说他是卡瓦耶达·德·阿维亚人，这也不对；卡瓦耶达·德·阿维亚在里瓦达维亚附近，离这儿很远。圣者费尔南德斯是我曾祖父堂贝尼托和曾祖母堂玛利亚·贝尼塔的儿子，前者是医生，后者无业，他们是在法王路易十六被处死那一年，即一七九四年的五月二十六日结婚的。“埃斯帕萨”把他称为修士胡安·圣地亚哥，这也是错误的；正确的说法应是修士胡安·哈科博，虽然含义一样，但字面表达还是有所不同②，他父亲给他起这个名字是为了纪念卢梭③。我的曾祖父是百科全书专家，家中曾保存着达兰贝尔④的八九封信和狄德罗⑤的三四封信，内战开始以后，我的姨妈赫苏莎和埃米莉塔才把这些信件烧

① 即6月25日。

② “哈科博”是“圣地亚哥”的昵称。

③ 卢梭(1712—1778)，法国作家。他的全名是让·雅克·卢梭。其名字的西班牙文读法是胡安·哈科博。

④ 达兰贝尔(1719—1787)，法国数学家。

⑤ 狄德罗(1713—1784)，法国哲学家。

掉，因为一位真正的圣神，耶稣教神父圣蒂斯特万说那两个人都是不敬神明的异教徒，劝她们把信毁掉，以保持心灵的纯洁。

“这些不共戴天的仇敌施展各种阴谋诡计，让我们迷失方向，离开正确的道路。”

“是这样，神父。”

“另外，据我看，那些信是用法文写的。你们快快摈弃这个犯罪机会吧！”

“是的，神父。”

神父圣蒂斯特万吸了一口鼻烟，一连打了三个喷嚏，耶稣！耶稣！耶稣！喷嚏打得山响，他把最后一口酒喝到肚子里，特意把长袍斜穿在身上，露出一副威严的表情，像个保护平民的议员。

“把信都扔到火堆里！”

“哪个火堆，神父？”

“随便一个火堆。”

“好的，神父！”

桑坦德地区的著名宗教学家，尊敬的多明我会修士，神父达尼尔·阿维利亚诺沙，不仅是一位高级布道家，还是地理学会成员，他预言第二五八八八号彩票将在圣诞节摇奖时中头奖，结果他猜中了。卡山杜尔费人莱蒙多不再用杀虱剂了，拉蒙娜小姐松了一口气。

“我还以为你不爱我了呢，亲爱的，我以为已经不能得到你的欢心了，这些日子你把我折磨得好苦呀！”

“你说到哪里去了，小傻瓜，实际上，我遇到了一大堆问题和伤脑筋的事。”

“可不可以讲给我听一听呀？”

“不能讲，不能讲给你们听，你们是不会理解的。”

“莫非是有关政治方面的事儿？”

“现在别再提它了,重要的是我们现在又重新在一起了。”

阿德加对古欣德人的历史了如指掌,有的人把他们称为莫兰人,这没有多大区别。

“您的亲戚圣者费尔南德斯是您祖母罗莎的弟弟。在大马士革,叛徒们把您的亲戚圣者费尔南德斯折腾了一通之后,又从钟楼顶端把他扔下来,他苟延残喘了几个小时才死去。您的亲戚圣者费尔南德斯临死时依然表示自己信仰天主教,那些叛徒对他说:‘你这个基督教走狗,信什么教呀!’对此,他是这样回答的:‘他妈的,谁也改变不了我的信仰!’您的亲戚圣者费尔南德斯一向是个性格温和的人。在殉教之前,您的亲戚圣者费尔南德斯已经有了好几个儿子,有人说十一个,他每次到西班牙来都使一个女人怀孕;为了辨认这些儿子——有时是需要辨认的——他烧热一只小铁环,在每个儿子的左侧奶头下方烫出个印记来。对那个最小的儿子我还记得一清二楚,他叫福图纳托·拉蒙·马利亚·雷依,您的亲戚圣者费尔南德斯把他送到圣地亚哥育婴堂,并且给他留下一笔数量可观的钱,让人帮助抚养。福图纳托的父亲被上帝召到天堂去以后,贝亚雷斯山区的一位名叫佩得罗的先生把他带到奥伦塞来,送到一个村子里,那村子叫什么名字我记不清了,大概叫莫乌拉或洛拉达吧。那孩子离开圣地亚哥时叫福图纳托·拉蒙·马利亚·雷依,后来便改名叫拉蒙·伊格莱希亚。于是,他父亲圣者费尔南德斯留下的让他成年以后继承的数以百万计的财产落到了别人手中,对于继承财产这种事,您的亲戚们都不怎么放在心上,当然啰,有的人好一些。”

格列托舅舅很讲究卫生,处处谨慎,整天用酒精擦手,手指擦得血红血红的。

“照着基本原则去做,你有什么困难呀?”

“是的,没有什么困难。”

格列托舅舅总是戴着手套，弹奏乐器时也戴着，手套内侧撒着一层除汗剂，这样可以避免手套粘在瘦削的指头上。

“我们生活在乌烟瘴气的环境里，千万注意别染上霍乱、麻风、破伤风、坏疽病和鼻疽病一类的传染病，不然，染上一身病，活着还有什么意思呀？”

格列托舅舅把肚皮露在外边，面朝着风向（他吐痰时转过身去），用新割的蔬菜嫩叶擦屁股。

“无论我们采取多少防护措施，都是不够的。”

“大概是这样吧。”

赫苏莎姨妈和埃米莉塔姨妈每次做祈祷时——口中念诵着十五件神秘的圣事——总要从第一件念到最后一件，念到最后一颗念珠拨完，而到最后常常厌倦地睡过去。赫苏莎姨妈和埃米莉塔姨妈厌倦得像牡蛎那样蜷起身子，好像打了麻药似的，她们唯一能够多少排解一下厌倦情绪的是想到格列托舅舅对她们怎样怎样坏，总之，他是他，他下地狱才好呢！

赫苏莎姨妈和埃米莉塔姨妈用圣器室笛子那样的声调说话，好像要宣讲精神修炼似的。

“我们可怜的哥哥在世界末日的最后审判那天得向我们的上帝认罪！”

“到那时我们每个人都是逃不脱的，或多或少都受到审判。”

“所以应该有一个善终，卡米罗，你可要注意呀。菲莱塔死得那么突然，甚至来不及做忏悔，千万别忘了这个教训！”

“忘不了，忘不了，放心好了，姨妈，放心好了，我早就注意到了。”

两位姨妈不认识“鲹鱼”佩贝尼奥，只听人家提起过他，但是不认识。有些人从人生舞台走过时能够引起别人注意，尽管他们本人不想引起别人注意；而另外一些人虽然处心积虑地想名留青史，但谁也没有注意到他。孔齐娅·德·科娜日渐漂亮和欢快了,年轻女人孀居以后常常发福,大自然十分聪颖,常常在性欲的苦痛外面涂上一层油彩,让我们继续生活下去。孔齐娅·德·科娜像吉卜赛女人那样敲响板。

“你在什么地方学的?”

“在我自己家里,只要有耐心,就能学会;敲响板这种事如同呼吸一样,最后自然而然就学会了。”

孔齐娅·德·科娜唱歌谣有情有感,声调动听。孔齐娅·德·科娜是一架生命机器,而“鲹鱼”佩贝尼奥却相反,是一架死亡机器。有些事情就是不好摆弄。孔齐娅·德·科娜目光高傲无耻,她很可能是某位伯爵或将军的女儿,那些一度兴旺发达的家庭的后代总是要把那个时期的傲气表现出来。孔齐娅·德·科娜摊开四肢睡觉,那也是一种可以信赖的特征。

“她的头发像蚕丝,走起路来东摇西摆,您注意到没有?如果孔齐娅·德·科娜有文化素养,一定会走得更远,当上客栈的老板娘,当上理发师、商店主人,或者从事其他类似的职业,可是孔齐娅·德·科娜不识字,不得不忍受。”

“亲爱的,要有耐心!”

“你说得对,耐心和健康是吵架的本钱呀。”

有那么一段时间,孔齐娅·德·科娜在几座远方城市(巴利亚多利德、毕尔巴鄂和萨拉戈萨)之间游逛,给画家当模特儿,后来不干了,因为从事这种职业依然不得温饱,整天光着身子很不值得。

“再说那些人把你当成玩物,死死地盯着看,很让人生气。”

赫苏莎姨妈曾经有过未婚夫,是药剂师,对了,那时他还没有毕业,有两门功课还没攻下来,他名字叫里卡多·巴斯盖斯·维拉里尼奥,死于内战,他参加了加利西亚红旗纵队,一九三八年新年那天在特鲁埃尔被打死,和他一起遇难的还有他的上司巴尔哈·

德·吉罗加司令。埃米莉塔姨妈也有过未婚夫，名字叫塞尔索·巴列拉·费尔南德斯，是技术员，此人后来抛弃了她，和一位喜剧演员结了婚，可是埃米莉塔一直原谅他。

“心肠狠毒的女人，毒蝎一样的女人，在那种女人面前男人不战而败。塞尔索人很好，但是那个阴险的女妖精施展伎俩，满口花言巧语，欺骗了他，可怜的塞尔索呀！”

上面说的这些并不是实情，赫苏莎姨妈和埃米莉塔姨妈从来没有过未婚夫，她们两个人从年轻时就只身一人过日子。罗宾·列宝桑站到镜子前面，一边精心修饰一边说道：

“我一直坚持说那两个人是她们的未婚夫，我心地善良，我不想改变我的观点。问题是赫苏莎姨妈和埃米莉塔姨妈，完全可以当那个药学专业的大学生和技术员的妈妈了。人家怎么说，和我没什么关系，我只是不想背叛自己的良心。”

“玉米穗”塞莱斯蒂诺，或者叫他堂塞莱斯蒂诺，塔博亚德拉的圣米格尔教堂神父，有长处，也有短处，他和玛莉加·鲁贝依拉斯的关系很密切，后者是土诺斯人，已婚，年轻，人家说她是明加拉贝依沙人，她丈夫是一个地地道道的“乌龟”。堂塞莱斯蒂诺和玛莉加在钟楼上幽会，那里虽然并不舒服，但是十分安静。

“那里空气流通吗？”

“空气呀，流通。”

“猪崽”桑托斯·科福拉六十二岁，如果上秤称的话，体重最少也有十阿罗瓦，他总想让还不满二十岁的妻子玛莉加·鲁贝依拉斯在夫妻关系上忠实于他。

“你胡说什么呀！”

“我不知道怎样对您说，唉，让她一走了事吗？”

“猪崽”既不想闹得满城风雨，又不想失去玛莉加，当然咯，他肚子气得鼓鼓的，不知怎么报这个仇。

"我一定和那个混账修士算账，上帝会让他得到报应的！"

时间这把笤帚把皮尼奥尔的乡亲一扫而光，时间是一架从不停歇的收尸机。我血统高贵的舅舅格拉乌迪奥·蒙德内格罗在内战结束前不久老死了；他这个人很奇怪，始终保持着他的体型，说话不抬高嗓门，对任何事情都不感到惊奇，就是日食和北极光——内战期间发生过一次北极光——也丝毫打动不了他。当人们告诉他说，"猪崽"已经去过奥伦塞，准备染上阴虱对那个外号叫"玉米穗"的神父报仇时，他认为那是最自然不过的事情。

"听说今年得阴虱的人很多，钟楼里爬满了阴虱，但愿上帝保佑我们！"

外祖母特雷莎有两个妹妹，即马努埃拉和佩帕，还有一个弟弟，叫马努埃尔。特雷莎·费尔南德斯，也就是"皮诺莎"，和她的瞎父亲住在一起，她是马努埃拉的女儿，"串子"格拉乌迪奥·欧德罗和他的弟弟"砍刀"马努埃尔是佩帕的儿子。格拉乌迪奥舅舅有两个十分可怜的瞎女儿，马努埃尔舅舅大半辈子都是在醉醺醺的状态下度过的；他临死时，还有二百来件衬衣没有穿过，全部寄给了在蒙得维的亚经商的儿子小马努埃尔。马努埃拉·费尔南德斯，也叫"莫拉娜"，是马努埃尔的女儿，她对我们一直很好，因为外祖母给她免除了一笔不知道是什么样的债款，很可能是地租。家庭就是一条条流动的河，从不疲倦地流淌着，流淌着。外祖母是圣者费尔南德斯的外甥女。后者被称为拉蒙·伊格莱希亚的福田纳托·拉蒙·马利亚·雷依，也就是圣者费尔南德斯的勇猛儿子，跟尼科拉莎·佩雷斯结了婚，生有七个儿女：安东尼奥，在古巴同何塞发·巴雷拉结了婚，他们的儿子何塞·拉蒙住在纽约；奥尔滕希娅，在古巴同胡里奥·富恩特斯结了婚，他们的子女德力雅、玛鲁哈和弗朗西斯科住在纽约；梅尔塞德斯先是同依尔得丰索·费尔南德斯，后是同何塞·乌塞巴结了婚，首婚有一个儿子，即胡里奥，住在维哥,同多洛雷斯·拉莫斯结了婚(生有一儿一女,儿子阿尔丰索同孔塞布西翁结了婚,家住巴塞罗那,我不记得孔塞布西翁姓什么;女儿梅尔塞德斯同马西米诺·拉戈结了婚,住在维哥),二婚生有五个孩子:玛鲁哈同胡斯托·努涅斯结了婚,住在奥伦塞(他们的两个儿子,胡利奥和霍尔赫,住在马德里);安东尼奥同阿乌罗拉·德尔·里约结了婚,住在奥伦塞(他们生有两个儿子,何塞·路易斯同玛利亚·路易莎·孔萨雷斯结了婚,罗伯托同埃利莎·坎巴结了婚),玛蒂尔德同罗曼·阿隆索结了婚(他们有两个儿子,卡洛斯同皮拉尔·希门内斯结了婚,阿尔瓦罗未婚);何塞,未婚,住在马德里;拉蒙和涅维斯·佩拉依拉结了婚,住在科鲁尼亚。圣者费尔南德斯的第四个孙子是塞萨尔,他同萨拉·卡尔巴利约结了婚,他们都已经过世,生有一子,叫塞萨尔,只有他一个人姓雷依,其他人都姓伊格莱希亚;塞萨尔同贝妮格娜结了婚,我也不记得贝妮格娜姓什么,他们有两个女儿,即洛尔德斯和拉格尔。然后是奥伦蒂诺,他和路易莎·诺沃亚结了婚,生有两个女儿,卡门同阿道夫·恰莫罗结了婚,皮拉尔同弗朗西斯科·苏埃依罗结了婚。倒数老二是玛利亚,她的亡夫叫何塞·多利沃,生有五个子女:安赫林内斯同何塞·罗德里格斯结了婚;拉斐尔同乌罗拉·佩雷斯结了婚;埃乌拉莉亚,未婚;路易莎同塞拉芬·弗莱依罗结了婚;萨拉同阿杜罗·卡萨雷斯结了婚。最小的妹妹是埃尔米妮亚,她的丈夫坎迪多·瓦尔卡塞尔已经过世,他们有四个孩子:安东尼奥同多洛雷斯·德·坎博结了婚;玛蒂尔德、马利亚·德尔·皮拉尔和安东尼奥三个人没有结婚。家庭如同大海,永远不会枯竭,既没有源头,也没有终点。

绵绵细雨滴落在家庭上、人们身上、驯服的和野生的动物身上,滴落在男人身上和女人身上,父母身上和儿女身子,健康人身上和病人身上,埋葬的死人、被流放的犯人和旅行人身上。绵绵细雨如同血液在血管里流动一样。绵绵细雨如同荆豆和玉米生长一样，如同一个男人跟在一个女人身后一样，最后弄得她筋疲力尽，或者因为烦恼、爱情、高烧而死。绵绵细雨也许就是上帝吧，他想就近监视世人，可是谁也不知道是否果真如此。“鲹鱼”佩贝尼奥在医生、律师和法官的干预下离开了疯人院，年轻人倾心于实验和理论，把行为同激素联系在一起，这是尽人皆知的。

“到底是怎么回事呀？”

“不知道，我只是把人家对我说的话记录了下来。”

医生、律师和法官问“鲹鱼”佩贝尼奥是否愿阉割（谁割去性腺，谁就摆脱了危险），他回答说愿阉割，好吧，有那么大的好处，何乐而不为呢。医生、律师和法官都说，那就把他的睾丸割掉吧。

“那么，他们对他说没说有关新陈代谢和痛苦的进行性缺钙现象？”

“可能说了，我记不清了。”

有些人是这样死的，另外一些人是那样死的，不是死于战争时期就是死于和平时期，死于疾病、灾祸和不慎，在这里没有固定的模式，也不允许你进行选择，不可能有一个总的框框。有的男人是在英勇保卫碉堡、高举战旗、高呼爱国主义口号时死去的，但是也有的男人带着满脑子梦幻手淫时心脏突然停止跳动而身亡，在我的家乡没有仙人掌这种摩尔人地区特有的植物；风衣、仙人掌属无花果、驴子、蜥蜴、山羊和灰尘，灰尘太多了，真不应该跑到这儿来死。塔弗尔希特部落的摩尔人都是女人气很重的人，对了，他们搞同性恋，对他们怎么说都不过分。拉萨罗·科德沙尔有一双蓝眼睛，一头辣椒颜色的头发，拉萨罗·科德沙尔一边在脑子里尽情地想象着赤身裸体的阿德加，一边做爱，上帝哟！这是他的习惯，没有哪个年轻人像他这样想着女人的模样做爱。很遗憾，拉萨罗·科德沙尔死掉了，有些人死了要比别的人留下更多的悲伤，也有的人死了却令人兴高采烈。卡罗波兄弟的前额上都有一块猪皮那样粗糙的皮肤,好像吃毒草的反刍动物特有的印记。

“你能辨认毒草吗?”

“能,先生,从气味和颜色上辨认,也有的从声音上辨认,对了,就是在刮风时,这种草发出一种响声。”

戈雷齐奥·通达斯扛着棺材,手上拿着一瓶汽油和一口袋刨花,向山上走去。

“戈雷齐奥,你去哪儿呀?”

“到山上去,把圣灵埋掉。”

“我的天,你在说什么呀?”

“那好,天黑时你就知道了。”

天黑以后,戈雷齐奥·通达斯找到一处比较理想的地方,那是一孔山洞,里面长满了蕨类植物,还残留着狐狸活动的痕迹。他钻进棺材里,把刨花盖在身上,又在上面浇了汽油,浇了好多汽油,然后划着火柴。他死去了,全身抽搐,但是没有张开嘴巴,据说是圣灵给了他力量。孔齐娅·德·科娜在山上布网捕兔时发现了他。

“他死时是什么样子呀?”

“挺漂亮,真的;全身都烧焦了,但是很漂亮。”

大家对戈雷齐奥·通达斯的做法议论纷纷。

“人们为了留名简直都不知道做什么好了。”

男人是一种古怪的动物,总是逆着做事,从出生那一天起就和自己作对。你喜欢那个瘦女人吗?就是那个梳着辫子,到河边洗衣服的女人。喜欢?那你就和她结婚好了,不过,你得做好思想准备,忍受她的连珠屁,女人结婚以后放屁多,谁也不知道为什么会这样,也许是大自然的规律吧。你喜欢那个体态丰满的女人吗?就是那个戴绿头巾,到店里买辣椒的女人。喜欢?那么你给她一枪,打死算了,你要像魔鬼勾魂那样快些跑掉,不要被她缠住。她是不是阴虱那样的女人？对，她缠人那股劲儿就像阴虱，今年的阴虱特别多。不会是蜘蛛吧？不是，亲爱的，你这个人怎么这样傻呀，为什么说是蜘蛛呢？当然是阴虱呀！你喜欢那个肤色黝黑的女人吗？就是那个穿长裙，用头顶着奶罐的女人。喜欢？那你得赶快逃掉，她很可能是一个“蝎子窝”。男人是一种奇怪的动物，总是看不清真面目。拉萨罗·科德沙尔被偷偷杀害了，当场一命呜呼，一个小伙子在无花果树下做爱，根本没有干别的什么坏事，便被活活打死，这是什么事呀！真正的男子汉不应该干那种勾当，战争就是战争，这话是对的，我们对这一点知道得很清楚，但是在战争中不能正面对人开枪，正面开枪是不道德的，也不能背后下毒手，没有一具尸体像堂赫苏斯·曼萨内多的尸体那样臭气熏天，真是报应，他儿子在尸体上洒了很多香水，仍然无济于事。

“你去参加堂赫苏斯的葬礼吗？”

“不去，我看他的灵魂得不到拯救更好，哪有这样的死人呀！”

技术员塞尔索·巴列拉每天上午都要去毕尔巴鄂咖啡馆喝杯苦艾酒，有时去“女长官”酒吧喝这种酒，他和玛鲁哈的关系已经断了好久，尽管有人说他又和她恢复了来往。在内战爆发前的一个月或一个半月，在毕尔巴鄂咖啡馆的平台上有两个人被开枪打死；给这两个人送葬时又有两个人被打死，于是当局宣布取消圣体节的一切活动。人们的心情十分激昂，大声狂呼，挥舞棍棒，甚至开枪射击。玛鲁哈·博德隆·阿尔瓦雷斯，人们都叫她小玛鲁哈，是朋费达这个地方的一头母狮，她就是从埃米莉塔手中夺走塞尔索·巴列拉的那个喜剧女演员，对了，她虽然是喜剧女演员，但看上去一点儿也不像。塞尔索本想和埃米莉塔重归于好，可是时间过了那么久，已经不可能了，这种事情说冷下来就冷下来了，倒塌的房屋很难重新建立起来。

“算了，算了吧；我还是和我姐姐赫苏莎住在一起好了，我把全部生命都献给了祈祷和慈善事业。”

“好吧,随你的便好了。”

巴尔多梅罗·马尔维斯,也就是“蛮子”,额头上有块星形斑记;不是所有的人都能看见,不过那斑记是存在的,管他看见看不见呢!“蛮子”额头上斑记的颜色变化不定,有时红似尖晶石,有时黄得如同黄玉,有时又像翡翠一样碧绿,有时还像洁白的玉石,等等,等等。“蛮子”的那块斑记改变颜色时,不管是什么颜色,这种颜色也好,那种颜色也好,谁也别看,最好是画个十字,躲到一边去。“蛮子”在那一大堆加莫索兄弟中拥有绝对的权威,在人数更为众多的古欣德人(有人称他们是莫兰人)中间也是如此。如果世界不是变得如此混乱,那么,没有“蛮子”的允许谁也不敢移动一步。拉萨罗·科德沙尔被杀害以后,最近的那座山界便消失了,可是事情依然混乱不堪,一个饿死鬼,一个外地移民之家的倒霉鬼,割断了“蛮子”的生命进程。那一天,“蛮子”额头上的斑记没有改变颜色,魔鬼趁机偷偷地把他杀害了。在这几座山上是不能白白杀人的,杀人者必自毙,有时死得晚一些,不过死是一定的。“蛮子”巴尔多梅罗的妻子洛利妮亚·莫斯克索一直点燃着山野法规的火焰:杀人者,偿命;您没有杀人吗?杀了,杀了就得偿命,我们没有任何理由饶恕杀人犯。洛利妮亚是个凶猛型的美女,她越是激愤,越显得漂亮。对“蛮子”应该从背后下手,在夜里下手,对“蛮子”不能正面冲撞,因为他的眼睛令人畏惧,那是野狼一样的眼睛。“蛮子”是被一个谁也不愿意记起的死鬼杀害的,有的人连他的名字都不愿提及,想渐渐地忘掉他;杀害“蛮子”的这个死鬼还杀害了阿德加的亡夫和另外十一二个人,我的一位亲戚把杀害“蛮子”的那个死鬼圈了起来,让他像匹老马似的死在宝沙·德·加戈水泉里了。野狼冲来时,母马都把头朝向内侧,围成一圈,保护小马驹,还常常尥蹶子不让野狼靠近,有时甚至把野狼踢得头破血流。老种马得不到保护，也没有力量自卫，常常被野狼撞倒，野狼先是撞倒老种马，然后把它吃掉，野狼看不上的，狐狸却求之不得，而狐狸丢弃的，乌鸦则可以用来充饥，这种小动物只好逆来顺受，有的乌鸦会唱歌，很好听。在阿利亚里兹，几年前，即普里莫·德·里维拉[①]当政期间，有一位共和党人教乌鸦唱《马赛曲》，他这样做也许是有意气神父，那个人的名字叫莱昂希奥·科乌特罗，是瞎子埃乌拉里奥的兄弟，像枪杆一样又高又瘦，一脸麻坑，在宗教游行时到处触摸贵妇们的身体，他看不见，是凭气味，但是从来不会弄错。里卡多·巴斯盖斯·维拉里尼奥是内战时死的，心脏被子弹打穿了（人们都这么说），战争就是这样。凶残的杀人犯马努埃尔·布兰科·罗马桑塔曾经在这几座山上活动过，这个野狼一样的人一连杀了十几个人。独眼龙、六指手“结巴”菲利皮尼奥很了解过去发生的事。

那个凶残的杀人犯经常和两个巴伦西亚人，即堂赫纳罗和堂安东尼奥在一起，这两个人失去理智时也变得和狼一样；那已经是好多年以前的事了，少说也有一百年或者更久些，不过这一带人还都知道。杀人犯残酷地打死了十三个人，九个女人和四个男人。一天夜里，月光使他大发雷霆，于是杀了跟他生有一子的妻子马努埃利妮亚·加西亚，把儿子罗申迪尼奥也杀了。他说是带马努埃利妮亚去桑坦德，那地方很远，在卡斯蒂利亚海边，叫她在一个神父家里当用人，但是，到了一个叫马亚达维利亚的地方，在经过雷冬得拉树林时，一下子就把母子两人杀了，然后甚至把他们吞到肚子里。杀人以后，他安静了一段时间，好像没事似的，后来又失去了理智，把马努埃利妮亚的妹妹贝妮蒂尼亚·加西亚及其儿子法鲁吉尼奥也杀死了，那孩子还在吃奶呢，全身鱼腥味，他是在科尔

---

① 普里莫·德·里维拉(1870—1930)，1923年至1929年任西班牙政府首相。

戈·德·博依把他们杀死的,科尔戈·德·博依就在阿鲁亚斯过去一点距离,但还没有到特兰西雷斯的地方。凶残的杀人犯个头儿不算高大,应该说是矮小,另外,他满口没有一颗好牙。凶残的杀人犯还杀了很多人,何塞发·加西亚是马努埃利妮亚和贝妮蒂尼亚的妹妹,他一发脾气,何塞发·加西亚也死在了科雷乔乌索的路上了。她的儿子何塞西尼奥也同时丧了命。托尼尼娜·鲁亚和她的两个女儿佩雷戈利娜和玛利卡死在一个叫做雷博得恰奥的地方,杀人凶手很喜欢托尼尼娜,痴情地爱上了托尼尼娜,两个人在山上相遇时,他常常把身上的那东西掏出来给她看。他还杀了另外四个人:希拉·米利亚拉多斯,她是恰瓜索索那个地方的女猪倌;秋恰·伦宝·塞尔曼,她是从亚斯·德·萨尔谢斯方向走来时被杀的;还有在普拉多·阿瓦尔一带鬼混的福科·纳维亚乌斯和一个名叫贝尼托妮亚·卡尔多埃罗斯的老废物。

每当有人邀请"结巴"菲利皮尼奥喝一两杯白酒时,他就以笑表示感谢。

"让上帝来世报答您,阿门。"

塔尼斯·加莫索饲养三条大狼狗:凯瑟、苏丹和莫里托,这几条狗健壮凶猛,它们是那样忠实于主人,带上它们可以走遍天涯海角。

"带上这几条狼狗,可以走遍天涯海角,你放心好了,有它们在,连狮子都不敢靠近一步。"

塔尼斯·加莫索的狼狗长着丝绸般的"毛发"(绵羊才长皮毛呢),全身雪白,头上和颈部有些栗色斑点。塔尼斯是从莱昂弄来这几条狼狗的,加利西亚有许多狗都很温顺、敏捷、警觉,有放牧狗、山狗、看场狗,还有猎狗,可是品种并不像莱昂那儿的狗纯正,据说很多是杂种。

"一条九个星期的小狗,你要价多少?"

“一分钱也不要，我不卖，你如果对我发誓好好待它，我愿意白送给你。”

塔尼斯·加莫索被人称做“魔鬼”，因为他跑起路来赛过自行车，且不说他是去做好事还是坏事，行动迅速是真的。罗莎·楼孔是塔尼斯·加莫索的妻子，她爱喝茴芹酒，整天对着壶嘴儿喝。罗莎·楼孔的父亲叫“裤头”埃乌特洛，是奥伦塞历史上最坏的缉私员，再没有比他更坏的缉私员了。

“他不得好死，等着瞧吧，说不定哪一天要挨枪子儿的。”

村里人都怕“裤头”，尽管并不和他来往。

“和他不能交朋友，他心肠不好，给他点钱，打发走了事。”

去年，在帕罗恰妓院里，“裤头”往盲人高登西奥身上吐痰，因为后者不给他拉《我亲爱的玛利亚娜》那首玛祖卡曲子。

“我只拉我喜欢拉的曲子，你可以向我身上吐痰，也可以打我，那是很容易的事，因为我没有眼睛，但是说到拉曲子，我如果不愿意，就不能逼迫我拉；当然啰，我不愿意拉，谁说也不行。那支曲子不是什么人都能听的，只有我知道什么时候该拉，曲子是什么意思。”

“葡萄牙女人”玛尔塔拒绝和“裤头”睡在一张床上。

“我就是饿死也不和你睡觉。你为什么不往你女婿身上吐痰呀，混账？你怕他打你吧？”

帕罗恰为了避免争吵，把“裤头”赶到了大街上。

“你给我滚出去，到大街上呼吸呼吸新鲜空气吧，小混蛋，你真是个小混蛋，脑袋清醒了再回来。”

塔尼斯·加莫索比任何人的力气都大，他为自己有那么大的力气感到高兴。他年轻时，令朝圣的人不寒而栗。如果不是因为茴芹酒的话，他和妻子罗莎本来会生活得很好；妻子心肠好，作风正派，糟糕的是喜欢喝茴芹酒。几个孩子肮脏污秽，皮靴破露，他们一共有五个孩子,都是随便长大的,没有人怎么关照他们。"魔鬼"塔尼斯也没有太用心,他把时间和精力都放在跟马尔蒂尼亚村的疯婆子卡塔利娜·巴茵特一起游泳上了,两个人赤条条地跑到路西奥·莫罗水磨坊的池塘里,天气热,就应该找凉爽舒适的地方嘛。马尔蒂尼亚村的疯婆子不会游泳,说不定什么时候会被淹死,曝尸水面。

"挺有意思,是不是?"

"哪里!可怜的卡塔利娜!她在哪些事情上伤害过你?"

"魔鬼"塔尼斯·加莫索也喜欢抓着栎树枝打秋千,这样可以不得疥疮,还喜欢在空中挥舞那根打架用的棍棒,质地十分坚硬,上面用刀子刻着他姓名的缩写。

"我把你那'家伙'当作红果一劈两半,好吗?"

"你别犯傻了,'魔鬼',别开那种玩笑。"

"好吧。那么,我把你的肚皮当作轮胎扎一针,好吗?"

"给我住嘴,他妈的!"

阿德加的脸色十分苍白。

"你不舒服了?"

"没有,您等一会儿,我找点白酒来。"

"您听我说。杀害我亡夫的那个死鬼,无论是现在还是来世都不得安宁,血债要用血来还,我们没有任何理由饶恕他的杀人罪行,这是山野法规。杀害我亡夫的死鬼一家原来不住在这里,但是,上帝知道他们很早就学会了当地的习俗。说明杀害我亡夫那个死鬼——他父亲是丰塞巴顿人,他们是从那儿迁到阿斯托尔加来的——家从什么地方来的档案,是科索·德·马拉尼斯授意让人偷出来的,科索·德·马拉尼斯是卡尔巴利尼奥法院的书记员,以前在缉私队服过役,一次在蓬特韦德拉一带和走私犯交火时受伤成了瘸子,我是说他授意我的弟弟塞孔迪诺偷出来的,这一点您早就知道了，因为我当时就明白无误地告诉了您。堂卡米罗，您是古欣德人，或者说是莫兰人，您是明白人，干那种事是要有报酬的，这我知道，有时甚至得用生命做代价。以后找一天我把偷莫乔尸首的事好好讲给您听，但愿上帝让您听清楚。卡罗波兄弟都气死了！再喝一杯吗？”

婊子儿子的第八个特征是那“家伙”软而小，在帕罗恰妓院里，妓女们都笑法比安·明盖拉的“家伙”不顶用。

“真像圣母的小天使！真像圣母的小天使！”

蒙乔·雷克依索，也就是“懒虫”蒙乔，满脑子都是幻想，他可能很有诗人的天才。

“您如果同意的话，我用假腿在地板上给您画几个八字吧，为了讨夫人欢心，我有什么不可以做的呀！”

“懒虫”蒙乔像一个失宠的绅士，一个生不逢时的，我的上帝，先天不足的勇士。

“我表姐赫欧希娜在第一个丈夫阿道夫过世以前就和卡梅洛·门德斯有来往，后来找了个适当机会便同他结了婚。我的表姐赫欧希娜和表妹阿德拉一向行为不轨，认为生命短暂，应该充分享乐。那对治愈了的‘小耶稣’鸟儿，在我过红海时死去了，我想，这也好，不然，我的表姐妹也会炸着吃了，那倒更让我生气，说得确切些，让我头痛。米卡埃拉姨妈，您已经知道，就是我表姐妹的母亲，也喜欢猥亵，我很感激她，我小的时候，她让我把手从裙子开口处伸进去，摸她的肚皮和大腿，但是她不脱内裙，米卡埃拉姨妈不脱内裙，在这方面她很迷信。我可以再喝杯咖啡吗？谢谢。我的表姐妹有时同拉蒙娜小姐和打针护士罗西克莱尔跳探戈，我表姐赫欧希娜跳热了，就要求她们允许她脱掉衣服。我可以脱掉连衣裙吗？随你脱好啦。我可以脱掉内裙吗？随你脱好啦。蒙齐娅，你喜欢我吗？住嘴，婊子，躺到床上！把灯关上吗？不关。”

“懒虫”蒙乔在女人群里讲话时总是用假嗓子,声音尖利。

“女人就是怪！您说,是吧?”

“不见得,因人而异。”

公墓里有一孔神水之泉,能治疗昏厥,而又不烧坏衣服,比圣水还有效果,这是因为泉水在流出水面之前,也就是说在地下管道流动时——穿行于田鼠、蚯蚓和邪癖之间——上帝就为它赐了福;人们叫它米安盖依罗水泉,喝凉的泉水可以缓解麻风病患者的皮肤腐烂,虽然不能完全治愈,但是能够减轻病痛。

“我觉得所有女人都可以直接去天堂。”

“我不相信;我想有一大半要下地狱,被扔到油锅里。有的因为当过妓女,有的因为是吝啬鬼,还有的因为形容污秽,有些女人太污秽了,法国女人和摩尔女人并不走得很远。”

雨点滴落在拉蒙娜小姐的房顶上,也滴落在房子的四周、走廊和玻璃上。雨点滴落在伸向河边的花园里的杜鹃花、柏树和爱神木上,一切都是湿漉漉的,大地上的水比土还多,十年多一点的时间里有三个人自杀,这不算多,他们是:一个再也无法忍受痛苦的老太婆、一个玩纸牌(那纯粹是陷阱)连女儿都输掉了的推销员、一个别人说她奶头永远长不大的妙龄少女。

“我和你是亲戚,在这里除了卡罗波兄弟那几棵毒草以外,我们大家都是亲戚。你如果愿意的话,我让侍者给咱们煮点巧克力,你为什么不留下来吃晚饭呀?”

堂布列希莫,即拉蒙娜小姐的亡父,活着时很会用班卓琴弹奏狐步舞曲和查尔斯顿舞曲。

“我父亲心肠好,这我早就知道,但是他也有怪癖,我总认为他是半个疯子,谁也用不着跟我讲,但是,我觉得探戈舞曲要好听得多,是一种极好的伴舞曲子。”

巴罗哈①的《冒险家沙拉卡因》是一部写得非常漂亮的小说，绘声绘色，有情有景，我记不得把这本书借给谁了，借书经常出现这种事，借出去就等于丢了，罗宾·列宝桑借书是还的，我也许没有把那本书借给任何人，而是放在哪个箱子里了。真的，这个家乱七八糟。

"你为什么不留下来和我一道吃晚饭？我有一瓶白苹果酒，是人家从阿斯图利亚斯给我捎来的。"

那时，绵绵细雨依然在下，不知道什么时候开始的，也不知道什么时候结束，谁也不关注世界在有节奏地、不停地运转：一个男人控告另外一个男人，然后，当那个人死在水沟里或公墓的围墙上时，良心上并不感到有所亏欠；一个女人把装满温水的瓶子随便塞到身上的什么地方，这也和任何人没有关系；一个小孩从楼梯上掉下去当场摔死；罗西克莱尔依然和猴子嬉戏，猴子咳嗽得日甚一日，你看看这些怪毛病！卡罗波兄弟的额头上都有一块猪皮样的斑记，他们的先辈也许有谁是野猪，这一点尽人皆知。盲人高登西奥有兴致时——若不是强迫他——还是拉玛祖卡舞曲《我亲爱的玛利亚娜》的，没有眼睛是一回事，没有兴致又是另一回事，高登西奥有一张丰富的节目单。人们反复无常，许多时候不知道点什么节目，您没有看到那支玛祖卡舞曲只能在某些庄重场合弹奏吗？那支玛祖卡舞曲就像唱弥撒一样，有国家的时间、地点，仪式必须庄重。手风琴是一种感伤乐器，拉不好本身就很悲痛，人们对什么都不尊重了，看来我们已快到世界末日了。巴加涅依拉人玻利卡波·波多莫利斯克·埃斯波西多的一只手上少了三个手指，那是他一天和亲戚去马场，在苏雷斯山上被一匹种马咬掉的。巴加涅依拉人玻利卡波住在塞拉·德·坎巴隆，他父亲死的那天房屋顶

① 巴罗哈(1872—1936)，西班牙作家。

层倒塌,结果三只驯养得服帖听话、活蹦乱跳的负鼠跑失了。巴加涅依拉人玻利卡波用小指和大拇指什么都能做,一个人什么都能适应,玻利卡波常常跑到公路上去,开往圣地亚哥的汽车上总有两三个神父不住地吃榛子和干无花果,他们满脸傻气,胡须胡乱地刮了一下,不时偷偷地露出神秘的微笑,好像在打着坏主意。内战之前,神父们坐在公共汽车上大口大口地咀嚼腊肠,打嗝放屁,引起哄堂大笑。堂马利亚诺·维济瓦尔是上下排气的最有名的神父,在全省没有一个人能与他媲美,战争刚刚开始堂马利亚诺就死了,他跑到钟楼上去修理大钟,一只脚踏空掉到前厅的棺木上,后脑勺开了花。堂马利亚诺如果吃得好,能在六个小时或更多的时间里连续打嗝放屁。

"这个屁是放给那些异教徒的!"

"好了,堂马利亚诺,您这样会患疝气的!"

"我患疝气?绝对不会!这个屁是放给那些新教徒的,他妈的!让路德见鬼去吧!"

世界上最好的腊肠(当然啰,人们都这么说,也许还有好的),是阿德加做的那种。

"我亡夫的气色非常好,因为他能整根吞食腊肠,把细绳割掉,把腊肠塞到嘴里吞下去。可怜的西得朗,安息吧!他是多么喜欢我的腊肠呀!他有时对我说:腊肠从我那'家伙'顶端跑出来,亲爱的阿德加,还是给你吃吧。好吧!杀死我亡夫的那个死鬼从来没有吃过那么好的腊肠,杀死我亡夫的那个死鬼,是外地来的饿死鬼。"

阿德加制作腊肠有一条严格的规矩,首先必须是当地品种并且用当地方法饲养的肉猪,即猪的饲料应该是玉米,用卷心菜、土豆、玉米面、干面包、菜豆以及其他所有能够熬煮的、营养价值高的东西熬煮的糊糊;猪还要呼吸新鲜空气,到山上散步,拱土寻找蚯蚓和其他小虫子。猪必须用熟铁器而不是钢刀屠宰，按照众所周知的习惯，也就是说，要下手狠，谁也没有过错。制作上等腊肠首先要把里脊肉剁好，适当加些前肘肉和排骨肉，一定注意不要掺杂进碎骨，多加些淡花椒粉，再加少许辣花椒粉、盐、蒜末和一定量的水；耐心搅拌以后，再存放一天。第二天早晨，先生先品一下味道，然后炒熟了再尝一尝，看看味道如何，缺什么作料补加一些，总免不了缺什么作料的。第三天，再搅拌一次，第四天则可以把肉灌进肠子里去，最好用肛肠，而后按照需要一截一截地用细绳系好。最后把灌好的腊肠放在灶上熏烤两三个星期，直至变硬为止，坚硬了，就是熏烤好了，可以食用了；栎木熏烤腊肠最好，别有风味。马上食用的要吊挂起来，需要保存的，仔细洗干净以后还要涂上一层油。

“我亡夫的身体抵抗力很强，因为他能整根地吞食腊肠，有时割掉细绳，有时连细绳也不割，腊肠头朝外，整根吞下去，有时一天能吞下五根腊肠，他屏住呼吸，根本不会卡在嗓子里。”

卡杜恰和苏阿尔瓦里沙那边有几条小溪，雨点滴落在小溪的水面上，那时天空有一个刚刚过世的小男孩的幽灵掠过，小天使，回到天堂去吧！孩子们死了，几乎在人们不知晓的时候死了，他们死了，安息了，糟糕的是大人，他们要东奔西跑，付出大笔花销，医生呀，药剂师呀，神父呀，比较好的棺木呀，守丧呀，唱弥撒和做祈祷呀，现在还要有口头遗嘱什么的，为此常常发生争吵……朋费拉达人玛鲁哈·博德隆过去曾同技术员塞尔索·巴列拉，即埃米莉塔姨妈原来的未婚夫有过关系，玛鲁哈不是喜剧演员，但是看上去很像，当然也像首饰店老板的情妇。玛鲁哈头发金黄，睫毛很长。

“她把嘴唇涂得跟心脏一样红吧？”

“没有，为什么问这个？”

“在男人面前抽烟吧？”

“不在男人面前抽烟。”

玛鲁哈有一副讨人喜欢的面孔，走起路来步履矫健，有派头，从这里可以看出她是个优良“品种”。玛鲁哈胸部比较丰满，男人一般都喜欢胸部丰满的女人，只是她的声音不美，说话像乌鸦叫一样。玛鲁哈确实在男人面前抽烟，也确实把嘴唇涂得心脏那样红，她用“米切尔”牌的唇笔之王。塞尔索·巴列拉本来没有钱，但也要花一些以满足她的嗜好，喝杯苦艾酒呀，买盒糖果呀，还买女士包、耳坠什么的，而且花销越来越多，最近连一文钱也剩不下了，欠一屁股债，玛鲁哈则礼尚往来，给他剪指甲，洗脑袋。

“和那个粗鄙的女人相比，你更喜欢我吧？”

赫苏莎姨妈的未婚夫里卡多·巴斯盖斯·维拉里尼奥，被杀害时只差两门功课就当上药剂师了。

“不杀害他也可能杀害别人呀，您说，是吧？都是我的命不好。”

“哪里，我不知道该对您说什么好，是您的未婚夫命不好。”

“是这样，您说得对。”

戈雷齐奥·通达斯肩上扛着一根钓鱼竿，沿着另一个世界的边缘往下走去。

“戈雷齐奥，你去哪儿呀？”

“我去贝伦·德·犹得亚钓圣婴去。”

“我的天，你这是在说什么呀！”

“天亮时你来看看就知道啦。”

细雨连绵，新的一天就要降临了，细雨滴落在戈雷齐奥·通达斯的头上。他坐在河边的一块岩石上，在静静地钓鳟鱼，好像死人一样。

“戈雷齐奥，你是不是死了！”

“我是死了，已经死了六个多小时了，谁也不来看我一眼。圣婴被人们托上毛驴，带到埃及去了，据说他在这儿待不惯。”

人们以为我们古欣德人和莫兰人是一样的，其实并非如此，那是人们弄不清楚亲缘关系，我们都是亚当和夏娃的后代（埃米莉塔说朋费拉达的女人不是亚当和夏娃的后代，朋费拉达的女人是猴子变来的，谢天谢地），并不是所有古欣德人都是莫兰人，但所有莫兰人都是古欣德人，事情再清楚不过了，不过，我们有什么办法呀！实际上，什么也不清楚，我们莫兰人比古欣德人少，我们完全可以比古欣德人多，结果我们少，莫兰人就是我们这些姓马尔维斯、塞拉和法拉米尼亚斯的人，其他人虽然是亲戚，但不是莫兰人，这部分人和那部分人具有同等重要性，我们都吃得很好。在“安息”作坊里，即我们祖辈的棺材工厂里，曾经有一位意大利人，谁也不知道他是怎么来的，他已经死了，我的几个表兄弟用火漆封住了他的屁股，并且用细麻绳缝牢，然后捆在卡瓦耶迪尼亚村附近，即离奥塞依罗教堂神父住地远一些的一棵大树上。我已经忘记他叫什么名字，但我记得清清楚楚，放掉他时他大发雷霆，真的，他真不该忍受那种讨厌的玩笑。可怜的洛尔德斯舅妈的尸体可能只有到最后审判那天才会收拢完整，因为她被胡乱扔在了巴黎的一个万人坑里。格列托舅舅弹奏爵士乐，而且弹奏得有声有色，每年的二月十一日，即与他的亡妻同名的宗教殉难者牺牲的那天，他同时弹奏多种乐器：小鼓、大鼓、定音鼓、手鼓、三角铁和钹，可能还有其他乐器；那个有点学历到处杀人的坏蛋堂赫苏斯·曼萨内多死时，就连他的儿子都不为他组织乐队吹打。

“疯婆托拉能和绵羊干那种脏事吗？你说说看。”

“什么！干那种事有什么不好！更糟糕的是她还和法比安·莫乔睡觉呢，这事你是知道的！如果一个女人不要脸，什么事她都能干出来，而且一辈子改不了。”

婊子儿子的第九个特征是吝啬，法比安·明盖拉很穷，但是他有那么多的积蓄,完全可以成为一个大富豪。

“那么,他挣那么多钱都干了什么呢?”

“谁也不知道,也许他挣的钱并不像人们传说的那么多。”

谈到音乐,堂布雷希莫·法拉米尼亚斯·霍辛是堂法乌斯蒂诺·桑塔利塞斯·佩雷斯的知音,后者是旁德人,他十分欣赏后者知识广博,会唱爱情歌曲,会弹奏摇把琴。

“那才是真正的艺术呢,而班卓琴吱吱呀呀的,太刺耳了!我如果像我的朋友法乌斯蒂诺那样会弹奏,早就把班卓琴扔到大街上了!”

堂布雷希莫最喜欢听堂加依费罗斯的爱情歌曲了。

“我不知道中世纪是什么样子,到处都是乞讨施舍的神甫、癞头癞脑的绅士、痨病缠身的行吟诗人和行窃抢劫的朝圣者,这些人比比皆是,无恶不作。这是好多好多年以前的情形,但是很可能要比现代好,尽管现代有无线电、飞机和其他发明,堂桑乔的爱情歌曲也很动听。”

堂娜普拉·加罗特,即帕罗恰,天气不好时总是围着一条马尼拉大披巾,只要电闪雷鸣,帕罗恰就去寻找她的大披巾。每个人都有自己惧怕的东西和恐惧的方式,她用大披巾把脑袋包得严严的,趴在床上,最好是木床而不是铁床。她在黑暗中屏住呼吸,像死人一样一动也不动,闭着眼睛,结结巴巴地低声诵念祷词,祈求圣母保佑,直至危险过去。平时,她对自己的东西看得很严,而这种时候就可以任意偷拿了,并且不会被她发觉。帕罗恰的大披巾远近有名,堂娜普拉年轻时至少照了二十张或裸体或包着头巾的艺术照片:把一只奶头露在外面,手里拿着花瓶;把两只奶头露在外面,站在画有埃及金字塔的布景前;躺在长沙发上,一条腿搭在另一条腿上;屁股对着镜子;把富有雕像美的、娇柔的双肩露出来,站在埃菲尔铁塔前,等等。这些照片都是在拉马斯·德·卡尔瓦哈尔大街的门德斯照相馆拍的，她用实物付给主人门德斯照相费用，太可怕了，时间过得真快！帕罗恰的马尼拉大披巾是奶油色的，流苏宽大，上面用五颜六色的丝线刺绣的中国人像至少有三百个，每个人都是一副象牙脸，修士堂希尔维里奥说那是赛璐珞脸，其实不是，是象牙脸，有的在散步，有的搞杂技，还有的打着伞不让太阳晒着，等等。

“帕罗恰的那条马尼拉大披巾，值多少钱呀？”

“不知道，我看少不了；很可能那在奥伦塞省是首屈一指的马尼拉大披巾了。”

佩贝尼奥·波沙达·科依雷斯得了脑膜炎，已经抬不起头来了，死倒是没有死，这是实情，可是有点神志不清，活像一条鲹鱼，人们都管佩贝尼奥叫“鲹鱼”，因为他像鲹鱼。“鲹鱼”佩贝尼奥在“安息”棺材厂做工，当助理电工，也很会打包；人们都说“鲹鱼”佩贝尼奥女人气，对，这话说得不错，他是个地地道道的同性恋者，他最喜欢干的事莫过于要小男孩，不管白天黑夜都把西蒙希尼奥，即“小绵羊”带在身边，对聋哑人他就更加放肆了，以致达到了无以复加的地步。“鲹鱼”佩贝尼奥仓促地结了婚，最后妻子孔齐娅·德·科娜逃离了他，这很自然，是屡见不鲜的事。“鲹鱼”佩贝尼奥从监狱里出来了，因为他同意割掉睾丸，这样做是有道理的。手术后，“鲹鱼”佩贝尼奥并没有改邪归正，医生、律师和法官都说他手淫，而手淫应该使人变得安稳些，另外，他全身骨头疼痛，头痛得更厉害。

“佩贝尼奥，骨头痛吗？”

“有点痛，先生。”

“脑袋呢？”

“也有点，先生。”

“不过，只好忍受啦。”

“我知道,先生。”

给“鲹鱼”佩贝尼奥注射激素,让他病情好转,可是效果并不理想,注射激素大概是一种试验吧。

“他不害怕吗?”

“当然害怕,但他一走近小男孩,摸着孩子的屁股就忘掉害怕了。警察抓住他的时候,他对警察局的头头说:是西蒙希尼奥先掏出‘小鸡儿’让我摸的,我本来不想摸。”

牛车在土路上慢慢地转动着,车轴发出吱吱呀呀的响声,响声钻进耳朵里,牛车车轴的响声消失以后,耳朵里的吱吱呀呀声仍然嗡嗡作响,牛车车轴的响声总有另一辆车的车轴响声作答,起码有它自己的回声相伴,而如果回声睡去了,上帝则会奏起他的小提琴同它交谈。贝妮希亚有两只栗子一样的奶头,像栗子那样坚挺,和栗子一样的颜色,贝妮希亚是高登西奥的外甥女,后者是帕罗恰妓院拉手风琴的盲人琴师。

“高登西奥,你如果拉一段玛祖卡舞曲,我给你一个比塞塔。”

“那得看拉哪一段玛祖卡舞曲了。”

贝妮希亚不识字,她没有必要识字;贝妮希亚性格欢快,她走到哪里就把生命带到哪里。

“你想扳手腕吗?你如果赢了,我就让你吃我的奶头,但要是输了,你得让我揪你的那个‘家伙’,直到你喊爹叫娘,好吗?”

“我不干。”

贝妮希亚是一架既享受欢乐同时也制造欢乐的机器。贝妮希亚每当积攒了一点钱,就给人买件礼物,咖啡壶呀,烟盒呀,对于男人必须多多关照。

“我们跳一支探戈曲子吧?”

“不跳;我太累了,过来,和我一块儿坐一会儿。”

贝妮希亚每个月的第一个和第三个星期二都接待卡瓦耶达的

圣玛利亚教堂神父，即“耗子”塞费利诺·加莫索，把日子固定下来，只有所得而无所失。

“喂，堂塞费利诺，你越来越让我舒服了！但愿上帝原谅我！别害怕！”

贝妮希亚喜欢光着身子忙厨房里的活儿。

贝妮希亚很会炒菜，煎鱼呀，拌凉菜呀，她拌的凉菜既好吃又有营养，里面有卷心菜包里脊肉、火腿、蒜瓣、欧芹、葱头、香料和鸡蛋。神父“耗子”是渔夫，对贝妮希亚很有礼貌，捕鱼的人作风一般都很正派。贝妮希亚有一双碧蓝的眼睛，她像一盘水磨，从不停止转动。

“在你身边给我留个地方，好吗？”

“好的。”

贝妮希亚说，圣罗丹在巴尔科·德·瓦尔德欧拉斯、佩廷甚至鲁比亚纳一带残杀撒拉逊人。一天，圣罗丹往恩西尼亚·德·拉斯特拉斯山上走去，碰见两个相貌超群的摩尔姑娘。尽管他骑马穷追不舍，却怎么也赶不上她们；马跑得那么快，他的骨架都要颠散了；圣罗丹看到无望赶上两个漂亮姑娘，便大声诅咒起来，摩尔姑娘顿时变成了两块岩石，两块雪白晶莹的岩石，直到现在还一左一右地守在路两旁。

“我觉得在那两块岩石上看见了圣罗丹的幽灵，我设法逃开，但是怎么也逃不脱，对了，我也不想逃脱，因为我很平静，心情也高兴。圣罗丹说话有点古怪，我总觉得他魂不附体。”

“那么，圣罗丹给你讲的是卡斯蒂利亚语[①]还是加利西亚语？”

“给我讲的好像是拉丁语，不过我听得懂。”

贝妮希亚的母亲阿德加知道许多当地流传的故事、许多神话。

---

① 卡斯蒂利亚语是纯正的西班牙语。

她也拉手风琴，拉得干净利落，有感情。她拉得最好的曲子是《凡菲内特》这支波尔卡舞曲。

“您的外祖父曾和几个女人谈过恋爱，事情闹得满城风雨，甚至出了人命。玛内齐娅·阿米耶罗斯是个很精明的女人，您的外祖父很有眼力。她相貌好，腿长，头发像蚕丝一样。人们都说，谁都想看上她一眼。您的外祖父用棍子把玛内齐娅的哥哥胡安·阿米耶罗斯打死了。这倒无关紧要，两个男人打架，如果没有人及时劝阻，常常会发生这种事。他是在格拉维利尼奥河的拐弯处把他打死的，不过，他对玛内齐娅很好，这姑娘去了西班牙首都，在那儿开了一家小店，发了大财。您的外祖父在巴西待了几年，临行前对他的正式未婚妻，即后来成了您外祖母的姑娘说：‘特雷莎，你等我吗？’她回答说：‘等，一定等。’这样他就去了大洋彼岸。在那儿当了十四年的美洲人，回来时才结婚，他没有给妻子写过一封信，但是他一直记着自己说的话。我再给您斟点酒吗？”

傻子罗基尼奥·博伦曾被关在彩色铁柜里——海蓝色、金色、橘色和菜绿色——长达五年之久，他母亲的心情很不好。罗基尼奥·博伦的母亲认为傻子比一般人，甚至比野兽更凶猛。

“上帝既然创造了他们，总是为了点什么吧？”

罗基尼奥·博伦的母亲每次烫伤时，或者滚开的油溅到身上，或者削土豆划破手，都拿傻子出气。

“你看什么呀，傻子，你比傻子还傻三分。”

罗基尼奥·博伦的母亲叫塞孔蒂娜，她心肠狠。

“喂，亲爱的，上帝把这个傻子打发到我这儿来，都是我的罪过呀，让我背上这么个沉重的十字架！罗基尼奥，快点，别傻愣着。”

罗基尼奥的母亲在没人看见的时候也抽烟，抽的都是从芬科酒馆拾来的烟头儿。她是酒店老板娘雷梅迪欧斯的好朋友，她帮助她洗衣服，宰鸡鸭，送信，她也抽玉兰叶。塞孔蒂娜养着一条狗，这狗吃烂烟头，总是一副醉相，整天处于半昏迷状态，女主人心绪好的时候，这个小动物也会得到优待。人们说罗基尼奥之所以那个样子，是因为他母亲喂养他时，每天夜里都有一条蛇去吸她的奶，可怜的罗基尼奥常常挨饿，我不敢说没有这种事，但是我认为他生下来就傻，这可以从他的眼色看出来。

"你知道用一个硬币能干什么吗？"

"知道，先生，可以治马蜂的蜇伤。"

"裤头"埃乌特洛把头发剪得很短，像刷子一样，他总是紧皱眉心，额头又窄小，一副粗俗模样。

"埃乌特洛，人家都说'葡萄牙女人'玛尔塔不愿意和你睡觉，因为你往高登西奥身上吐痰。"

"说这种话的人一定是婊子养的，堂塞尔万多，请原谅。"

堂塞尔万多不允许任何人在他面前讲脏话。

"别激动，你这个狗屎不如的'裤头'，当心我把你劁了。"

埃乌特洛安静了下来，因为堂塞尔万多是省议员，埃乌特洛很知道同这样的人要保持一定的距离。

"埃乌特洛，到烟摊去给我买一本卷烟纸。"

"买紫竹烟摊的？"

"最好买玫瑰烟摊的。"

费娜最高兴男人粗野地骑她，而骑手最好是一位中年神父，年纪不要太轻，也不要太大，塔博亚德拉的圣米格尔教堂神父即"玉米穗"塞莱斯蒂诺，是在床上征服女人的能工巧匠，费娜·拉蒙德的亡夫安东·贡蒂米尔，这个在奥伦塞火车站被一辆货车轧死的可怜结巴，一直没能征服自己的妻子。

"方济各修士的那个'家伙'比你的两个还长，没用的东西，你能干什么呀。"

费娜很会炖兔肉，塞莱斯蒂诺不管她是不是在月经期间。

“小兔子还有血呢,你知道,我是从来不限制你的。”

法国人信奉天主教,按照他们自己的方式信奉天主教,和我们西班牙人不一样。他们给洛尔德斯舅妈染上了天花,然后扔到了万人坑里,当然啰,是在死后扔的,法国人从来不拐弯抹角,而是直言不讳。洛尔德斯舅妈是度蜜月时死去的,从暖烘烘的洞房一下子转到了冷冰冰的墓穴,这好像朋松·杜·特拉尔①的一部小说的名字,一个人什么时候死,死在什么地方,都是上帝安排好的。法国人给她染上了天花,格列托舅舅只好当鳏夫了。

曼努埃利尼奥·雷梅塞依罗·多明盖斯把一只乌鸦蛋放在腋下孵化,全部问题就在于安安静静地待着,不把蛋弄破。曼努埃利尼奥·雷梅塞依罗·多明盖斯被关在监狱里,原因是他用棍子打死过一个人,朝圣时棍飞棒舞,这您是知道的,可是,据说有一根棍子涂了毒药,于是造成了惨案。

“种下了灾难?”

“对,先生。种下了灾难。人们永远无法知道上帝什么时候就想出个新主意来,因为他情绪多变,反复无常。”

停了一会儿之后,堂格拉乌迪奥·多皮科问道:

“喂,您刚才说的事,是从哪儿贩来的?”

“我的天,怎么这样问呀?这和您有他妈的什么关系呀?”

曼努埃利尼奥·雷梅塞依罗·多明盖斯仔细地照看刚出壳的小鸟,现在,这只小鸟成了他的好伴侣。

“小乌鸦叫什么名字呀?”

“蒙乔,和我那个死于百日咳的表哥名字一样。好听吗?”

“好听,这个名字很漂亮,可是不知道小鸟招人喜欢不?”

“那还用说呀!”

---

① 朋松·杜·特拉尔(1829—1871),法国作家。

一大早，蒙乔就从窗栏钻出去，飞到外边。

“它扇动两只翅膀，太讨人喜欢了，真像一个小魔鬼，聪明极了。”

傍晚，太阳快落山时，蒙乔回到家里，它每次都准时飞回来，不是落到曼努埃利尼奥的头上，就是落在他的肩上。

“每次都回来吗？”

“每次都回来，先生，我觉得它不会飞到别的地方去。它每次都给我带回一件礼物，玻璃杯呀，蜗牛呀，栗子什么的……”

曼努埃利尼奥教蒙乔吹口哨，它现在已经会几小节《我亲爱的玛利亚娜》了！盲人琴师高登西奥只有在特定的场合才拉这支玛祖卡舞曲。

“高登西奥，把那支玛祖卡舞曲拉给我们听听，好不好？”

“住嘴，懒虫！”

蒙乔还会说话呢，曼努埃利尼奥很想让它学会寒暄问候：早安，堂克里斯朵瓦尔；下午好，堂娜丽塔；晚安，卡斯托拉，祝您万事如意。曼努埃利尼奥的一个老熟人马梅尔托·巴依松也有一只乌鸦，会按照字母顺序说出奥伦塞行政区的地方来：阿利亚里兹、旁德、卡尔瓦利尼奥、塞拉诺瓦，等等。教乌鸦说话要比学乌鸦说话容易得多，乌鸦会预测阴雨、疾病和死亡，用七十多种不同的叫声表达不同的意思。

“我现在很想饲养一只朱顶雀，这种鸟儿会唱祝福歌，可是，到什么地方去弄朱顶雀蛋呀？”

费雷依拉维利亚人阿得利安·埃斯特维兹是佛茨市的一位有名的潜水员，他在佛茨河口处的水底下发现一艘德国潜水艇和全部船员的尸体。阿得利安·埃斯特维兹既勇敢又会游泳，人们都管他叫“沙鱼”。“沙鱼”是“蛮子”巴尔多梅罗的朋友，他让后者陪他到安德拉湖去一趟。

“在桑地亚斯我有一位亲戚，他一定知道安蒂奥基亚城埋在什么地方，他是那儿的人，一定知道。我陪你去，我不下水，但我陪你去，我的唯一一个条件就是你不要打死青蛙，因为青蛙都是我的表姐妹。你可以发笑，这没有关系，但是安德拉湖中的青蛙确实是我的表姐妹，我可以对你发誓。”

“蛮子”巴尔多梅罗在胳臂上刺了一幅文身图，一个赤身裸体的女人被一条长蛇缠绕着，女人象征走运，蛇代表灵魂的三大威力。

“对此我一窍不通。”

“这里面有学问。”

“沙鱼”想潜到湖底，躲过加利西亚人德希奥①的罗马士兵以及威尔士国王阿尔图斯②的忠诚战士的血迹，去偷盗安蒂奥基亚城的大钟。

“我知道有三副恶咒，可是那也值得，安蒂奥基亚的大钟价值连城。”

一天夜里，夜莺啼鸣，猫头鹰哀叫，星星在天穹闪烁，“沙鱼”扑通跳到水里，他全身一丝不挂，胸部用红赭石画一个斜十字。

“十字会被水冲掉吧？”

“不会，我看不会，十字不怕水冲。”

“蛮子”端着猎枪站在岸边，当时只有他一个人在场。“沙鱼”每一分钟或一分半钟浮出水面换一次气，然后再潜下去。

“挺得住吗？”

“暂时没问题，只要身上不冷就没问题。”

“沙鱼”这样浮出潜下足有一百次，他觉得身上冷了，受不

---

① 德希奥于公元249—251年间继承罗马帝国皇位。

② 阿尔图斯为公元4世纪的威尔士国王。

住了。

“大钟不很深，不过很牢，最大的那个钟的钟舌上吊着一只狼，这事也奇了！狼已经被鱼吃掉了一半身子。你不要告诉任何人我们来过这儿。”

“放心好了。”

温塞亚一家的无名哑巴女佣是被狗咬死的，死得很惨。温塞亚一家的无名哑巴女佣可能是葡萄牙人，她的长相很像葡萄牙人，她比谁都会煮咖啡酒，有技艺，待人也亲切。温塞亚兄弟的母亲多玲达对于女佣的死十分悲痛，她都一百零三岁了，有些事总得有个人手帮忙料理呀。

“我们到奥伦塞去，在帕罗恰妓院暖和一下身子。”

“好吧。”

圣地亚哥人堂埃乌赫尼奥·蒙德罗·里约斯的女婿，即马拉加台利亚人（对了，他不是马拉加台利亚人，而是阿斯托加人）堂曼努埃尔·加西亚·普列托①执政期间，温塞亚一家的那位无名哑巴女佣同民警的一个警官有过一个孩子，这个警官穿胸衣，名字叫多罗特欧。

“他是哪儿人？”

“不知道，他自己说是塞拉诺瓦那边的人，也就是说是拉米兰内斯人，不过，我看他是阿斯图利亚斯人，只是他不愿意说出来罢了，有些人很怪，这您是知道的。”

多罗特欧经常做瑞典体操，高声朗诵埃斯普隆塞达②的诗作《海盗之歌》：每伙海盗十门大炮，顺风扬帆潜逃……多罗特欧不喜欢光顾酒馆，也不去朝圣，不值班时便留在军营里阅读一些诗人的

---

① 曼努埃尔·加西亚·普列托（1859—1938），曾四次出任西班牙政府首相。

② 埃斯普隆塞达（1808—1842），西班牙著名浪漫主义诗人。

作品，像埃斯普隆塞达啦，努涅斯·德·阿尔塞[①]啦，坎波阿莫尔[②]啦，安东尼奥·格里[③]啦，人们都说，多罗特欧警官也喜欢和女人发生肉体关系。他之所以挑选了温塞亚一家的哑巴女佣，是因为她行为谨慎，不会把事情透露出去，对了，她不会把事情透露出去，这与其说她行为谨慎，毋宁说她是哑巴，不过，反正都一样。多罗特欧留着小胡子，留着狼狗凯瑟那样的胡子，很能引起女人的注意。哑巴女佣很倾心于他，这是多罗特欧说的，多罗特欧一碰到她身子，她便四处抓挠他，发出一些奇怪的呀呀声。

"那她不是像老鼠吗?"

"不对，应该说像绵羊。"

多罗特欧和哑巴女佣生的儿子现在在阿利亚里兹有一辆出租汽车，生活很好，他的太太是接生婆，三个孩子都在圣地亚哥上学：女儿学药学，大儿子学师范，二儿子学医。曼努埃利尼奥·雷梅塞依罗·多明盖斯很不走运。现在失去了自由，在这个世界上，有的人运气好一些，有的人运气坏一些。

"什么时候能出来?"

"谁也说不清。"

在阿格罗圣蒂尼奥山上有一只母狐狸，专门吃雏鸡，不喜欢母鸡，看来它嫌母鸡老。

"他妈的，这只母狐狸真有公主小姐的派头呀！以前的母狐狸却比它凶，但也是有什么就吃什么呀！"

"对，以前是那样。"

堂格拉乌迪奥·多皮科·拉布涅依罗住在堂娜埃尔维拉夫人的店里，由此人们都说他和老板娘有关系，不过很隐蔽；堂格拉乌

---

① 努涅斯·德·阿尔塞(1834—1903)，西班牙浪漫主义诗人。
② 坎波阿莫尔(1817—1901)，在西班牙民间享有盛誉的诗人。
③ 洛安东尼奥·格里洛(1845—1906)，西班牙诗人。

迪奥和卡斯托拉也有关系,这个女佣是堂克里斯朵瓦尔送给他的。

“送给他的?”

“对,你会听懂我的意思的。”

多罗特欧警官除了朗诵诗歌以外,还弹奏竖琴,华尔兹是他的保留节目。“杀人凶手”马努埃尔·布兰科·罗马桑塔像狼一样吞食活人,一位中国医生使他免遭绞刑,说是中国医生,其实既不是医生也不是中国人,而是催眠师,是英国人,他叫菲力浦,在阿尔及尔当生物电学老师。中国医生写了一封信,西班牙司法部为这封信委实大乱了一阵,伊莎贝尔二世①女王得知科学的长足进步以后,赦免了这个罪犯。野狼是不堪忍受铁窗生活的,马努埃尔·布兰科·罗马桑塔被关了一年,就因为没有自由而忧伤致死。有的人对监牢很敏感,甚至一死了之,麻雀也是这样。在阿利亚里兹的圣维里斯莫·德·埃斯皮涅依罗斯教堂每个二月二十九日,即闰年的二月二十九日,都为那个狼人的亡灵做弥撒,这种传统在内战开始以后才丢掉。圣维里斯莫·德·埃斯皮涅依罗斯教堂的大钟是那样神奇,太阳照到它时便鸣响起来,不知道的人还以为是别的什么东西呢。

“格列托舅舅。”

“有事说吧,亲爱的卡米罗。”

“给我十个雷阿尔?”

“不行。”

“那就六个吧。”

“也不行。”

我舅舅和姨妈的家在阿尔瓦罗纳,墙壁上爬满了常青藤和香豆,宽敞明亮,现在几乎东倒西歪了。

---

① 伊莎贝尔二世,1830 年至 1904 年在世。

“你还记得那只乌鸦偷吃瞎子森德里茨的饭吗？他是世界上最坏的瞎子，上帝打发一只小鸟偷吃他的饭，以此惩罚他，他险些饿死。”

堂格拉乌迪奥·多皮科·拉布涅依罗在学校当老师，好像和老板娘埃尔维拉夫人有关系，这方面的情况已经介绍过一些了。

“卡斯托拉很风骚，我早就知道，但是她比我小三十岁，有很大的优越性，我不把她赶到大街上去，是想把你拴在这儿，你永远爱我吗？”

“亲爱的，永远爱你，永远爱你，我不知道说过多少次了……这谁都知道！”

堂娜埃尔维拉和堂格拉乌迪奥只有躺在床上时才以“你”相称，表面上却保持着适当的距离。堂格拉乌迪奥难得和卡斯托拉睡一次，堂娜埃尔维拉对他们两个人监视得很厉害，但他确实可以做到的是，在走廊里和她相遇时摸摸她的乳房和臀部。

“堂格拉乌迪奥，别动手动脚的，您这样能解决什么问题呀？到了星期日什么都是您的了。”

堂格拉乌迪奥和卡斯托拉星期日下午在腊罗公路上的食品店幽会。店老板是堂格拉乌迪奥的朋友，他把钥匙交给他，那儿有沙发床、洗手间。堂娜埃尔维拉给堂克里斯朵瓦尔更多的自由，她对他并没有多少感情。

“堂克里斯朵瓦尔，算您走运，想和我睡觉的话，只要推门进来就行了！”

“住嘴，别那么放肆！快去干你的事吧。”

曼努埃利尼奥·雷梅塞依罗·多明盖斯的朋友马梅尔托·巴依松准备去当足球运动员，可是，这个想法夭折了，他发明了一样东西，因而不得不放弃当足球运动员的想法。

“你从来没有想到当神父？”

“没有，夫人，从来没有想到。”

“懒虫”蒙乔是个撒谎大王，瘸子一般都爱说谎，当然有的瘸子不这样，但瘸子爱说谎是一般的规律。

“我表姐赫欧希娜在她的第一个丈夫阿道夫在世时，就像‘疯婆’卡塔利娜·巴茵特一样光着身子去路西奥·莫罗水磨坊的池塘里洗澡，有一条鳟鱼瞪着眼盯着她的奶头，直到我表姐离开时它才动一下身子，我表姐的奶头很好看，奇怪的是一条鳟鱼像小伙子那样怔怔地看着她的奶头。”

阿道夫·佩诺塔·阿乌加莱瓦达外号叫“小丑”，他曾经是玛利亚·阿乌希利亚多拉·波拉斯的未婚夫，后者看到他活不长便抛弃了他。

“这家伙已经是个快死的人了，我知道得很清楚，只要摸摸他的双手就知道了。”

“懒虫”蒙乔也看到过一只负鼠和一只兔子爬到岸边的岩石上，兴奋甚至贪婪地观看他表姐的奶头。

“你看看，这些小动物都是如此，这是它们的本能呀！”

玛利亚·阿乌希利亚多拉·波拉斯做出那个决定是有充分理由的。

“那家伙都是快死的人了，只要看看他那失去光泽的皮肤，只要摸摸他的两只手就知道了，我把他推给了赫欧希娜，让她去给他守丧吧，别让死鬼脏了我的身子，好了，我对死人可不感兴趣。”

“可是，玛利亚·阿乌希利亚多拉，你身子还干净吗？”

“住嘴，小孩子，吃你的奶去吧，这和你有什么关系？”

“玛利亚·阿乌希利亚多拉，别激动！别那么大声和我讲话！”

“小丑”阿道夫于是和赫欧希娜结了婚，但是他没有活多久，天意让他活得比预料的长些，不过，眼睁睁地看着自己的妻子和别人寻欢作乐，他实在不堪忍受此辱，便钻到大衣柜里，在挂衣服的横梁上吊死了，有人说是他妻子用草煮水把他毒死的，这可想而知，法官打开衣柜门，死人一下子倒在他身上，吓得他魂不附体。

“他妈的，居然有这样寻死的！他竟以这种方式欢迎我！”

卡迈洛·门德斯帮助赫欧希娜料理后事，当法官不注意时，他伸手去摸赫欧希娜。

“别动手动脚的，门德斯，把死人抬走以后，我们有时间玩的。”

“好吧，亲爱的，你知道，你怎么吩咐我就怎么做，你的意志就是我的意志。”

“懒虫”蒙乔很有感情地谈论着他的表姐赫欧希娜、表妹阿德拉以及两者的母亲。

“她就像我的母亲。米卡埃拉姨妈对我一直很好，她喜欢我，我小的时候，她给我买《迪克·吐宾历险记》，家里只有我们两个人时，她常常逗弄我。她问我：‘小流氓，舒服吗？’听到这话我的心都要跳出来了。”

许多人参加了阿道夫的葬礼，这种不幸的人很有同情者。陪同送葬的人谈论凯尔特·德·维哥足球俱乐部，谈论小寡妇人多么好、多么迷人。

“那么，他妹妹呢？”

“这怎么好比呢，两个人根本不一样。”

“懒虫”在摩尔人居住区失去一条腿，他从梅利利亚回来时安了假腿，但他很高兴。

“你这么不幸，怎么还乐呵呵的呀？”

“我笑是因为，如果给我安一个假灵魂就更糟了。”

在我家住的房子里，有三顶白色的卡洛斯分子的贝雷帽年复一年地随便扔在地上，每顶帽子都用金线绣着边饰，那是我妈妈的一位舅舅，堂塞维利诺·洛沙达留下来的，他曾晋升为卡洛斯军队的陆军上校，在奥尔德内斯和阿苏亚地区打仗，这两个地区位于坦伯列河两岸、杜布拉谷地和梅利德平川之间。在那里,内战临近结束时,被称为“佛塞利亚斯”的游击队员贝尼格诺·加西亚·安特拉德和曼努埃尔·朋特纠合在一起,有些地方很适宜有火药味,流血。狂欢节时,我舅舅格列托把堂塞维利诺的三顶贝雷帽拿到大街上踢来踢去,后来又被虫子蛀得到处是洞,在我家里,东西被蛀是很自然的事,在我家里,厌烦和懒惰是两大艺术。

“赫苏莎。”

“说吧,埃米莉塔。”

“妈妈从罗马带回来的那串银质念珠,连教皇莱昂十三世都赞不绝口,你还记得放在什么地方吗?”

“哼,你还问我呢!几百年前我就没看见了,很可能早丢了。”

“说不定。”

赫苏莎姨妈和埃米莉塔姨妈白天黑夜地做祈祷,一刻不停地唠叨,小便失禁,她们不知道怎样才能看到希望之光,信奉使她们得到一点点安慰,然而对慈善却一无所知。格列托舅舅厌烦极了,整天“呕吐”,不是吐在便盆里,就是“吐”在立柜后面。

“太舒服了。”

格列托舅舅的那条狗名叫维斯波拉,它只吃主人恶心时吐出来的或者有滋有味地咀嚼之后又反刍出来的东西,只吃格列托舅舅用这种方法“排出”的东西。有时,维斯波拉一副吃惊相,作出怪脸,看来是格列托舅舅的呕吐物臭气熏天。格列托舅舅手很巧,会弹奏爵士乐,他如果是黑人就更好了,弹奏爵士乐,或者其他什么东西,譬如长笛、十二弦琴什么的,鳏夫应该是最好的乐师,可以为曲调增加一点兴味。

“我不懂。”

“当然啰!为什么一定要懂呀!亲爱的朋友,有许多事情确实不懂,只好听之任之。”

“我知道。”

圣者费尔南德斯和他的七位殉难伙伴(在这里没有必要列举他们的名字,还是把这件事留给他们的亲戚去做吧),躺在大马士革的巴博·吐马天主教区的圣地西班牙修道院里,百科全书提供的材料几乎都是错误的,但是这无关紧要,因为费尔南德斯不是什么了不起的圣神,我们家只有他是这样的人物。圣蒂斯特万神父这个乡巴佬,不是吸鼻烟就是吃姨妈们做的蛋饼。

“堂欧布杜利奥,再喝一杯吧?这种东西提神。”

“好吧,亲爱的女友,如果你们高兴的话……”

圣蒂斯特万神父不知道什么是怜悯。

“最后审判那天,我们这些主持正义的人将在欢声笑语中得到自己的补偿,而在地狱里的人将被抛到油锅里,永远遭受煎炸。亲爱的赫苏莎,给我一块饼干好吗?上帝会报答您的。我们将理直气壮地对他们说:你们不是想享受尘世的荣华富贵,得到罪恶的肉欲快感吗?这就是对你们的奖赏!坏蛋,在油锅里好好炸一炸吧,我们的幸福是永存的!亲爱的埃米莉塔,给我一小块蛋饼,好吗?上帝会报答您的。”

圣蒂斯特万神父没有资格当耶稣教会的成员,他倒像慈善学校的教授,再说,他身上的气味并不怎么好,一股山羊羔味,或者说公山羊味。

“那是因为他确实像圣神那样生活,不注意个人卫生,不懂得尊重别人。”

“当然啰,很可能是这么回事。”

“很可能是,亲爱的女友,很可能是!请告诉我,你们这些人如果失去了灵魂,就是把没药和麝香喷洒在行尸走肉和破烂衣服上,又有什么用呀?”

“说得好!”

"说得太好了！我们要把拯救灵魂当作一项伟大事业来做，而把充斥这个可鄙世界的虚荣和奢华抛到九霄云外。"

"我的耶稣，上帝哟！……"

一九三五年，西班牙邮政航空公司没有发生一起事故，尽管在其六年服务中飞行的距离足以绕地球一百二十周。马梅尔托·巴依松发明了一种飞行器，取名为"燕子"，实际上它很像蝙蝠，有踏板，有固定齿轮，但是仍然起了"燕子"这么个名字。

"我之所以起这个名字，是因为燕子是一种最善于飞翔的小鸟儿，看到它飞来心中便倍感欢畅，赫苏莎小姐，如果上帝帮忙，我很快会像燕子一样飞到天上去，您注意到这点没有？我最好从圣胡安·德·巴拉教堂的钟楼上跳出去，借用一点起飞惯性。"

"亲爱的马梅尔托，别干那种傻事，那不是找死吗！"

"不会的，小姐，您等着瞧吧！"

一九三五年复活节后的第一个星期日，做过大弥撒之后，马梅尔托便登上圣胡安教堂的钟楼，然后爬到他的飞行器的翅膀上，往空中一跳，结果非但没有飞起来，反而扑通一声栽到了地上。许多人跑来看热闹，有些人甚至从卡尔瓦利尼奥、羌塔达利拉林赶来，人们看到马梅尔托瘫在地上，立刻骚动起来，跑东奔西地忙碌着。

"安静，安静！"神父堂罗莫阿尔多说道，"他刚刚做了忏悔，领受了圣餐，现在就要去天堂了，你们拿块石头垫在他头下，让他安详地咽下最后一口气吧。应该好好地料理他的后事！"

"我说，可不能这样！最好把他送到奥伦塞去，看看医院能不能抢救过来！"

"你们愿意怎么办就怎么办吧，如此鲁莽行事，出了事我不负任何责任。"

堂罗莫阿尔多说话是很注意分寸的，然而教民们却把他的话当作耳旁风。他们找来一床毯子，把马梅尔托包起来，用出租汽车送到了奥伦塞；那时他已经奄奄一息，但是由于手术顺利，不几天便开始脱离了危险。

“我的燕子在哪儿？”

“你的燕子早就摔得粉碎了，问这个干什么？”

“不干什么，快让我恢复健康吧，我还要再试飞一次。我觉得是齿轮转动装置发生了故障。”

“好啦，别再干那种蠢事了，你这是拣了一条命，可别再天天和上帝作对了。”

波拉斯的遗孀堂娜玛利亚·阿乌希利亚多拉·毛伦塞，那个借口阿道夫活不长而拒绝同他结婚的姑娘的母亲，是一位身材肥胖的夫人，一位真正肥胖的女人。她颧骨隆起，走路瘸拐，但步履匀速，并且伴随着各种条件反射和多种“排气”现象，其次序是这样的：走两步，心跳五次，流鼻涕，停下脚步，咳嗽，放连珠响屁，嘴唇抽动，停下脚步，部分排出腹部的胀气，叹息，嗝声独唱，停下脚步。这样日复一日，月复一月，年复一年，周而复始。她使用有名的粗锉锉掉脚茧、鸡眼和修剪厚厚的指甲，一点儿也不感到疼痛，这是她的一大乐趣。

在米尼奥河下游，即从奥伦塞到卡斯特列洛的路上偏南一点，在拉维达和里维依罗两片谷地中间的地区，还保存着特列列古堡，那里住着死去的摩尔人；特列列是托恩市的一个地方，属圣马利亚·德·安赫尔教区管辖。在加利西亚仍然居住着许多摩尔人，但是见不到他们的影子，因为他们都已经死去，非魔即妖，在地下活动。在特列列古堡里住着的是全地区最富有的摩尔人，他们在外号叫“葡萄牙人”的魔法大师阿布·阿拉-阿齐兹·本·梅鲁安的统治之下，此人是蒙弗尔特省省长，独眼，红发，患有麻风病，但是他具有“点石成金”的法术。石块呀，金龟子呀，虞美人呀，手镯呀，什么东西都能变成金子；特列列古堡里的石块、金龟子、虞美人和手镯都变成了金子，遍地都是。索布拉多·德·比斯波的车夫巴西利奥·里瓦德洛，为了不让基督教徒看见，趁着黑夜给摩尔人送葡萄酒，作为报答他可以得到石板，在回来的路上，这些石板慢慢地变成金子；摩尔人让巴西利奥发誓不把此事告诉任何人，如果不恪守诺言，石板将重新变成原来那种模样。巴西利奥的妻子卡西尔达·戈尔古弗，为突然得到那么多黄灿灿的金子而惊愕不已。

“一定是走私赚来的，”她对丈夫说，“你骗不了我，缉私队非来抓你不可，不把你打个稀巴烂才怪呢。”

“不会的，亲爱的，”巴西利奥回答说，“这钱我赚得光明正大，但是我不能告诉你是怎样赚来的。”

卡西尔达再三坚持、央求，并且威胁他，巴西利奥受不了奉承和辱骂，最后道出了真情。

“但是，你不能告诉任何人，不然的话，如果摩尔人知道了，连一分钱也不会给我。”

卡西尔达本来很谨慎，但还是说走了嘴，摩尔人终于知道了，他们当然要惩罚巴西利奥。

从那以后，古堡的大门对他紧闭不开了。巴西利奥把妻子痛打一顿，可金子还是不见了踪影，过了几年，他因劳累和穷困而死去。

“再给我一杯白兰地，好吗？”

“好。”

拉蒙娜小姐穿的晨衣很漂亮，布料不厚，但很漂亮。

“我倒愿意全身一丝不挂，但是我怕冷。”

“不会的，亲爱的。”

拉蒙娜小姐认为人生短暂，转眼就是百年，这是不可抗拒的自然规律。

“亲爱的莱蒙多，太让人悲伤了，你不能怀疑这一点。一个女人到了二十五岁就成老太婆了，而男人却不然，他们的青春年华可以长些，能延迟到三十岁，很多人到三十五岁。亲我一下吗？我今天很伤心，不知道发生了……你认为我是个浪荡女人，那就大错而特错了，莱蒙多，起码小狗和你一样给我以乐趣。但是我更爱你，可怜的瓦尔德！你们男人太反复无常，你更是如此，不过，由于我对你也是很任性的，所以可以说我得到了补偿。我们女人比男人寂寞，因而同性恋的女人多于男人，我如果知道不会着凉，就赤条条地躺在床上，一个月也不起来。"

卡山杜尔费人莱蒙多不说话了。

"再给我斟点酒，好吗？"

"好。"

"你请我吃龙须菜罐头，好吗？"

"亲爱的莱蒙多，谢谢你要我请你吃晚饭。"

人们都说，英式饼干厂的老板娘堂娜丽塔·弗莱依列每天都把她的二婚丈夫折腾得精疲力竭，这不是事实。谁也不能把堂罗申多·维拉尔·桑特依罗怎么样，包括做爱在内，他按照自己的方式行事。但是，堂娜丽塔有点疯狂倒是真的，甚至可以说她一见到堂罗申多就发狂。堂娜丽塔胖得要命，每天丈夫在她身上爬上爬下两次就够耗费力气的了，而堂娜丽塔是头母狮，从来不会疲倦，有时根本不必在床上，随便什么地方都行。

路易西尼奥·博塞洛是堂贝尼格诺的被阉割了的男佣，他在战争期间死去了，但是属于正常死亡，先是失明，后来又得了肺炎，最后一命呜呼。人们都叫路易西尼奥·博塞洛"鸭子"，但那是出于好心，并非恶意。

"'鸭子'！"

"堂贝尼格诺，请您吩咐。"

"你瘸着腿走，坚持到最后。"

“好的,先生。”

阿德加对山上发生的事很熟悉。

“对大笨蛋彼杜埃依罗斯是一时失手,这个可怜的人像罪犯一样死掉了,上吊可不是开玩笑的事,一旦上吊就无法挽救了。把大笨蛋彼杜埃依罗斯吊死了,但不是有意,可是却把他吊死了,这件事必须从有意还是无意上分析,他父亲是布西尼奥斯的圣米格尔教堂神父,他对儿子的后事料理得很圆满,做了三次弥撒,葬礼也很隆重。”

“裤头”埃乌特洛可以自由出入帕罗恰妓院,但是在那里不能随随便便。

“你要么干点什么,要么走开,不能到这里来聊大天。”

他的女婿塔尼斯·加莫索不跟他说话。

“我岳父真是个老混蛋,如果不是为了罗莎,我早就让他的脑袋开瓢了。不能相信这种人,常言说得好,你让他一寸,他就要进一尺。”

“葡萄牙女人”玛尔塔宁可挨饿,也不和“裤头”同床睡觉。

“我宁愿饿死,讨饭。埃乌特洛讨厌极了,一刻也不让人闲着。”

堂娜丽塔的第一个丈夫是商人,高身量,肥头大耳,他感情脆弱,悲观厌世,最后用猎枪自杀了。堂娜丽塔的第一个丈夫活着的时候叫堂格列门德,但人们都称他“富翁”。堂格列门德·巴里兹·卡尔瓦略是蒙德维莱索村人,这个村子隶属里约斯地区,归卡斯特列洛市圣埃乌弗米亚·德·皮奥内多教区管辖,位于诺弗列山的南侧。他从事钨的生意发了财,但是,钱对他毫无价值,糟糕的是堂格列门德日甚一日地悲观厌世。一天,他实在忍受不住了,把猎枪塞满了霰弹,舒舒服服地坐在客厅里的扶手椅上,把双筒枪口塞到嘴里,扣动扳机,脑袋立刻开了花,最大的一块头骨只有青洋李子那么大，脑浆溅到灯罩上，不得不用除污剂擦掉。堂格列门德和堂娜丽塔一共有七个孩子，那时都还很小；堂娜丽塔守寡时最多也就三十二三岁，她总找人打架，这是因为身体感到饥渴的缘故。堂娜丽塔在她的精神指导者堂罗申多·维拉尔·桑特依罗神父那儿找到了慰藉，在那之前她就和他有了关系。

“罗申多，你怎么不脱掉长袍呢，咱们按照上帝的意愿结婚吧！”

“不幸的女人，我担任这么高的圣职，哪能结婚呀？这你还不知道吗？”

“这有什么关系！你撤回贞节愿，不就行了吗！”

堂罗申多怒容满面。

“我的上帝哟，为什么季初斋日有那么多的清规戒律呀？”

塔尼斯·加莫索的大黄狗莱昂和马里涅依罗·沙尔都很凶猛、忠实、听话，带上它们可以闭着眼睛走路，狼呀，野猪呀什么的都不敢走近你。塔尼斯还养了好几条牧羊小狗，一个个聪明、活泼、淘气，它们如果知道身后有靠山，甚至敢于向山上的野兽挑战。塔尼斯很有养狗经验，会饲养又善于驯化，狗也给他带来了不少益处。

“他的其他嗜好可就提不起来了。”

“我知道，亲爱的，我知道！”

在劳科酒馆里，卡山杜尔费人莱蒙多、罗宾·列宝桑和一位卡斯蒂利亚人正在说话。后者使用一种印着斜十字的名片，名字是用花体字制作的：托里比奥·德·莫格罗维霍-德·布斯蒂略·德·奥罗。

“过去是贵族吧？”

“在他被警察逮捕之前，我们以为是这样的，他被逮捕的原因是骗了奥伦塞一位老板娘的钱。”

"我的上帝!"

"您早该听说了,他的真实名字是托里比奥·埃克斯波希托,而托里比奥·德·莫格罗维霍,是一位圣神而不是他的名字,即秘鲁的利马主教圣托里比奥·德·莫格罗维霍,正是由于这位主教的努力,宗教信仰和宗教纪律才在西班牙美洲传播开来。"

"是呀!"

"我还要告诉您,这些情况都是秘书给我提供的。"

"好了,好了……"

"布斯蒂略·德·奥罗是他的家乡,属葡萄酒之乡萨莫拉管辖,听说好几个法院传讯过他。"

"有好几桩案子?"

"很可能。"

正如我们预料的那样,托里比奥·德·莫格罗维霍、卡山杜尔费人莱蒙多和罗宾·列宝桑争得面红耳赤,在场的其他人则一言不发,不敢讲话。三个人的立场分别是:托里比奥·德·莫格罗维霍既信上帝又信神父,堪称完人;卡山杜尔费人莱蒙多信上帝(他把上帝称为最高创始人)但不信神父,好像是共济会里的什么人;而罗宾·列宝桑呢,信神父而不信上帝,据说这是为了不使争论中断。

"这不是胡来吗?"

"有那么点意思。"

他们正在争论时,警察闯了进来,那时已是深夜一点多钟。看到警察出现在自己面前,托里比奥·德·莫格罗维霍顿时面无血色。

"您是托里比奥·埃克斯波希托吗?"

"愿为二位效劳。"

"您被捕了。"

托里比奥没有反抗，乖乖地被扣上了手铐，一边一个警察押送着，沿着公路向下走去，消失在黑暗之中。

"天气真冷呀……"

"走起来就不冷了。"

堂娜丽塔在心中盘算，只要堂罗申多活着就不能离开她，这个目的达到了。堂娜丽塔首先从"胃"这个缺口向这位神父发起进攻，因为在贪恋女色方面他早已成了她的俘虏。再则，她也抓住了他的虚荣心和吝啬这两大弱点，堂罗申多贪吃、好色、虚荣、吝啬。

"这是我那个不要脸的亡夫的金壳手表，你拿去吧，只有你才配戴这种表。"

"谢谢，我要请人刻上赠送日期。"

一天，堂娜丽塔直言不讳地说道：

"你别跟我兜圈子了，痛快点，你到底想不想脱掉教服和我住在一起？你如果下决心这样做，我给你一百万比索。"

堂罗申多答应了她，拿到一百万比索以后便和那个寡妇住在了一起。可想而知，这件事闹得满城风雨，但是堂罗申多的脸上却始终挂着笑容。

"人们的议论终究会过去的，而钱却丢不得；我和堂娜丽塔很幸福，我一旦脱身就和她正式结婚。上帝除了希望他的造物生活幸福以外，还会有什么奢望呢？"

圣罗希尼亚·德·赫里科公墓里生长着一种叫做曼德拉戈拉的树，有雄雌之分，它的特点可以从拴着一条狗的树根上看出来。女人碰到这种树便会受孕，甚至闻到它的气味都会受孕，那条狗如果想让谁睡过去并且讲出隐藏在心底的实话，便汪汪地叫。我实话实说吧：我承认我用斧子杀了那个用鲜花装饰草帽、用彩色蝴蝶打扮面孔的过路人，我之所以杀他，是因为他瞪了我一眼，并且要在七点半钟对我下毒手。把我绞死也没有关系，我知道上帝会饶恕一个人的罪行,我用茶花把死者烧了,这样可以使他忘掉对我的仇恨。刽子手在圣罗希尼亚公墓里架起了绞刑架,绞刑架旁就有一棵曼德拉戈拉树的柔嫩小苗,被绞死的人用生命之源的精子、盲人之本和力量之泉的血液以及延续生命的唾液培养了这株小苗,并让它健康地生长起来。"鸭子"路易西尼奥有眼疾,堂贝尼格诺让他用曼德拉戈拉树根加上油和酒搅拌之后治眼睛。

"治好了没有?"

"没治好,先生;眼睛反而瞎了。"

曼德拉戈拉树根上如果出现男人形象,不管哪个男人从它旁边走过都会找到一个终身相爱的女伴,直至被突然而至的爱情送到西天,善良的神父为他安葬。警察把托里比奥·德·莫格罗维霍-德·布斯蒂略·德·奥罗一直押送到朋费拉达;他们一共走了九天,因为那个地方很远,翻山越岭。如果曼德拉戈拉树根上出现女人形象,凡是从它旁边走过的女人都会被一个叫做曼德拉戈罗的仪表堂堂的、浓发蓬乱的侏儒爱上,曼德拉戈罗食用荨麻和面粉,说话不张开嘴巴。

"你爱我吗,漂亮的小妞儿?"

"住嘴,傻蛋!你这是找死呀!"

如果想把曼德拉戈拉树从地里拔出来,事先必须用宝剑在它周围划上三个圆圈,同时旁边还要有妓女唱圣诗,一位秃头神父一边跳舞一边把长袍提到身体的羞耻部位。也可以在树上拴一根绳子,让一条饿狗用力拉,但是不能呼吸,树一喊痛,狗就被吓死。

"不能埋,让乌鸦吃掉算了。"

堂娜丽塔在"食"和"欲"方面,也就是在两种不同的"口味"方面满足了堂罗申多,从而征服了他。

"来吧,我会酬劳你的!你不是喜欢吃得好一些吗,不是喜欢我抚摸你吗?那好,去把孩子安顿睡下,再赶紧回来,别忘了给他们祝福。”

“放心好了……”

拉蒙娜小姐有四个用人(这四个人都上了年纪,眼神不济,耳朵不灵,几乎成了半聋子、半瞎子,此外还患有支气管炎和风湿症),其中一个叫布劳利奥·多亚德,在菲律宾还是西班牙属地的时候他到那里旅游过。布劳利奥·多亚德道貌岸然,但内心狠毒。

“您还记得堂卡米罗·波拉维哈将军那支驻扎在棉兰老岛的军队吗?人们都说他手持武器把摩尔人抓起来阉割了。”

“不记得,不记得了。您不是在编造吧?”

布劳利奥·多亚德死的时候,瘦得没有一点重量。

“小姐,请神父给他做个弥撒吧!”

“什么?给他念一句祷词我都嫌多。”

公猪在山上巧妙地拱来拱去,狗用牙齿把曼德拉戈拉树根拔起来。其中一条必定是黑狗,它将死去,黑狗和死亡是联系在一起的两种东西。

“我们把男人变成公猪,把女人变成娇妞儿,好吗?”

魔鬼兜售它的药膏,涂上这种药膏,可以在圣罗基尼奥·德·马尔塔的迪欧尼斯和莱昂尼斯两处的圣神庙会上飞来飞去,要是马梅尔托·巴依松知道这事该多好呀!药膏是由一位有营业执照的巫婆出售的,也许她隐去了魔鬼的模样,在太阳出山之前半价售出,为的是让穷人买了涂用。

“像天上的小鸟和炼狱里的亡灵那样飞来飞去!谁想飞,就让他飞好了!”

药膏,还有更为浓稠的油膏,是用这种方法制作的:首先把摩尔人的孩子或没有洗礼过的孩子放在铜锅里,加上玫瑰汁熬煮,快熬干的时候再加入寡妇的月经血、吊死鬼的骨粉、女人的尿液以及曼德拉戈拉树根,还有另外三种植物,一起搅拌,这里说的三种植物是：能够助飞并且解除牙痛、头痛和耳痛的天仙子，女人和滑稽演员用来描画眼睛的颠茄，从死亡的梦境之泉冒出来的带着坟墓尖刺、幽灵尖刺和地狱尖刺的苹果。在圣罗基尼奥也卖长生不老丹和治放荡口服液，喝一口一个雷阿尔。

“您是不是想除掉灵魂的不忠，抹掉通奸的污迹呀？”

一天，堂罗申多出了一点小错，堂娜丽塔便对他大打出手，以致英式饼干厂的工人不得不出面干预。厂负责人卡西亚诺·阿雷亚尔带着工人，他办事十分认真负责。

“小姐，安静一点儿！我求求您了，这样会打死人的！如果堂罗申多不行，我们派别人接替他好了！安静一点儿，小姐，要不然我们就生气了！把奶头收起来，别着凉得肺炎。”

在圣罗希尼亚·德·赫里科公墓里，一个警察在和格列托舅舅玩纸牌，这事让人难以相信，然而确是事实，我亲眼看见的。那个警察叫法乌斯托·贝林琼·贡萨雷斯，是莫蒂利亚·德·帕兰卡尔人，这个地方属于曼查·德·昆卡管辖。

“再卑鄙下流的人也有自己的魅力，卡米罗，糟糕的不是踩到曼德拉戈拉树，而是顺着山坡滚下去，一直滚下去。你看丽塔·弗莱依列，她年轻有钱，可是已经走上了死亡之路。”

一天夜里，一群野狼在圣克里斯朵堡山上吃掉了三条母牛和几头小牛，谁也没有想到那儿有狼。塔尼斯·加莫索带着猎狗和猎枪上山去寻找野狼，第二天夜里打死了两只，其中一只重达五阿罗瓦，这只狼不是萨古梅依拉山上的，不过很像；猎狗凯瑟被咬伤了，他不得不给它一刀，杀死跟随自己多年的猎狗总是一件令人悲痛的事。塔尼斯叫人把两张狼皮鞣制以后，连同以前的三张一起送给了帕罗恰妓院的女佣阿奴霞西翁·莎瓦德尔了。

“喂，给高登西奥做床褥子，狼皮暖和。”

科鲁尼西那里的表兄妹给我捎来雪茄烟时，我总是立刻给马尔科思·阿尔必德送去。

“言而无信，等于欠下债。”

“谢谢，咀嚼葡萄牙烟叶我都有些腻烦了，一沾到口水就没有味道，我真不习惯。”

卡塔利娜·巴茵特给马尔科思·阿尔必德拿来一点葡萄酒。

“我今天可以尽情地喝了，我很少像今天这样高兴。”

他说话的声音都变了。

“请原谅，我在众人面前同你以你我相称了，好吧，实情是卡塔利娜没有多少钱，几乎一文没有。”

我觉得时机到了。

“咱们你我相称最好，战前咱们就是你我相称的，你也是古欣德人，你和我一样，都是古欣德人。”

“对，这话不错，但我是一个贫穷的古欣德人，一个一文不值的古欣德人……”

卡塔利娜拿来两个酒杯，一个杯子给马尔科思·阿尔必德，另一个杯子给我，一看就知道，我的杯子很干净，真让人高兴。

“我把尿罐给你洗洗吧？”

“好吧。”

马尔科思·阿尔必德用手摆弄着雪茄。

“你不喜欢雪茄？”

“怎么说呢。”

天空掠过一缕充满希望的闪电之光，大概是一只来祝福的白鸽吧。

“我不相信上帝，以前他还多少保护我，可是现在，我整天坐在这个带轮子的棺材里！”

牛车在土路上颠簸，车轴吱吱呀呀作响，惊走了野狼，吓跑了狐狸，大千世界是一只共鸣箱，地表是鼓面，鼓面蒙着皮子。马尔科思·阿尔必德又画了颗小星,并且把自己的缩写名字描清楚。

“我给你制作的圣像快结束了,是最好的圣卡米罗神,下个星期我就能给你,只要把圣像表面弄光滑一些就行了。”

费利西亚诺·维拉加贝·圣马蒂尼奥很晚才结婚,他曾和安古斯蒂亚斯·索娘·科瓦辛谈了二十三年恋爱,他们的婚礼很短,还不到一个半钟头。新郎新娘从教堂走出来时,她对他说:

“咱们和妈妈到公墓去一会儿,给爸爸的墓献上一束花,好吗?”

他回答说:

“你们去吧,我在这儿等你们。”

安古斯蒂亚斯反身回来时,费利西亚诺早已拂袖而去;劳科酒馆的老板娘雷梅迪奥斯走了出来,交给安古斯蒂亚斯一封信。

“喂,这是费利西亚诺给你留下的信。”

安古斯蒂亚斯十分紧张,她打开信,一张纸条上用圆形字体写着:“你走你的阳关大道吧。”从那以后,费利西亚诺便杳无音信,仿佛被大地吞食了似的,有人说看见他在马德里当汽车售票员。

“安古斯蒂亚斯怎么办呀?”

“她能怎么办呀,开始还是等他,她已经习惯于等待了,等了四五年,后来出家当了修女,当妓女已经没条件了,妓女必须娇嫩些,我是说,年龄不能大。”

维拉加贝一家人都很傲慢,他们一向如此,但都是些平庸之辈,确实是这样,不过很傲慢,很做作,他们有自己的特殊爱好和兴趣。而安古斯蒂亚斯却相反,她平淡无奇,一头鬈发。她手持刀的姿势太可怕了,端杯子时跷起小拇指,口中不停地叨念着什么。

“太让人痛心了。”

“对,太让人痛心了。那比通奸还糟糕,通奸这种事经常发生在条件较好的家庭里,而安古斯蒂亚斯的事只是在贫贱人当中能见到，现在一切都颠倒了。”

“怎么不早一点和她中断来往呀？”

“我怎么知道！他说好多年里他一直陪伴着那个可怜的女人。”

“什么！那是在使她厌倦！”

“厌倦也是实情，喂，你走到哪儿去了。”

拉蒙娜小姐总是说，安古斯蒂亚斯是块木头疙瘩。

“她简直像我们这地方的那种松木疙瘩，也许连松木疙瘩都不如。安古斯蒂亚斯很笨，真的，有的人根本不能排在人类之列，安古斯蒂亚斯是牲口，是头黄色母牛。”

每个人都竭力维护自己，费利西亚诺·维拉加贝出逃了，但是谁也不知道他逃到什么地方去了，每个人有每个人的情况。

“麦达多·孔果斯是蓬特韦德拉的一位兽医，他常常穿用一尺来厚的鞋子，打牌作弊，您还记得这个人吗？”

“记得，怎么能不记得呀！”

“那好，那个家伙的情况正好相反，他本人没有出逃，而是他的妻子跑掉了。他设宴招待一百多人庆贺这件事，花了不少钱。他还对朋友说：‘我老婆跑了，我看她是不敢回来了，她走了以后，我们家倒安静了！’”

麦达多·孔果斯的父亲是保管员，他从父亲那里继承了一个鸟笼，里面装着一只海鸥标本。

“海鸥这名字很好听，那是为了纪念我父亲的未婚妻，他在和我母亲结婚之前与她谈了很长时间的恋爱。那是祖传习惯，现在可不这样了，人们放荡不羁，但愿我的父母双亲安息。”

“孔果斯，不要太激动！”

“请原谅。”

兽医的出逃妻子特雷莎·德·尼尼奥·赫苏斯·明盖兹·干

达列拉留着男孩一样的发式，并且常常在男人面前抽烟。

“真不知道害羞！她逃到什么地方去了！”

“其实，地方并不很远，她和一个非法营业的公证员跑到了萨利亚，那个人很会跳探戈和狐步舞，据说她对瘸腿丈夫太厌烦了。有些女人，你真料不到她们会干出什么事来。”

我和卡山杜费尔人莱蒙多看见我们的表妹拉蒙娜在花园的树间散步，她穿戴非常考究，独自一人，昂首挺胸，带着小狗瓦尔德。我和莱蒙多用眼睛瞧着她，很长很长时间没有跟她说一句话，说什么呢？我们的表妹拉蒙娜走到河边，用眼睛盯着河水看了一会儿，然后又慢慢走了回来，回到家里。我走开了，莱蒙多佯装刚刚来到那里。

“这是给你的茶花，我每次来都送茶花给你。”

“谢谢。”

“你一个人出去散步啦？”

“没有散步，只是到河边看看河水流过，今天是我母亲淹死的日子，她已经死了好几年啦。”

“真的！”

我们的表妹拉蒙娜悲凄地笑了笑。

“亲爱的莱蒙多，时间过得真快！我妈妈死的时候，我还是个孩子，才十三岁，我当时觉得天要塌下来了。天永远不会塌下来。”

“不会塌下来。”

“我们一天一天地老了，我们身上的傲气和自负一年一年地减少了。”

“是这样。”

“还有许多怪癖。”

“对。”

我们的表妹拉蒙娜有些反常，莱蒙多发现她漂亮极了。

“让我一个人待一会儿,我真想痛痛快快哭一场。”

特雷莎·德·尼尼奥·赫苏斯跑到了萨利亚,和非法营业的公证员费列蒙·托希多·罗沙巴莱斯同居以后,同以往大不一样了,据说是为了混淆视听。

“应该组织三个协会:穷人衣物施舍协会、分发牛奶协会和休假协会。”

“当然应该组织。我们请教皇为协会祝福,万事如意,事情从一开始就应该做得好些。”

“我们还应该创建慈善机构,把步入歧途的姑娘拉回到正路上来,她们本来就不该离开正路。”

“对。还应该创建一个机构,让吉卜赛人加入我们的西班牙基督教社会,加入我们的神圣不可侵犯的天主教。”

人们把堂娜亚松翁·特拉斯帕加·德·门德斯称为“甜蜜”的乔妮妮亚,因为她的丈夫是甜食店的老板,全名叫费洛梅诺·门德斯·维拉姆茵。“甜蜜”的乔妮妮亚怯生生地问道:

“我们还能赚些钱吗?”

“哎呀呀,亲爱的,你太让我扫兴了!”

特雷莎·德·尼尼奥·赫苏斯·明盖兹·干达列拉感到心中有把握时,大家也会感到有把握,这是自然规律。她开始忘掉那些慈善团体了,让穷人见鬼去吧!分发牛奶协会是什么东西呀!这把年纪了还想当神父,真他妈见鬼!步入歧途的姑娘们尽情地享受吧!人生是短暂的!吉卜赛人,还是疯疯癫癫地继续表演吧!人们都说,特雷莎·德·尼尼奥·赫苏斯拿定了主意,毅然决然地干起来了。托希多想安慰她一下,但是,怎么安慰呀,能有效果吗?

“随你便吧,特雷莎,但是你不要闹得满城风雨,不能让别人知道,不能在众目睽睽之下去干那种事,让人家耻笑,说你风骚放荡。你好好想一想吧,你会看到我说得是对的,我是个具有现代思想的人，这你知道，不过，耐心也是有限度的。”

“当然啰，费利蒙，亲爱的，请原谅我一次吧，我没有办法，请你永远不要抛弃我。带我去跳舞吧？”

特雷莎·德·尼尼奥·赫苏斯喜欢戴宽边帽，玩空竹。

“可是，你想想，你还是那个年龄吗？”

“怎么？怎么不是！”

特雷莎·德·尼尼奥·赫苏斯脑子转得快。

“我真希望你像马尔科思·阿尔必德那样也失去双腿，那样我就可以把你抱在怀里，到大门口往街上尿尿了，让人们都看到我是怎样爱你，怎样关照你的，我简直把你看成侯爵了。”

“别说了，胡说些什么呀？”

“我这并不是胡说，我的掌上明珠，我爱你是真，爱孔果斯是假！”

“谢谢，你睡一会儿好吗？你太激动了。”

“甜蜜”的乔妮妮亚持家有方，勤劳节俭。

“你不喜欢娱乐吗？”

“当然喜欢！哪个女人不喜欢娱乐呀！”

“甜蜜”的乔妮妮亚和她丈夫的甜食店里的两位职员关系暧昧，一个是千层饼师傅，另一个是炉工。应该永远尊重地位和职务的差别，那两位职员很高兴和女主人来往，但是，女主人十分谨慎，两位职员都认为独自而不是两个人共同享有女主人的魅力。

“亲爱的，我只属于你，我爱你胜过爱任何人！”

罗宾·列宝桑坐在摇椅上，大声朗诵着发生的一切。

“我已经挣得了一杯咖啡和一杯白兰地！我如果有精制巧克力，一定送给罗西克莱尔，让她长胖些，尽管这有点晚了。你应该知道，不该和蒙齐娅的猴子搞那种事！上帝怎么理解女人呀！”

罗宾·列宝桑人长得很帅，具有猎兔狗的风度，他家的豪门史至少已经保持了五代之久。

“对于事情不该那么认真,人们保护虚名胜于保护真理,因为真理总是相对的。”

罗宾·列宝桑卷着纸烟。

“烟丝里的硬梗越来越多了,这哪能卷烟呀!”

罗宾·列宝桑向窗外望去,玉米苗湿漉漉的。有个小伙子过来了,他骑着自行车。

“对,还是爱伦·坡①说得对,我们的思想迟钝、老化、单调,我们的记忆力错乱、凋谢,像菜刀那样生锈了,人家都说是这样,这就是我们的思想、我们的记忆的特征吧。”

阿索林②在马德里的贝纳文特剧院首演《游击队》,获得极大成功,受到颂扬,每次首演都是成功和颂扬,太可笑了!

“靠回忆过日子,记忆如同气球的飘带,飘来飘去!”

拉蒙娜·法拉米尼西斯有一台“千里风”牌的七旋钮收音机,那是花七千比塞塔买的,质量很好,堪称一流产品,但是,她很少使用。巴加涅依拉人玻利卡波无论什么都能驯化,对了,并不是什么都能驯化,野猪就不能,野猪没有理智,什么都不懂,它也不想懂,野猪的脑子好像一团粗麻或泡沫岩。在事情混乱不清的时候,最好躲藏起来,等到雨过天晴。巴加涅依拉人玻利卡波的右手少三个手指,那是他两三年前,也许还要早,四五年前,去马场时被马咬掉的。有些日子好像要出太阳似的,可是过了一会儿又阴暗下来,一切又和以前一样。罗宾·列宝桑不想记日记,因为他不愿意承认人也是那种皮毛坚硬、愚笨无知、整天无所事事、只等待出现奇迹的动物。最为严重的打击恐怕莫过于搅乱人们的兴趣、生活规

---

① 爱伦·坡(1809—1849),美国作家。
② 阿索林(1873—1967),西班牙作家。

律甚至观念，野猪总是走同一条路，所以很容易用刀把它杀死。巴加涅依拉人玻利卡波已经杀死了十四五头野猪，有一头打伤以后逃掉了，他没有找到，所以没有把这头计算在猎获物之内。一个胆小如鼠的剃头匠之死和一位英武潇洒、勋章满胸的骑兵将军之死，当然不能相提并论，罗宾·列宝桑读过许多书，而且记忆力极好，几十本《民族演义》[①]能够倒背如流。拉萨罗·科德沙尔无声无息地死在摩洛哥的蒂兹-阿萨阵地上，没吃没喝，这就是战争残酷之所在，而战争立刻开始散发出腐烂味和樟脑味，事情就是这样。高登西奥·贝拉手风琴拉得很好，手风琴是他掌握得最好的一种乐器。高登西奥·贝拉没有眼睛，在普拉·加罗特，即帕罗恰妓院拉手风琴多年，年轻的嫖客把帕罗恰叫堂娜普拉[②]。贝妮希亚是盲人琴师高登西奥的外甥女，据说她的奶头像两颗大栗子，我不知道是不是这样。马尔蒂尼亚村的疯婆子卡塔利娜·巴茵特如同一丛盛开金色鲜花的荆豆苗。世界的每一个角落都有自己的平衡器和活动规律，对于变本必须持谨慎态度。卡塔利娜·巴茵特喜欢在山上把湿漉漉的奶头露在外面散步，这很好。“蛮子”巴尔多梅罗两三年前解除了一对民警的武装，“蛮子”巴尔多梅罗在自己胳臂上刺了一条长蛇缠绕裸体女人的图案，女人们对此印象很深。“蛮子”还不满三十岁，不过也差不多了，他的父母是在一次火车相撞事故中遇难的，不是撞死，而是窒息身亡。“魔鬼”比他哥哥“蛮子”有劲，比任何人都有劲，“魔鬼”能一拳击倒一头大牛。阿德加是贝妮希亚的母亲，阿德加的手风琴几乎拉得和她的哥哥一样娴熟，她拉得最好的作品是波尔卡舞曲《凡菲内特》。阿德加的丈夫，我是说她女儿贝妮希亚的丈夫，名字叫阿波尔斯托·布拉加·阿

① 是西班牙作家佩雷斯·加尔多斯(1842—1920)的作品，共46部。
② 在西班牙文中，“普拉”有“纯洁”之意。

德加,他很可能已经返回葡萄牙了,在这儿没有露过面。阿德加,我是说贝妮希亚,不知道自己仍然是有夫之妇还是已经成了寡妇,事实上这对她也无关紧要。国王霍尔赫五世刚刚去世,让他安息吧,威尔士亲王继承了王位。阿德加对目光所及的那一带发生的事情记忆犹新,再远一些便是莱昂王国,它紧靠着葡萄牙,而葡萄牙就是外国了。摩尔人的国土,山界已经消失许久了,谁也不知道现在在什么地方。我们的足球队第一次在自己的国土上被打败了:西班牙是四,奥地利是五,吉卜林①也死了,正在发生一些非常奇怪、令人茫然的事情,仿佛球都不是圆的了。

"您说什么?"

"您不是听到了吗,球都不是圆的了,这是去年圣蒂斯特万神父在阐述耶稣临终遗嘱时说的。"

阿德加的卡斯蒂利亚语讲得很好,不过有时加一个减一个字母罢了:"我亲爱的耶稣先生,你治愈了我心上的创伤,我看不到任何有趣味的东西,任何引起我注意的事,耶稣啊,我没有面包吃,没有酒喝。"天医从痛苦的大门走进来,向上帝询问他的命运。他温柔地鼓励他,坐在他床前,说道:"我的兄弟,你生了什么病?""我全身都是罪恶,简直像得了麻风病。""好的,吃点我的面包,喝点我的血,我的兄弟,这样你会好起来的。"胡安·阿米耶罗斯没有估算好距离,被棍子打死了,七大棍子打在不同的部位,其中有两棍子打在心灵上,完全可以打死人,只要打得准。玛内齐娅赤身裸体时像一头小母马,她不怕冷;他哥哥弗朗西斯科只有一只眼睛,但是跑得比蜈蚣还快。外祖父跑到巴西去了,照了好几张相片,背面写着:F.维列拉,巴西皇家照相馆,佩南布科市卡布加大街十八号。照片上的人很帅,留着小胡子,系着蝴蝶形领结,拄拐杖,靠在一张

---

① 吉卜林(1825—1936),英国作家。

扶手椅背上，穿的裤子还是那样皱皱巴巴，如果外祖父不打胡安·阿米耶罗斯那几棍子，我们现在大概仍然继续赶着马儿在山间小路上奔跑。

“很可能是这样。玛内齐娅·阿米耶罗斯也不会生个当副秘书长的孙子。”

“是的。”

阿波斯托尔·布拉加用“四盗贼”治愈了癫痫，即用醋把蒜、芥菜和树脂放在一起泡。人们把罗克·加莫索称做克梅沙尼亚修士，没有什么原因，就这么叫了起来，他本人不是修士。罗克·加莫索的生殖器又长又大，这是出了名的，远至阿拉贡，甚至卡塔卢尼亚和地中海沿岸地区对此都有所闻。阿德加不习惯讲述发生的事，但是她了如指掌，我也认为她对发生的事知道得特别清楚，比谁都知道得多而且详细，有些事我是从罗宾·列宝桑那儿听来的。

“这种事情我们加利西亚人不用一个星期就能处理完，可是怎么样？您知道，有些人插了手，莱蒙多说是些冒险家、爱国者、优秀运动员、中国与日本的救世主和烈士。您已经知道，事情结果是什么样子：国家陷在血泊之中，人们饥寒交迫，眼睛不敢斜视。本来不应该低垂眼睛，不应该躲闪嘛！我是说不要怕羞，不要怕埋伏在阴暗角落的人看到，他们误会了。事情并不是谁挑唆谁，而是用水把邪火扑灭，应该让人们按照自己的方式生活，而现在并非如此，不让人家按自己的方式生活。办公室的书记员并不是同谋者，但很可能帮助掩盖了事情的真相。惧怕并不是理想的顾问，胆小如鼠的人总是在衣兜里藏着刀子和手枪。堂卡米罗，你有山鸡的性格，有凶猛公鸡和斗鸡的性格。这种公鸡不会死在床上，它们没有那个时间，但是这没有关系，男人们总是要死的，不管死因是什么，他们不能留在这儿传种，请放心。您的外祖父和玛内齐娅·阿米耶罗斯在宝沙松林的洞穴里幽会，您的外祖父比您生活得好，生活得实在。您比他高，穿戴也好，甚至还戴绸子领带和金壳手表，但是您的外祖父比您生活得好，他身材矮小，但是凶猛如雄狮，比您生活得好，比谁都好。”

一个人很难同时具有婊子儿子的九个特征，总是会少一两个的。

“莫乔是不是有那九个特征？”

“很可能。”

希拉潜到河底寻找鳟鱼，鱼游到坑洼处或者石头底下时，她就用手去捉，法律是不允许这样做的，但是，谁把这种法律放在眼里！希拉是阿德加的孙女，有一双活泼的眼睛、步姿婀娜，十二岁，身体好，她奶奶说她还没有干过那种脏事，可能开始干了，也可能没开始。神父们应该有孩子，这样可以避免生活放荡，也可以在女人做忏悔时不说那些傻话。神父们应该帮助人，而不应该恫吓他们，对了，他们愿意做什么就做什么好了！每个人对得起自己的良心就行！“玉米穗”塞莱斯蒂诺和“耗子”塞费利诺都是神父，另外，这两个人心眼好，品格好。塞莱斯蒂诺和塞费利诺是孪生兄弟，塞莱斯蒂诺是猎手，塞费利诺是渔夫，神父和斗牛士都不留胡子，非常有礼貌。

“我小的时候，一个吊死鬼在宝沙·德·半多上吊死了，他吊得恰到好处，小孩子可以拉着他的两只脚打秋千，玩了一整天，直到堂莱昂赶来，才让警察把孩子们赶走。”

阿德加是盲人琴师高登西奥的妹妹，是加莫索兄弟和拉萨罗·科德沙尔的姨妈或远房姨妈，很遗憾，拉萨罗死了，他很有毅力，好强。你们如果不信，去问那个从格鲁斯·德尔·乔斯克来的男人好了。山界被摩尔人抹掉了，他们对基督教徒说：无花果树只栽种到这里，不能再过去一步，这是穆罕默德的法规，谁也不能违抗。没有必要弹奏任何乐曲，听弹奏也好，看弹奏也好，贝妮希亚犹如一只发情的母狗，歌声像朱顶雀一样动听，贝妮希亚的乳房很小，奶头却很大。贝妮希亚对布西尼奥斯的圣米格尔教堂神父倍加提防，此人被苍蝇包围着，生活在苍蝇中间，也许他在长袍底下养着许多苍蝇。

“堂梅列希尔多，您别害怕，用力好了，难得有这么个机会，使劲好了。”

阿德加的亡夫西得朗·塞加德，也就是贝妮希亚的父亲、他被打死的时候，凶手都不敢看他一眼，假如看他一眼就不敢打死他了，连打死的想法都不敢有。

“凶手敢正面看被他们杀死的人吗？您说说看。”

“两种情况都存在，我认为，杀死以后，肯定敢看，这毫无疑问，可也不一定；就是活着，也是敢看的，这得看情况。”

西得朗的兄弟路西奥有好几个儿子，他说，总得把孩子管得严些，不让他们步入歧途。

“别开玩笑了，如果小伙子们眼睛上挂着眼屎，畏光，或者浑身冒汗，或者双手颤抖，或者整天醉醺醺的，最好把他们都抛到山涧里去。这里只需要有血有肉的人，而不是幽灵，如果男人都是真正的男人，就不会有这么多的罪犯了。”

“活宝”马蒂亚斯·加莫索的妻子普利妮亚·莫斯克索死于痨病，她本来身体就虚弱，骨瘦如柴，又得了这种病。“活宝”没有孩子，他照看着两个小弟弟，即聋子贝尼托和傻子萨路斯蒂奥，“活宝”很会打台球，甚至可以参加表演赛。

“棋呢？”

“也会，还有纸牌和多米诺，‘活宝’什么都会。”

卡西米罗·波卡茂斯·维拉里尼奥和他的妻子特里尼塔·玛索-鲁西尔德，就像狗和猫一样不和，两个人甚至扬言要你杀我我杀你，只是为了孩子才没有分手，谁也不愿意负担孩子。卡西米罗在圣地亚哥·德·托尔塞拉当教堂司事，兼任葬礼司仪，他饲养两头母牛和几头小猪，这些家畜整天到地里寻觅食物。卡西米罗走遍了大半个世界，但是事情很不顺，最后又返回家乡。特里尼塔很年轻就结婚了，一共生了十五个孩子，特里尼塔总是丧魂落魄似的，据说她身上缺乏母爱，发现时已经无法弥补了。特里尼塔喜欢生活在不被人看到的地方，她愿意无声无息地死去。

“你如果跟这堆孩子过下去，我就一个人到山上去，我不怕。”

“不能这样，孩子都是你生的，与其说他们是我的，还不如说是你的。我不能再流落他乡，不能让他们受苦。”

罗宾·列宝桑常常想到发生的事。

“屠杀只能使人们幻想破灭，内心疾痛，幻想破灭多于内心疾痛，事情历来如此。请看看罗马帝国到现在的全部历史吧，屠杀不能解决任何问题，只会使许多事情变得更糟，有时扼杀两代或三代人，播下仇恨的种子。”

罗宾·列宝桑希望拉蒙娜小姐阅读《堂吉诃德》。

“你饶了我吧，我更喜欢诗歌，《堂吉诃德》没有意思。”

“你这就不对了，亲爱的。”

“我更喜欢罗莎利娅和贝克尔的诗歌。”

“你知道贝克尔是百年之前的诗人吗？”

“不知道。”

传到劳科酒馆的消息混乱模糊，一位推销员讲过一些令人难以置信的传闻，他说驻守摩洛哥的将军起义、士兵骚乱，电台播的消息也听不明白讲的是什么，常常听到过部队的脚步声，边界已不复存在。我也不知道现在听到的到底是什么，这是《志愿者之歌》，挺好听，是不是？“活宝”在“安息”棺材厂做工，工钱不低。他感谢上帝，因为他这样可以名正言顺地自食其力了。人们把罗莎利娅·特拉苏尔费称做疯婆托拉，但她是个苦命人，很有理智，重感情。

“我是和死人睡过,那有什么关系？但是,事情最后怎么样,你知道最后的结局,一个人做坏事,终会有报应,有报应的！阿德加如果愿意,让她讲讲吧,这个女人心肠好,可信。”

雨不该停下来,在这里,雨从来不突然停,而是慢慢停下,人们几乎觉察不到雨是在继续下还是停了。外号叫“南蝎”的哑巴贝尼托·加莫索每个月逛一次妓院。他不把钱看得很重,该花的就花,挣了钱不花干什么！贝尼托·加莫索经常喜形于色,他万事如意,遗憾的是他不能言语,不然,一定能讲出许多妙趣横生的事情来,而他的傻兄弟萨路斯蒂奥呢,那样子看上去好像耳朵痛得不得了。内战结束以后,阿德加被带去看过大海。那是在维哥。

“大海对面是美洲吧?”

“不是,是西班牙港口康嘎斯。”

“管它是什么地方呢!”

阿德加去了沙米尔海滩。但是没有游泳,她是内陆人,没有游泳的习惯。布告对海浴者明令:必须穿用非透明布料的游泳衣,遮体而不紧身,女人穿衣必须过膝,或到脚面,或着连衣裙,还必须穿用过膝的裤子,领口不能宽大,衣袖要窄,以免走动时露出腋部,就是身着浴衣也绝对禁止躺在沙滩上,不过,可以端坐。

疯婆托拉也善于驯化小鸟和兽类,有些小动物比另一些小动物容易驯化,此类现象屡见不鲜。她母亲是在马背上受的孕。那一天是罗伦西尼奥·德·卡斯弗盖依罗圣神日,风雨交加,所有动物对如此生下的女孩都百依百顺,而对男孩则反之,它们我行我素,这就要看男孩有没有本事了。法比安·明盖拉额头上有块猪皮,好像贴着一块膏药似的,他的头发稀疏,前额皱纹深邃,我是说,一眼就能看出他是婊子养的,对这种人的最大惩罚是,不管他们如何掩饰自己的身世,都不能如愿以偿,所有鞋匠都坐着干活儿,但是,应该感谢上帝,并不是所有鞋匠都是卡罗波那样的人,他们当中有的人很正派,令人尊敬。

“他们是从什么地方来的?”

“谁也不知道是从什么地方来的。”

蒙乔·雷克依索·卡斯博拉多,也就是“懒虫”蒙乔,最喜欢瓜亚基尔。

“比阿姆斯特丹漂亮,瓜亚基尔和阿姆斯特丹不一样,但是更漂亮,我对此坚信不疑。我在瓜亚基尔时有个未婚妻,她用假蜡和松节油给我的假腿打光,她的名字叫‘金花’科托卡齐·洛佩斯,人长得很漂亮,乳房也大,长得很漂亮,不知道现在怎么样,很可能已经死了,那儿的人没有不死的。”

好久好久以前的一天,门德斯·科塔巴那对孪生姐妹很小的时候,她们直到晚上九点钟才回家,两个人的小眼镜破碎了,围裙上满是桑葚的污渍,辫子上挂满了草叶。妈妈狠狠地骂了她们一顿,随后给她们洗了澡,连肚子里都爬进蚂蚁了!没有给她们吃饭,就赶到床上睡觉去了。

“我这是叫你们好好记住。你们的爸爸如果知道了,非打你们一顿棍子不可。”

贝娅特利兹对梅塞德斯说:

“咱们去采野桑葚和野樱桃,好吗?”

梅塞德斯回答说:

“好吧。”

然后,两个人痛痛快快地玩了起来。天不知不觉地黑了下来,事情就这么简单。

“你数落他们了?”

“当然啰!我对她们说,你什么也不知道,没给她们吃饭。”

“懒虫”蒙乔说,他在巴斯蒂亚尼尼奥海边看到过一些非常奇怪的蛤蜊，红色的玻璃样硬壳像岩石一样坚硬，躯体很小，不可食用，因为有毒，但是只要用嘴一吹，贝壳便打开，从里面飞出个小巫婆，她跑得很快，还能飞得很高，很难捉住，不过，卢戈人会捉，我们奥伦塞人不会，把这样的蛤蜊放在地里晒干，晒干以后会长大，长到正常女人一样高时，让她们干活。阿德加也算是"懒虫"蒙乔的半个未婚妻呢，只是后来两个人没有把关系维持下来。

"血债要用血来还，不是送上断头台，就是满口吐血不止，最后悲惨死去。上帝绝不会饶恕罪犯，你就是钻到地下，他也会找到你，上帝有超凡的记忆力。由此他造了地狱。"

卡山杜尔费人莱蒙多发现"莫乔"法比安很高傲。

"法比安，你别来那套，你应该知道，在这儿，我们都知道谁是什么样的人，你那一套不灵。"

"我愿意做什么就做什么，你管不着。"

"好吧。"

莱蒙多告诉我们的表妹拉蒙娜说，他的心情很不好，因为事情进展不顺利。

"'蛮子'巴尔多梅罗不愿意躲藏起来，我觉得他这样做不对，人手上拿着武器总会干出蠢事的。最后劝他到塞拉去，住在温塞亚家里，他也不愿意，我和他谈过，他不愿意去，你知道，塞拉就在葡萄牙边界上。"

绵毛狗老了以后很难看，毛长得太长了。小狗瓦尔德已经老了，莱蒙多送给我们表妹拉蒙娜一条俄国狗，名叫"沙皇之子"。

"要不要给它换一个名字？"

"不必，亲爱的，我认为不必换，看情况，以后再说。"

小猫金格也不小了，因为阉割的缘故，老得慢一些，经得起折腾。赤鹡鸰拉贝乔在栖木上整天跳来跳去，它的羽毛不甚艳丽，据说是因为光线不足的关系。鹦鹉没有名字，原来叫罗坎波莱，后来突然没了名字,这也怪了!鹦鹉不感到寒冷的时候,便一遍遍地说“我是皇家鹦鹉”,“我是皇家鹦鹉”,这是指西班牙而不是指葡萄牙。这只鹦鹉变化不大,它还会念圣珠连祷词呢。

“我认为女人应该去战场,这是结束战争的法子,女人比男人脚踏实地,更具有常人之识,更聪明,更务实,她们能够很快发现战争是一场闹剧,什么都遭到破坏,包括理性、健康、耐性、积蓄甚至生命,在战争中,每个人都有所失而无所获,连战争的胜者也是如此。”

“我看你太悲观了。”

“我并不悲观,亲爱的,我是担心。”

“把收音机关上,好吗?”

“好吧,听几张唱片吧。”

“探戈?”

“不,听华尔兹。”

蝙蝠这种动物有天性,又殷勤,蝙蝠能够到达任何人不敢涉足的地方。蝙蝠把一只脚踏在人间的空中,仿佛捕捉灵魂的魔鬼,另一只脚踏在地狱的空中,好似管理灵魂的魔鬼,蝙蝠有时在心脏里携带一只吸血蝠。

“请您讲下去。”

好吧,我讲下去,病人、囚犯乃至死人都是一样的,您怎么那样想不开呀,什么良心责备呀,悔恨呀,认罪呀,内心疚痛呀!死神就吊挂在梁上,木梁很高很高,那里阴暗得什么也看不见,长满了青苔,爬满了虫子,看见死神像吊死鬼一样在好似伊比利亚半岛那样的一块油迹上摇晃,真是让人气愤。

“跳舞吗?”

“过一会儿。”

那些苍白无色的死鬼手执死亡的喷头到处播种死亡,但是上帝一声令下,他们也开始死去,而那些失声痛哭的人则仍然活着,人是一种很有忍耐力的动物,为每一个苍白无色的死人栽种一棵榛子树,这样野猪就可以吃到鲜榛子了。猴子赫莱米亚的病情和恶习日渐严重,它自己对此并没有责任,拉蒙娜小姐无法保护它免遭罗西克莱尔的纠缠。

“我对你说过上千次了,不要和猴子搞那种事,你没看见它一个劲地咳嗽吗?真可怜。”

乌龟夏洛帕躲藏起来有好几个月了,天气转暖之前它不会露面。马儿卡鲁索则还能坚持住,它是全家唯一没有生病的动物,埃德尔维诺每天早晨都把它拉出去,让它活动一下筋骨,还给它洗刷皮毛。傍晚太阳落山时,堂娜根玛对丈夫说道:

“给我一点茴芹酒,德欧多西奥,我都喘不上气来了。你如果把头塞到一个布袋子里,也会喘不出气来的,哼,你还不如我呢。”

堂娜根玛既不热情也不慷慨,但是肮脏、虔诚,具有这两种格格不入的特征。堂娜根玛过去很风骚,现在正阅读萨盖欧·满德孔神父一九二〇年在韦尔瓦出版的《母亲的欢乐,天主教女信徒之修养》。堂娜根玛患有肛门瘙痒症,用母菊液洗盆浴。

“我觉得你不应该喝茴芹酒,根玛,酒会刺激你的肛门。”

“别废话!”

“好吧,随你便,反正刺激你而不是刺激我。太可怕了,怎么这样呀!”

堂德欧多西奥洗礼时起的名字是卡西亚诺,但是后来举行确认圣礼时改了名字。堂娜根玛和堂德欧多西奥住在奥伦塞的圣科斯麦广场附近,那是堂娜根玛父母去世的房间,家里满是蟑螂,好像原始森林,厕所至少有十年堵塞不通了,必须用两大桶水清洗,用笤帚好好打扫一番,走廊里的瓷砖裂纹斑斑,直线裂纹、三角裂纹、十字裂纹,比比皆是,每块瓷砖都有四道直线裂纹和四处三角裂纹，而三角裂纹是由两道直线裂纹组成的，延伸开去就又形成三处三角裂纹，一条直线朝北（或者朝南），另一条朝东，再一条朝西。堂德欧多西奥尽量设法不踩出直线裂纹、三角裂纹和十字裂纹来，当然啰，他总是斜着身子，迈着弓形步子走路。堂德欧多西奥去帕罗恰妓院时，总是直奔厨房。

“维希在吗？”

“她忙着呢，堂德欧多西奥，她快完事了，她现在和当铺老板堂埃塞吉尔待在一起，堂埃塞吉尔来一阵子了。我把费尔来妮塔叫来，好吗？堂埃塞吉尔那个人有些讨厌。”

“不必了，不必了，我还是等一会儿吧，谢谢。”

“那就随您便了。”

高登西奥悲凄地拉着手风琴，旋律不像平常那样干净利落地跳出琴键来。高登西奥几天来一直闷闷不乐，看上去有些忧心忡忡。

“人们是不是都疯了？”

“不知道，反正不那么明智。”

堂娜根玛是维拉马林人，她的父母有两处工厂，一处名叫埃斯普莫索斯·维莱拉虹吸瓶和汽水厂，另一处名叫拉索布列依拉那洗涤剂厂。他们生活很好，很富裕。最后，家长堂安东尼奥又发明了一种叫“埃斯卡瓦贡”的肉汁，其实是一种浓缩牛肉，卫生检测部门下令关闭了这个厂子，因为除了牛肉外，他们还用狗肉和蜥蜴肉，由此家境破落了。在帕罗恰妓院里，堂德欧多西奥很受尊敬。

“要不然我把‘葡萄牙女人’玛尔塔叫来，您先暖和一下身子好吗？”

“太谢谢了！您总是这么细心周到！”

“堂德欧多西奥，别这么说！作为女佣，就是要满足好朋友的要求。”

维希是普来布拉·德·特里维斯的佩纳佩塔达林人,但是她的安达卢西亚口音很重,而且讲得不太好,不过会学会的。帕罗恰有三样珍贵的收藏品,一样是扇子,第二样是邮票,第三样是金币,这是在莱昂城里经商的堂佩尔佩托·卡尔内罗·亚马沙莱斯死时留给她的。妓院里什么稀奇古怪的事都有,可惜这段故事没有写下来。帕罗恰还没有想好,她死时如何处理这些收藏品。

"如果能找到一个知根知底的人,让他做继承人就好了!我没有儿子,几个外甥也不和我来往,把东西留给他们,事情会更糟!是有一位先生,可是我不能把收藏品留给他,也不能留给教士会,那样会惹出麻烦的!说来说去,还是得留给这几个姑娘,让她们把东西卖掉,把钱分了算了。我死了以后,希望他们把扇子、马尼拉大披巾和金币当作随葬品,邮票就不要了,不过,会有人盗墓的。"

"一定会有人盗墓。"

人们让高登西奥拉进行曲,拉完一首再拉一首,几位绅士派头的先生高呼:"西班牙万岁!"高登西奥拉进行曲,拉完一首又一首,女人们笑呀笑,有的完全被性欲征服了,有的强作笑颜。

"把乳罩摘下来吧。"

"不摘。"

拉蒙娜小姐的两只天鹅罗慕洛和雷莫,早晨游到河里,有时捉到鱼便整条吞下,还没有等鱼完全死去就消化完了。如果雨一下子停了,我们大家都会茫然不知所措。堂赫苏斯·曼萨内多也是帕罗恰妓院的常客,因为他每天早晨都瞪着大眼睛东张西望,堂德欧多西奥就不和他打招呼了,他并不是一下子就不和他打招呼,而是慢慢形成的,这里面是有一些区别的。

"普拉,您听到什么没有?那些人在说什么呀?"

"我眼瞎耳聋,堂德欧多西奥,我什么都不知道,也不想知道。人一下子都疯了,只能这么解释,让上帝听听我们的忏悔吧!"

高登西奥嗓子干得说不出话来。

“给我一杯汽水,好吗?”

“好的。”

堂赫苏斯·曼萨内多是一个非常细心的人,做事井井有条,他把死亡事件一一记在一个本子上,一个专门的本子上,并且为它们编上号码,记上日期、姓名、职业、出事地点、详情,可是几乎从来没有什么详情:第三十七号,一九三六年十月二十一日,伊诺森西奥·索列依罗斯·南德,银行职员,阿尔托·德尔·福利奥洛,临终时做了忏悔。伊诺森西奥·索列依罗斯·南德是罗西克莱尔的父亲,给一个女儿起罗西克莱尔这样的名字,也真是奇了!

“可是,堂娜阿尔塞妮亚,您认为有足够的理由把一个人打发到另一个世界去吗?”

“哎呀呀,哎呀呀!我不能说有也不能说没有,这种事和我毫不相干,还是让我安静安静吧!”

“好吧,好吧。”

法比安·明盖拉是一个撒谎大王。法比安·明盖拉的身材并不矮,在矮子中还算中等个子呢,卡罗波兄弟中没有一个人身材高大、体魄强壮。有些矮子和矮子中的中等身材的人很机敏,但是也有的糊涂、头脑不清。在堂赫苏斯·曼萨内多面前,法比安·明盖拉十分拘谨,像个小学生似的。堂赫苏斯·曼萨内多之所以杀人,是为了执行命令,也是为了取乐,二者兼而有之。有的人只要把手指放在扳机上,扣响,就神气十足,洋洋得意,而法比安·明盖拉杀人是为了讨好某个人,讨好谁呢?不知道。他杀了人,反正有人高兴,有人露出笑容,每次都是这样。恐惧终究会消失的,像小虫子似的从恐怖的管道中逃之夭夭。贝妮希亚有一双碧蓝的眼睛,人很要强。贝妮希亚的父亲西得朗·塞加德是卡苏拉克人,这个村子在波尔特利纳山脚下,他也死于动乱之中,只要天下一乱,人们就有可能死在不三不四的家伙手里。假如上帝不失去他的权威和骄傲,此类事是不会发生的。

“给我炸一根腊肠,好吗?”

“好的。”

米安盖依罗泉水有毒,但并不损害肉体,只不过腐蚀灵魂。谁喝米安盖依罗泉水,谁就变成疯子,也许甚至去杀人,尽管吓得屁滚尿流。梅塞德斯教堂里面很冷,但高登西奥不在乎。高登西奥每天早晨拉完手风琴便去做弥撒,然后回到楼梯下面的屋子里一直睡到下半晌,屋子里没有光线,有没有光线都一样,他要光线干什么?瞎子都是些逆来顺受的人,把人吊死,是被迫为之。

“有个伯爵夫人曾经悬赏堂贝尼格诺的脑袋,您知道她是谁吗?”

“知道,但是我不告诉您。不过,我希望您弄清楚,那个人并不是什么伯爵夫人,而是侯爵夫人。”

使徒圣安德列斯①很嫉妒使徒圣地亚哥②,因为后者地位在前者之上,统治整个教区。

“世界各地的朝圣者纷纷来到孔波斯特拉,有不少人甚至从西潘戈、塔尔塔利亚和埃塞俄比亚赶来,相反,却没有人去特依希多那个地方,就连近在咫尺的费罗尔、维维罗和奥尔蒂盖依拉,也没有朝圣者,这太不公平了,因为我也是使徒,和其他使徒一样的使徒。”

我们的上帝耶稣从同一条路走来,对他说道:

“安德列斯,你有百分之百的道理,这个问题必须解决,我一定想办法,下一道命令,谁不去特依希多,就不能到天堂来。”

---

① 耶稣的弟子。
② 耶稣的大弟子。

"谢谢。"

我们的上帝耶稣言必行,行必果,他立即下了命令,凡是想拯救自己灵魂的基督徒,必须在生前或死后至少到圣殿去一次。于是,基督徒在变成了没有理性的动物以后,也就是说死后或者说不是活着的时候,去了特依希多,朝拜圣安德列斯。在特依希多的边缘,即世界之巅,谁也不敢到那里的大海上航行,因为海浪如山,蝎子成堆,蜥蜴连串,蛤蟆和其他各种各样或温顺或凶猛的野兽遍地皆是,甚至可以看到长长的毒蛇和毛茸茸的毒蜘蛛,它们的身体里都携带着活着时没有朝圣的人的亡灵,这就是说,只有举止谨慎的人才能被我们的上帝拯救。

"真有运气!对吧?"

傻瓜在死神身边走过时,不但看不到死神的模样,而且也闻不到它的气味,不过瞎子在感到死神从自己脊背逃走时,却能看到,狗也能嗅到,只是傻瓜不能,他们分辨不出什么是死神,什么是生命之神。罗基尼奥·博伦被关在柜子里长达五年之久,但是他甚至不知道自己已经染上了重疾,他被放出来时还面带笑容呢。罗基尼奥·博伦咬指甲,吃墙上的石灰,看样子倒是挺开心的。马尔蒂尼亚村的疯婆子卡塔利娜·巴茵特也不知道什么是死神,什么是生命之神,马尔蒂尼亚的疯婆子不知道死神会使眼睛看不清东西,所以她把自己的奶头掏出来给死了的母狐狸和负鼠看,教堂司事用棍子和石块把她赶得远远的。

"滚开,猪猡!快滚开,不然我就打死你。"

贝尼格诺·阿尔瓦雷斯逃到马塞达山上流浪,这座山在麦达山脉和圣马麦德山脉之间(布西尼奥斯的圣米格尔教堂神父堂梅列希尔多像一个苍蝇窝,像一个苍蝇巢,像一个苍蝇穴,只有苍蝇围着他时,你才能看到他)。他和莱安德洛·卡罗和外号叫"女同志"的恩利盖塔·伊格莱希亚斯在一起(布西尼奥斯的圣米格尔教堂神父的女管家叫多洛雷斯，已经上了年纪，并且只有一只胳臂）。贝尼格诺·阿尔瓦雷斯大病一场之后死去了，死后还挨了两颗枪子，据说谁都不信任他，他的弟弟德梅特里奥也死了。另外两个弟弟，何塞和安东尼奥，逃到了葡萄牙，民警把他们从土伊边界押了回来，并且在一个叫做沃尔塔·德·莫乌拉的地方游街示众，这个地方就在维哥公路上，离城半个莱瓜远（女人都跟在布西尼奥斯的圣米格尔教堂神父后面，她们像一群发情的母羊，简直不让神父活了，女人像一头头母狮，在很远的地方就能嗅到男人）。把偷渡犯押回来游街示众是惯例，埃乌洛西奥·戈麦斯·佛朗盖依拉由于得到在森列市府任职的叔父曼努埃尔帮助，才得以逃了出来。

"还好吧？"

"很好，很好，只要让我讲话，他们就不会杀死我，你记住这一点好了。"

赫苏莎姨妈和埃米莉塔姨妈根本不知道发生的事。赫苏莎姨妈和埃米莉塔姨妈又在祈祷时加了天主经，祈求善良的天使战胜邪恶的野兽，她们的想法有些模糊不清，但是，只要有这么个想法也许就足够了。圣弗朗西斯科公墓的围墙上每天夜里都黑压压地盖着一层毒蝎和乌鸦。

"达米安在吗？"

"去圣地亚哥了。"

"骑马去的？"

"不是。"

"骑自行车？"

"对。"

特尔玛对孔齐娅·德·科娜说道：

"你到公路上走一趟，一定要找到他，告诉他别回来，这儿正在搜捕他。"

托尔塞拉教堂司事讲起鬼火和炼狱幽灵的故事来。他说,百年以前的死人都有复活的,民警班长不相信他的话。

“那是根本不可能的,人死了一个月,根本就不会再复活,就是不到一个月,复活的也很少,别胡说八道了。”

托尔塞拉教堂司事交给孔齐娅·德·科娜三根飞鹿角和一小瓶为圣体照明的蓖麻油。

“把这个给达米安,告诉他到特斯特依罗去,这种情况不会持续很久。”

“好。”

“还要告诉他,不要忘记向圣犹大祈祷。”

“不会忘记的,放心好了。”

圣犹大,荣耀盖身的使徒哟,请你让我的那些刽子手都掉进水井里吧。孔齐娅·德·科娜是个漂亮女人,很会打响板,打得几乎和吉卜赛女人一样好。上天的圣犹大哟,请你把我从灾祸、仇恨和猜忌中解救出来吧。事情必须恢复到以前那种状况,不能这样乱下去。

“不能再乱下去了,可是如果乱下去呢?”

“不会再乱下去了,你瞧着吧。”

巴加涅依拉人玻利卡波的父亲堂贝尼格诺·波多莫利克·图彼斯盖多死的那一天,家里的房子倒塌了,来人太多,房子像西瓜一样一分为二,结果玻利卡波驯化的负鼠,一共三只,逃走了。他现在又有了两只,一只叫达奥兹,另一只叫维拉尔德,这是罗宾·列宝桑起的名字,它们在房子里窜来窜去,负鼠不受惊吓是不会逃走的。那时,“鸭子”路易西尼奥已经瞎了眼睛,但是还没有得肺炎,玻利卡波的母亲多洛特娅·埃克斯波希多死的时候,“耗子”塞费利诺神父不得不进行干预,因为死者的丈夫不愿意举行大葬。

“干脆把那个婊子用锯末烧了,埋在公墓外边算了,她不配举行葬礼。”

“耗子”塞费利诺神父没有理睬他，“耗子”塞费利诺神父对人一直很慈善，有什么都拿出来送给急需的人，吝啬是最大的罪恶。我的舅舅格拉乌迪奥·蒙德内格罗出身很高贵，他想雇全家里的用人，填补两个空缺，一个神甫，一个情妇，他希望有人推荐。当有人告诉我舅舅，“猪崽”桑托斯·科福拉已经在奥伦塞染上阴虱时，他认为那是一件再自然不过的事：染有阴虱的妓女，不管是谁，这无关紧要，因为所有阴虱都是一个样子的，一定会把阴虱传染给“猪崽”桑托斯·科福拉，“猪崽”桑托斯·科福拉再传染给他的妻子玛莉加·鲁贝依拉斯，然后，她跑到钟楼去，这个幽会地方既不舒服也不温暖，但是很安全，很安静，把阴虱传染给“玉米穗”塞莱斯蒂诺神父，最后他连眼眉上都爬满了阴虱。这委实可以称为连环游戏，只要这样传染下去，又有时间，全国都会染上阴虱的，而且不停地搔痒；然后，不管怎么样，战争又会发生，灾难也会降临。我舅舅格拉乌迪奥希望安度晚年，他在动乱中已经生活了好多年，经历了许许多多艰难曲折。

“我需要什么，上帝几乎都能满足我，我缺少什么，就坚定不移地去找。我身体好，有钱花，年纪都一大把了，我自己有房子，孩子们有吃有穿，我有马，养着狗，有猎枪，有厨娘，还有两个男佣，甚至有十一卷本的克维多①文集，这文集是安东尼奥·桑恰编辑出版的。现在，如果能够找到一个理想的情妇和神甫，大家各司其职，我每天就坐在客厅里读书，该读的东西太多了，以读书消磨时光，等待死去，读书时，小狗趴在我身边，再在自己面前放一杯葡萄酒，把小铃铛摆在手边。想喝杯咖啡或白酒吗？摇一下铃，厨娘维尔士德斯就上楼来了。想要仆人往火上加些柴或者为我备马吗？摇

---

① 克维多(1580—1645)，西班牙著名作家。

两下铃，老仆人安德烈斯就上来听命了。想要仆人除掉外衣上的污渍或者擦擦眼镜吗？摇三下铃，一副女人气的年轻男佣阿维利诺就应声上来了。想消遣一下吗？我用小铃敲一下酒杯，情妇就会上楼陪伴我，我雇佣她，不就是为了干这事吗！想拯救灵魂吗？摇几下小铃，神甫就上来了，他祈祷宽恕我，当然我要花一大笔钱，每个人完成自己的任务后，我便让他们离开，别再打扰我。至于下楼梯发生什么事，哪怕摔死，那是他们的事，我才不管呢。”

“喂，堂格拉乌迪奥，葡萄牙女人可以做您的情妇吗？”

“可以，可以，中国女人也可以，都可以。我唯一注意的是，身体必须丰满，干净，听话，会讲两种语言，加利西亚语和西班牙语，其余的就是锦上添花了。”

如今，那些优良的健康风尚已经不时兴了，人们越来越放肆，满嘴脏话，看来事情越来越糟了。

“摩尔人已经越过直布罗陀海峡，您听说了没有？”

“那已经是旧闻了，亲爱的朋友，您落后了。”

堂梅列希尔多的女管家多洛雷斯长了一个恶性肿瘤，住院以后锯掉一只胳臂。

“没什么关系，一个女人有一只胳臂也能什么都干好，问题是人们早已习惯用两只胳臂干活，顺其自然了。这就是世界的末日吧？爱什么样就什么样吧，我才不管呢。”

“懒虫”蒙乔在效忠国王期间把一条腿丢在了非洲，他的表姐妹阿德加和赫欧希娜做贩卖毒药的生意，这终有一天会招来大祸。

“我没有去过北极，但是我很想去，南极也没有去过，我要看的东西太多了，北极有海豹，南极有企鹅，企鹅很轻信，容易打交道。我喜欢瓜亚基尔，我在那儿过得很惬意，瓜亚基尔到处都能听到蟋蟀叫声，但这对我无关紧要。”

我舅舅格拉乌迪奥·蒙德内格罗说，他参加了一九〇九年利物浦的越野障碍大赛马，他是一个出色的骑手。我舅舅常常说大话假话，可是也说真话，只是没有人相信他罢了。那次，他骑的是一匹毛色黑白相间的马，参加大赛的只有一匹这样的马，马名叫皮蒂·山迪，编号二十一，我舅舅在跨越第六道障碍物时跌倒了，造成锁骨骨折，也许那是真的。圣马卡里奥玩牌摸彩都很走运，但对赛马却是外行。拉萨罗·科德沙尔有一双碧蓝眼睛，我舅舅格拉乌迪奥也是蓝眼睛。女傻瓜比男傻瓜更喜欢让别人抚摸，如果把手伸到她们的裙子里，一个个都会像蛇一样静静地不动。

“您去拉林吗？”

“不去，我去马塞依拉斯，不过，您如果有事要办，我可以拐一下去拉林，这不费什么事。”

已经一个多星期没有下雨了，斑鸠在小河沟里安详地洗澡，猎枪被民警搜去了。卡山杜尔费人莱蒙多和我们的表妹拉蒙娜在交谈。

“记不记下来无关紧要，这串没头没脑的，我和罗宾谈了好久，他和我的想法一样，人们简直没有脑子了，这是十分危险的。我们担心的是‘蛮子’巴尔多梅罗，因为不管你相信与否，法比安是婊子养的，请原谅，您今天很漂亮，蒙齐娅，给我杯咖啡好吗？这儿真需要一个多少正派一点又有常识的人来指挥，人们已经不尊重传统习俗了，不幸的西班牙呀，这个国家本来可以搞得好一些！你还记得阿德加的哥哥、盲人琴师高登西奥吗？”

“他是不是住在奥伦塞？你明白我的意思吧？”

“明白。”

“我当然记得，他的手风琴拉得很好。”

“这个高登西奥，大前天夜里挨了一顿棍子，因为他拒绝拉人家点的曲子。莫乔在奥伦塞很吃得开，这不是他的过错。”

“我给你弄点儿白兰地加咖啡，好吗？”

“好的，谢谢。”

“放点儿音乐吗？”

“不必了。”

马尔科思·阿尔必德高兴极了，因为卡米罗圣像已经完成了。

“你想看看你的卡米罗圣像吗？我已经完成了，他是世界上最精美的卡米罗圣像，这不是我说，实际上确实如此。人们说他有一张傻脸，对了，你知道，圣神显灵时，人们就给他画一张这样的脸。我把‘耗子’塞费利诺叫来为圣像祝福，好吗？”

“好的，祝福总是有好处的。”

马尔科思·阿尔必德为我制作的卡米罗圣像十分精美。他有一张傻脸，也许他的脸就是这样的，很可能是为了让他显灵吧。

“谢谢，马尔科思，这尊圣像太漂亮了。”

“你真的喜欢呀？”

“真的喜欢，我太喜欢了。”

在奥伦塞，夏天很热，甚至比瓜亚基尔还热。

“今年外地人是不是太多了？”

“是多，我觉得今年什么都多。”

高登西奥挨了棍子，现在躺在床上，由阿奴霞西翁·萨瓦德尔照看着。在一般情况下，人们都叫阿奴霞西翁·萨瓦德尔的绰号“奴霞”，也叫她“阿奴霞”。她从拉林逃出来想见见世面，然而并没有跑出奥伦塞。

“疼不疼？”

“不疼，现在感觉好多了，今天晚上就到大厅拉琴去。”

“明天再说吧，应该多休息休息。”

法比安·明盖拉额头上的那块猪皮印记，好像擦了一层油似的；法比安·明盖拉依然像以往那样面色苍白无血，身量嘛，并没有长高，不过，他看上去似乎比以前有精神，有派头。

“你看咱们能在天堂见到这个令人讨厌的家伙吗?”

“见不到,绝对见不到!哪会有这种事呀!那种人绝不能轻易进天堂,更不用说他的额头上有一块猪皮印记啦,有了那种记号,天使是不会放他进去的,你放心好了。”

罗克·马尔维斯是“兜肚”的小弟弟,因此也就是“蛮子”的叔叔了。他的葡萄牙籍情妇给“蛮子”熬了一剂“山羊草”,为了不让他发生意外的不幸事件,但是服了以后没见效,据说那剂药里还少点什么。“山羊草”是燕子从圣地叼来的,如果有哪个坏人用缓流之水把燕子蛋煮熟,使其失去繁殖能力的话,燕子就把“山羊草”放在窝里,这样蛋就能复活,如果把“山羊草”扔到河里,草会逆流而上,让魔鬼说出它们把财宝藏在了什么地方。魔鬼当然有魔法,不过很顺从,从不违背上帝的旨意。魔鬼珍藏着三大宝物,也就是摩尔人的宝物、哥特人的宝物和神甫的宝物,但是,如果给它们朗诵圣希甫利亚诺的那本书①,它们就会乖乖地把宝物交出来。假如魔鬼收回龙像或蛇影,重新现出幽灵的样子,就会施展妖术,腾空而起,呼啸着逃之夭夭。

堂赫苏斯·曼萨内多一边讲着银行职员伊诺森西奥·索列依罗斯·南德的死亡经过,一边哈哈大笑。

“他怕得要死!我问他是不是想忏悔,他立刻大哭起来,我让他跪了一会儿,想一想犯过什么罪恶。”

堂赫苏斯·曼萨内多的说法并不准确,伊诺森西奥·索列依罗斯是一个真正的男子汉,他视死如归。堂赫苏斯用手枪瞄准伊诺森西奥,逼他跪下,把他的双手反绑在身后,同时不停地踢他的腰部和下身,伊诺森西奥骂他是婊子养的,向他脸上吐唾沫。

“你如果不是婊子养的,那就枪毙了我!”他这样说道,“而你如

---

① 即圣希甫利亚诺(公元3世纪)写的《魔法秘诀》一书。

果不枪毙我,那正是因为你是刽子手,事情就是这样明摆着。”

爱尔兰蒂帕雷里郡的青蛙和安德拉湖的青蛙一样高贵,它们一定也看到流了许多血,血从血管里流出来,什么东西都染上了血,需要很长时间才能干。有的男人在心脏上吊挂着一只蝙蝠。

伊诺森西奥死的时候没有做忏悔,也没有人为他请神父做忏悔,以求得到宽恕。堂赫苏斯在笔记本上记载的全是谎言,根本不是事实,伊诺森西奥死的时候没有做忏悔。堂赫苏斯是个撒谎大王,而如果留心观察的话,就会发现撒谎还不是他的大毛病呢。堂赫苏斯有一个女儿,叫格拉莉塔,格拉莉塔被未婚夫抛弃了,因为他被捕了。有些人很受人尊重,有些人在受到别人污辱时,能够忍受羞辱。

“格拉莉塔,我要去保卫祖国,你不要给我写信,说不定我一到战场就会牺牲的。”

父亲被杀以后,罗西克莱尔跑到村子里。她没有为父亲戴孝,村长不让为某些死者戴孝致哀。

贝妮希亚很会煎蛋饼,而且常常按照十分古老而奇异的方式把酒洒到赤条条的身体上。对于所有人来说,时间都是向后流去而不复返的,我总是跟她说要往前看,她已经明白我的意思了。

“这样一来就更明白了,我把酒浇在我的奶头上,好吗?”

“好的,谢谢,因为我现在心情不好。”

报纸十分注意细节报道:某某拒绝接受教会帮助,从而失望地死去了,某某做了忏悔,并且虔诚地领受了圣餐,满意地死去了。有的人满意而死,有的人失望而去,此类事情在圣弗朗西斯科公墓是屡见不鲜的,死神呼唤死亡。我们古欣德人一直喜欢在朝圣时打打闹闹,然而现在我们确实成了半疯子。

“罗宾,我忍受不了啦,谁也阻止不了事态的发展,这如同来势凶猛的霍乱一样。在这种混乱的局面下,谁能说服人们维护秩序呀?”

“我可不知道!”

担任过大臣职务的戈麦斯·巴拉德拉在维林被浇上汽油,点着火烧了;据安东尼奥说,谁也不知道安东尼奥是何许人也,他跳了一场可怕的舞蹈,便死去了。

“安东尼奥呢?”

“谁也不知道安东尼奥是何许人也,我已经说过了,不知道结果怎么样,他很可能被乱棍打死了,这种可能性很大,这种人总是被乱棍打死。”

法比安·明盖拉把罗莎利娅·特拉苏尔费从乡下带了出来。

“另外,你必须保持沉默,你在这儿就是要使我感到快活,而不能多嘴多舌,知道吗?”

罗莎利娅满口答应,疯婆托拉一点儿也不疯。

“我活了下来,而莫乔那样死去了,是罪有应得,我认为路都是每个人走出来的,死是这条路的终点,也有例外,不过一般情况向来如此。”

罗宾·列宝桑把表弟安德列斯·布加列依拉留在家里吃饭,他刚从科鲁尼亚来。

“在艺匠俱乐部,把巴罗哈①、乌纳穆诺②、奥尔特加-加塞特③、马拉纽④和布拉斯科·伊巴涅斯⑤的书都烧了,这没有什么可奇怪的;可是,却放过了伏尔泰和卢梭的书,据说这些书对他们的刺激小一些。”

报纸上说:在海边,为了让大海把低级、腐朽的东西全部卷走,

---

① 巴罗哈(1872—1956),西班牙著名作家。

② 乌纳穆诺(1864—1936),西班牙作家。

③ 奥尔特加-加塞特(1883—1955),西班牙哲学家。

④ 马拉纽(1887—1960),西班牙散文家。

⑤ 布拉斯科·伊巴涅斯(1867—1928),西班牙作家。

正在焚烧堆积如山的书籍和小册子,因为都是些反西班牙的罪恶宣传品和令人作呕的黄色读物。

“埃斯帕兰莎的丈夫被杀以后,你见过她吗?”

“没见过,她打发人告诉我不要去她家。”

安德列斯想去葡萄牙。

“你如果有钱,并且能够很快离开边界,当然可以去葡萄牙,从里斯本可以转到欧洲的随便一个地方,可是,如果没有钱,你就得小心啦,边防警察把所有人都遣送回来,送交土伊当局,那可是个可怕的地方呀。”

阿维拉依尼奥斯人切洛·多明戈斯,也就是罗克·加莫索的妻子,当地的所有女人都羡慕她。

“但愿上帝让我们所有女人都说出自己的心里话,阿门,听说切洛的丈夫罗克的那个‘家伙’像生下六七个月的小兽。”

“我的奶奶,你在说什么呀?男人的那个‘家伙’都是一样的。”

“那可不见得,有的让人看见吃惊,有的则像蚯蚓那么大。”

“那可不是,得看情况。”

“看什么情况呀?”

“还能看什么情况呀?你怎么这么傻呀!”

“懒虫”蒙乔怀着深沉的思念感情讲着他的姨妈米卡埃拉。

“我对童年仍然保留着美好的回忆,那时喝香喷喷的牛奶咖啡,饭后点心是烤苹果片,玫瑰园里长满了红艳艳的玫瑰,米卡埃拉姨妈摆弄我的小鸡儿……不幸的姨妈对我很亲热,她逗弄我是为了在我灵魂深处唤起对生活的向往和对周围世界的兴趣。”

“你别胡说八道了!她之所以逗弄你,是因为她喜欢摸你的那个东西,有的女人喜欢干那种事。”

蒙乔的表姐妹阿德加和赫欧希娜同拉蒙娜小姐和罗西克莱尔

跳探戈。

萨尔瓦多拉姨妈,也就是卡山杜尔费人莱蒙多的母亲,住在马德里,因为交通中断,对她的情况一无所知,也许通过红十字会能得到一点消息,格列托舅舅仍然像以前一样弹奏爵士乐,赫苏莎姨妈和埃米莉塔姨妈看上去就像打了麻药一样,说不定真的打了麻药。

"太可怕了!这么吵吵闹闹的!格列托整天弹弹打打,我们的头痛死了。你怎么不去参加奥伦塞十字军呀,去了,我们也好清静清静呀!"

赫苏莎姨妈和埃米莉塔姨妈收到一张传单:"加利西亚的妇女们,你们应该知道,克维多说的话从来没有像现在这样有现实意义,他说,女人是葬送王国命运的罪魁祸首,(我的天哪,怎么这样说呀!)你们的影响充斥王国的各个角落。"

"你懂吗?"

"懂那么一点儿,不过,我觉得应该称夫人们,而不要笼统地说妇女,看来,他们真花了不少力气,是吧?我觉得他们是想让我们做些针织衫什么的,过些日子你就明白了。"

格列托舅舅的那条母狗维斯波拉每天夜里都汪汪叫个不停,据说它嗅到空气中有死神气味。赫苏莎姨妈和埃米莉塔姨妈是那样胆战心惊,更加起劲地做祈祷,经常喃喃自语,尿也比以前量多次频流冲了。事实上,她们已经丧失了生活常规,好像屎必须达到一定的量似的,家里简直变成了公共厕所。

"到处都是猫臊味!"

"对,对了,是猫臊味!那是老太婆的尿臊味。"

"我的天!"

教堂司事的葡萄园里吊着的那些害兽尸体不停地往地面沉落,现在已经失去了原来的模样。

“他用野兽搞巫术,那一定是为竞争了?”

“当然。”

布西尼奥斯的圣米格尔教堂神父的女佣多洛雷斯,把电报机保管员阿里米索·马丁内斯藏了起来,搜查时,没有发现他。

“他没到这儿来?”

“没有,我拿生命担保!”

堂梅列希尔多对阿里米索说:

“在暴风雨过去以前,你就忍受着点吧,不要到大街上去,这种状况绝不会持续一辈子的。”

“好吧,先生,太感谢了;我害怕的是莫乔·卡罗波,听说他在这一带到处搜捕,手里拿着皮带。”

“放心好了,他不会到这个村子里来的,过些日子你就知道了,有我在,他不敢。”

马利吉尼娅是多塞迪尼奥村人,这个村子属帕拉达·德·欧特依罗教区,利米亚地区的维拉尔·德·桑托斯市,那已是很久以前摩尔人统治时的事了。在押犯曼努埃利尼奥·雷梅塞依罗·多明盖斯的那只乌鸦叫蒙乔,他的死于百日咳的表弟就叫这个名字,乌鸦扇动翅膀起飞的样子有趣极了。马利吉尼娅这个姑娘年轻、家穷、貌美,她每天早晨都把一头母牛两只绵羊和三只山羊赶到一个叫做坎塔利尼亚斯山的地方去放牧。乌鸦蒙乔正在学习打口哨,已经学会了盲人琴师高登西奥只有高兴时才演奏的那支玛祖卡舞曲的好几个小节。马利吉尼娅的母亲孀居无伴,家里到处笼罩着贫困和灾难的影子。堂格拉乌迪奥·多皮科·拉布涅依罗是教师,现在教师的日子很艰辛,他和他借宿的客店老板娘堂娜埃尔维拉保持着爱情关系,好像也和女佣卡斯托拉一起过夜。山上有一块岩石,人们都叫它“王后梳妆台”,外形酷似忏悔室,有坐凳,还有小窗户,摩尔王后常常坐在这块岩石上,让人给她梳理辫子,晾晒宝物，以前，基督教徒能够在远处看到这种情景，但是一走近，便一切化为乌有。那个身穿女胸衣的民警警官多罗特欧被关在营房里已有好几个星期了，多罗特欧能大段大段地背诵堂埃特华多·马尔吉纳①的《太阳在佛兰德落下》。一天早晨，马利吉尼娅看见一位面目和善的摩尔老太婆，老太婆呼唤她的名字：

"马利吉尼娅。"

"听您吩咐，太太。"

"你想不想品味一下我身上的虱子？"

马利吉尼娅很尊重老人，她这样回答：

"好吧，太太，当然啰。"

这位老太婆就是坎塔利尼亚斯山上的摩尔王后。她对姑娘又说：

"你能给我一盆奶吗？"

马利吉尼娅又把那句答话说了一遍。

"好吧，太太，当然啰。"

老太婆用手帕包了点什么东西，交给姑娘，并且嘱咐她不要告诉任何人，到家以后才能看，而且要坐在灶前，把门窗关好。堂格拉乌迪奥和堂娜埃尔维拉只有在床上时才你我相称，其他情况下互相从不这样称呼，尽管有时只有他们两个人在一起玩四子棋。马利吉尼娅按照摩尔王后叮咛的做了，她打开手帕，一看全是金币，至少有十八九枚。马利吉尼娅的母亲高兴极了，她再三向女儿追问，也没有问出那钱是哪儿来的。"沙鱼"阿得利安·埃斯特维兹的游泳技能赛过鱼类和青蛙，他游得那么好，在水下坚持的时间比谁都长，许多人不敢相信那是真的。第二天，马利吉尼娅又到山上放牧，和前一天一样，又见到了摩尔王后。但是，在给这位王后

---

① 埃特华多·马尔吉纳（1879—1946），西班牙诗人。

捉虱子时,她咳嗽了一下,因为着了凉。

“你别往我身上咳嗽,”老太婆说道,“你转过脸去,我可不用口水洗礼。”

在“沙鱼”居住的村子费雷依拉维利亚,人们都是用口水洗礼的,所以他们可以毫无畏惧地互相吐唾沫,全村居民是一百年前或一百多年前开始信奉基督教的。马利吉尼娅又带回一手帕金币,妈妈怎么问,她都不作声,不过,有一天晚上,她坚持不住了,说走了嘴,于是“人财两空”,金子变成了铺路石,她本人也不见了踪影。多塞迪尼奥村民们跑到山上去找她,听到九泉之下有个声音说:马利吉尼娅是一个多嘴多舌的姑娘,必须把她扔到炒锅里,加上大蒜和奶油煎炒!

“可怜的马利吉尼娅!她的结局比索布拉多·德·比斯波的马车夫巴西利奥·里瓦德洛还惨。”

“是呀,巴西利奥·里瓦德洛失去了金子,可是,毕竟保全了性命。”

罗西克莱尔的阿根廷亲戚把自动唱机称为唱机,当堂赫苏斯·曼萨内多在他的私人笔记本上记下,伊诺森西奥·索列依罗斯·南德,第三十七号,一九三六年十月二十一日,银行职员,阿尔托·德·福利奥洛,临终时做了忏悔(这不是实情)时,她的阿根廷亲戚去了布宜诺斯艾利斯,他们说去就去了,我看他们做得对。

“这会成为另一场大屠杀,这儿谁也不知道能逃命还是不能逃命,这一定会酿成一场特洛伊式的大火,我们大家都将不复存在,官司是在西班牙人之间打的。”

阿尔托·德·福利奥洛位于金索·德·利米亚和塞拉诺瓦之间,许多人在鲜血汇成的河流中滑倒跌下,不止一个人摔坏了心灵上的骨骼。

“听说草长得特别快,真的吗?”

“真的，据说那是为了抹去痛苦的脚印。”

赫苏莎姨妈突然病倒了，病情十分严重。

“你们请医生了吗？”

“请了。”

“医生说什么？”

“说她老了，衰竭了，她得的倒不是什么疑难病，只是年龄大了，心力衰竭，跳不动了。”

“我的天哪！”

我去看望她时，发现一切都十分神秘，小狗维斯波拉对于预报如此之多的死讯已经习以为常了。格列托舅舅只弹奏《不要用西红柿杀我》，他一遍遍地弹奏，每天要弹上百次，也许五百次，最后简直听不到声音了，仿佛是习习微风吹拂栎树林。埃米莉塔姨妈和格列托舅舅，为了决定赫苏莎姨妈到底埋在公墓什么地方而争得面红耳赤，赫苏莎姨妈还没有死，不过，看样子有随时死亡的危险。

“我们家的墓穴都埋满了。现在，又没有钱可花了，没有炉子烤面包了。”

“是没有钱，可是你总不能把我们父母的尸骨都扔到河里去吧。”

“那么，你说我们怎么办吧。”

埃米莉塔姨妈相信黄泉的神灵，崇尚纯洁的道德观念。

“你应该永远记住，格列托，我和赫苏莎都没有结婚，还算万幸，我们没有像洛尔德斯那样被你丢弃在巴黎。”

格列托舅舅瞪了埃米莉塔姨妈一眼，仿佛为她催泪似的。

“可是，我的好妹妹，你简直是头牲口，是头骡子！”

埃米莉塔姨妈放声哭了起来，格列托舅舅吹着口哨走出房间，在此之前放了一个屁，他经常这样。

"你想好了以后告诉我吧。"

从四面八方传来的消息并不能使人们平静下来,或许在埃及发生瘟疫时,人们也是这样沮丧,沉默不语的。

"我们的民族主义军队已经拿下了巴达霍斯。"

"你为什么说我们拿下了?"

"我不知道,那么,你想让我说什么呀?"

"猫脸"是萨莫拉人,他不请自到,一来到奥伦塞就向世人发号施令,看来,他很有指挥天才。

"他是不是有点斜眼?"

"可能吧,但是,谁要是正面看他一眼,可得当心!"

人们从他胡须的样子给他起了"猫脸"这个绰号,他的真实姓名是卡维尼多・贡萨雷斯・罗西诺斯,是贸易专家。"猫脸"身材不高,但很能干,也潇洒,他如果不在身边带着人的话,看上去好像还很高呢。堂布列希莫・法拉米尼亚斯十分厌恶小个子的人,他把他们准确地划为两大类:一类人小鸡可以啄到他们的屁股,另一类人走路时必须高声唱歌,不让小鸡踩到自己。

"不管是第一类还是第二类,没有一个是好人,他们都是坏蛋。矮子最好别到这边来。"

"对,先生。"

"猫脸"是黎明分队的组织者、鼓动者和首任队长,这个分队成员像意大利人一样,军纪严明。"猫脸"是在帕罗恰妓院大门口被乱刀砍死的,高登西奥知道是谁,但是不愿意说出来,他是瞎子,完全可以装聋作哑。

"我全神贯注拉我的手风琴,眼睛又看不见,我怎么知道发生的事情呀?您没看见我是瞎子吗?"

"看见了,看见了,请原谅我;喂,去拉你的手风琴吧。"

"猫脸"挨了两刀,一刀在颈部,另一刀在胸部,凶手十分残忍。

普拉·加罗特,也就是帕罗恰,对这一事件很厌恶。

“要么安静下来,要么晚上我关门闭户,这儿只在白天接客,我们是正派人,绝不允许有半点粗鲁举动,只有这样才能平安无事!”

“猫脸”的尸体被扔到大街上很远的地方,为了抹去血迹,把门廊的地板重新铺了一遍。普拉·加罗特对表情沮丧的客人说道:

“现在,你们都给我闭上嘴,懂不懂?最好把这件事早点忘到脑后。”

“对,对。”

阿奴霞西翁·萨瓦多尔对高登西奥说道:

“但愿上帝原谅我,杀了‘猫脸’,我倒很高兴。”

“我也高兴,奴霞。”

“另外,我还知道是谁呢。”

“忘掉他的名字吧,别去想他。”

“猫脸”在人们的记忆中很快就消失了,因为事件接连不断地发生,每一件都想在人们的记忆中占有一席之地。

“奴霞,给我杯咖啡,好吗?”

“好的,马上给你送来。”

拉蒙娜小姐叫人备好马,到山上去,她在阿伦特依罗遇到了民警。

“早上好,您去什么地方呀?”

“去什么地方?我愿意去什么地方就去什么地方!难道我想出来散步都不可以吗?”

“当然可以,小姐,我这么问完全出于好心,您可以随便去您想去的地方。可是,现在很乱呀!”

“乱是谁造成的?”

“哎呀呀,我怎么跟您说呢,小姐!也许现在的混乱局面是一种很自然的现象。”

拉蒙娜小姐回到家里，卡山杜尔费人莱蒙多和罗宾·列宝桑正在等候她。莱蒙多笑了笑，说道：

“国民政府叫我去。”

“去干什么？”

“不知道，陆军中校、新任省长基罗加叫我去。”

“你去不去？”

“不知道，我正想问你呢，你说我去不去？”

“我不知道怎么对你说，应该冷静地考虑考虑才是。”

在这种情况下，谁也不知道怎么办才好。莱蒙多认为应该去，但是罗宾觉得不应该去，罗宾想忘掉这件事。

“到葡萄牙去的想法是错误的，那边有边界哨卡，这你知道，不过，离开这儿倒是很容易，你可以参加巴尔哈·德·吉罗加的加利西亚红旗军团，我认为打仗总比这样好。”

国民政府省长、公安部代表、陆军中校堂曼努埃尔·基罗加·马西亚叫莱蒙多去，想任命他当皮尼奥尔·德·维加市长。

“中校先生，这对我来说是极大的荣誉，但是，我早就想参加加利西亚的红旗军团，我已经做好了准备，马上就去科鲁尼亚了。”

“那好，您的行为值得称颂，您能推荐一个可以信赖的人担任这个职务吗？”

“不能，先生，我一下子想不起来。”

电台广播说起义取得了不可抗拒的胜利：马德里已经不存在政府了，政府成员是最后一群背叛我们的可笑家伙，他们乘飞机逃到了图卢兹①。实际上，把权交给了共产党，他们干的最后一桩伟绩是放火烧毁了普拉多博物馆。

“他妈的，如果这种状况再继续下去，谁也别想保住自己的

① 法国一城市。

脑袋!”

玛利亚·阿乌希利亚多拉·波拉斯,原来是赫欧希娜第一个丈夫阿道夫·乔盖依罗的未婚妻,或者说是半个未婚妻,她曾经和“猫脸”一块度过了一个星期。

“你注意到没有?”

“我,为什么?卡维尼多是一条好汉,他身材小,但他是一条汉子。别给我来这套,他们的话都是流言蜚语,人的嫉妒心盛,整天背后议论纷纷。”

埃米莉塔姨妈不和格列托舅舅讲话。

“我是一个堂堂正正的夫人,没有必要和一个毫无原则的小人讲话,但愿上帝原谅我,我的人格不允许我和他讲话。可怜的赫苏莎,本来可以死得更体面些!”

赫苏莎姨妈的遗体还没有埋葬,格列托舅舅就弹起了爵士乐,发表长篇大论的演说:加利西亚的公民们,西班牙救亡和独立的日子已经到来!

“我还不知道你的舅舅格列托这么爱国呢。”

“事实并非如此,他并不爱国,他那是一时心血来潮。”

从公墓返回时,格列托舅舅走在我和我表妹拉蒙娜后面,对,是这样。他对埃米莉塔姨妈说道:

“我想跟你谈谈,埃米莉塔,我很可能惹恼了你,请你原谅。原谅我吗?”

“亲爱的格列托,当然原谅啦,上帝不是也原谅了置他于死地的犹太人吗?”

“谢谢,埃米莉塔,你听我说,不要把事情夸大了,懂吗?”

“不懂。”

“好吧,懂不懂反正都一样。不要把事情夸大了,在家人之间,最好不要争论是非,争谁胜谁负,不要继续相互为敌。你承认自己失败,那就投降吧?”

埃米莉塔姨妈的脸一下子涨红了,接着又转为苍白无血,扑通一声昏倒在地。在我和我表妹拉蒙娜照看她时,格列托舅舅跑到楼上,奏起了爵士乐;在那之前,他放了好几个又响又脆的屁,他总是这样。

卡山杜尔费人莱蒙多参加了加利西亚的红旗军团,在科鲁尼亚,民族主义情绪高涨:一个小孩J.T献出一只小羊和五桶原汁鱿鱼,国民政府省长堂弗朗西斯科·佩雷斯·卡瓦略被枪毙;T夫人,即J.T的母亲,光荣的西班牙军队的崇拜者,献出一条小香肠、一条大香肠和十几条腊肠,突击队司令堂马努埃尔·盖塞达被枪毙;堂J.T,即T的丈夫,J.T的父亲,献出四只母鸡、六七十个鸡蛋和四片鳕鱼,突击队连长堂贡萨洛·特赫罗被枪毙;I.A献出一桶普恩特·赫尼尔生产的榅桲果汁罐头,科鲁尼亚市长堂阿尔弗莱多·苏亚雷斯·费林被枪毙;一位热爱和平的夫人,献出五瓶里约哈红葡萄酒和五桶食油,海军上将堂安东尼奥·阿沙罗拉·格罗希查被枪毙;A.S献出三只兔子和三只鸡,堂罗赫里奥·卡里达特·皮塔将军被枪毙;一位爱国人士献出一盒阿斯托加奶油,堂恩利克·沙尔塞多·莫利努埃沃将军被枪毙。卡山杜尔费人莱蒙多很沮丧。

“这里还要犯下很多很多的罪行,现在犯的罪行就够多了,真荒唐!但最为糟糕的是平庸之辈取得了胜利,有些时候,人们为自己的平庸举动感到骄傲,为自己的愚蠢和无知感到荣耀,而这种时候正是最糟糕的时候,最富悲剧性、最有血腥味的时候。平庸之辈不退让,他们按照自己的面目打扮上帝,把他打扮成小丑或吹鼓手。我们可以倒退一百年,但是现在应该保持沉默,不要‘逆潮流’而动,从来没有人能够顶着巨浪行走。但愿一切都按照上帝的意旨行事。”

天气很好，老百姓不知所措，太阳照耀着我们呼吸的空气，大气中充满奇异的油垢味；拉蒙娜小姐很担心已经离去的莱蒙多，但是，我们这些男人留下来，更使她担心。

“你们愿意让他们开枪打死吗？在这种环境中，男人还怎么能生存下去呀？你还记得那句说人类互为野狼的话吗？这句话不知道是谁说的，好像猎杀人类的禁令已经取消了。我们女人比男人能自卫，你为什么不像他那样也走呢？”

“我不走，蒙齐娅，我暂时留在这儿，看一看能不能忍受下去。莫乔是婊子养的，这一点你和我知道得一样清楚，但是有我在，他不敢。”

“你别那么说大话，这些人就是要浑水摸鱼，他们是一丘之貉，你支持我，我支持你。”

“好吧，我注意安全就是了。”

在劳科酒馆里，人们静静地喝着酒，看到谁也不信任谁，太可悲了。

“你相信疯婆托拉和法比安在一起吗？”

“不相信，那是他们之间的事。”

拉蒙娜小姐比任何时候都漂亮，眼睛深沉而乌亮，头发直直的，看来忧愁倒使她多了几分魅力，她也是穿着一套紧身衣服。

“罗宾去干什么呢？”

“他也在犹豫，并不是只有我一个人犹豫不决，我们大家都犹豫不决，不知道怎么办才好，事情一开始大家就犹豫。”

拉蒙娜小姐从柜橱里取出一瓶波尔图葡萄酒和一桶饼干。

“喝一杯吗？”

“好吧，谢谢。”

“请原谅我没有把饼干放在碟子里，你自己从桶里取着吃吧，里面有椰子饼干，又香又脆。”

拉蒙娜小姐坐在钢琴前面。

“我弹支曲子吧?”

“你愿意弹就弹吧,我只想看见你。”

拉蒙娜小姐笑了笑,脸上露出一副十分诱人的表情,她很少像今天这样动人,我可是了解她的呀!

“你这是在求婚吧?”

“不是,蒙齐娅,根本不是那么回事!我不想使任何女人不幸,更不用说你了。我这个人不配结婚,也许还不配谈恋爱,我大概是个废物吧。”

“别说那种蠢话!你以前曾经想使我不幸,对不对?”

拉蒙娜小姐弹了《浪花,浪花》这首华尔兹曲。

“有点俗气,但是很好听,是吧?”

“对,很好听。”

在眼睛后面,或者说在脑袋里,突然有个部位剧烈地疼痛起来,忍受着吧。

“蒙齐娅。”

“什么?”

“你认为他们会向我开枪吗?”

玛鲁哈·博德隆是朋费拉达人,埃米莉塔姨妈那个未婚夫塞尔索·巴列拉·费尔南德斯的妻子,什么都排斥在外,她着长袖衣裳,不染头发。

“绝不能卖弄风骚,当局有道理,我们西班牙女人多少应该和法国女人或英国女人保持一些距离,在作风上不能走得太远。”

塞尔索·巴列拉听不懂她的话,但是保持沉默。男人心中的暴风雨有时候突然倾盆而落,有时候骤然停止,真难以预测。

“在这儿,最好保持沉默,激动的心情到时候会平静下来的。”

“是这样,可是,如果静不下来,怎么办呢?”

“不知道，大概应该考虑出走或者其他办法。看到世界上最好的国家，对了，最好的国家血流成河，太让人伤心落泪了！”

蓬特韦德拉女人费娜被人称作“母猪”玛利尼娅，这种绰号听起来很怪，绰号都是不知不觉地叫起来的，犹如毒蘑一样；“母猪”玛利尼娅很有风韵，性情活泼快乐。

“听说你最喜欢神父，是这样吗？”

“哎呀呀，我的先生，是这样！他们太好了，和他们在一起是一大乐趣！您是想让我出丑呀！”

“母猪”玛利尼娅和“玉米穗”塞莱斯蒂诺同床而卧，她也为他炖兔肉，兔肉加洋葱，俗称“猎人兔肉”。

“应该让男人吃好，把气打得足足的。”

费娜，也就是“母猪”玛利尼娅，她的亡夫安东·贡蒂米尔却从来也没有打足气，出生时就底气不足，死时就像叹了一口气那样默默地去了。

“那个可怜虫没有多大用途，事实上没有和我待多长时间，随便一个男人都会比他长。”

人们都把莱苏列克西翁·佩尼多叫做云雀，因为她像一只小鸟。“云雀”是个不幸的妓女，虽然年轻，讨人喜欢。

“她的奶头很硬吧？”

“都那么说。”

“猫脸”的死给“云雀”留下的印象太深了，是她发现的尸首。

“你没有听到喊声吗？”

“没有，先生，我什么也没有听见，我看见他死时根本没有张开嘴巴，太可怜了！”

“云雀”是莱波里塞洛村人，该村归巴尔科市的圣马利那·德·鲁比亚纳教区管辖。她来到这里时赤着双脚，挨冷受冻，一句西班牙语也不会说。有感情、心眼好的“葡萄牙女人”玛尔塔做了“云雀”

的保护人。

“你认为一个女人当妓女是出于自愿，还是因为把她们当成麻风病人到处驱赶而走投无路？你认为馅饼会从天上掉下来，随便让人拣着吃吗？”

门德斯·科塔巴、梅塞德斯和贝娅特利兹是三胞胎姐妹，得过百日咳，她们得这种病时都已经长得很大了，被送到山上去呼吸新鲜空气，还给她们做了猫头鹰肉汤。她们被送到加里尔，路上险些被火车煤烟呛死。

“贝娅特利兹又把眼镜打碎了。”

“梅塞德斯呢？”

“也打碎了。”

“那好，千万别再发生别的不幸事件了，打发人去蓬特韦德拉再买一副好了。”

堂赫苏斯·曼萨内多和“猫脸”切断了许多不幸的、被上帝遗弃的人的生命线，也就是控制了血液系统的那条神秘的细线。上帝根本不参与这个世界的官司，这是明眼人一看就知道的，所以说人类很不幸。在这一带，也就是说在奥伦塞，当然也包括蓬特韦德拉和其他地方，把没有立案就被处死的人叫做青李子，这些人被仓促地打发到另一个世界去了。

“青李子？”

“对。”

“吃的那种青李子？”

“为什么这么说，我也不知道。”

阿莫埃依罗人马西米诺·塞干插话说：

“我知道，那些苍白无色的死鬼都这么说。今天夜里咱们去找青李子吗？这就是说，他们那天夜里要去杀人。”

被军事法庭判处死刑的人，都在圣弗朗西斯科公墓旁边名叫阿拉贡的大空场上执行枪决,“云雀”好像一只小鸟,“云雀”喜欢当兵的,因为她认为这些人身子干净。

“你明天还来吗?”

“不来,我明天值夜班。”

青李子待在能够待的地方,并不是所有青李子都能来阿尔托·德尔·福利奥洛的,这是在奥伦塞,我并不是说在其他地方,因为我们国家不应该到处都竖着十字架。莱蒙多在科鲁尼亚并不认识很多人,可是他很快交了一些朋友,加利西亚的红旗军团在阿古斯丁圣神日①那天开赴前线,死人节过后不久又返了回来,几乎全军覆没,许多人没有回来,战争的不幸之处是许多人在成年之前就被夺去了生命,这是和天律背道而驰的。在加利西亚的一些偏僻地方,人们把风筝叫做“吞风”,吞就是不咀嚼便咽下去,在葡萄牙则有另外的叫法,两百年以前科鲁尼亚的孩子们就在山上放风筝了吧?卡山杜尔费人莱蒙多是堂胡安·纳亚的亲戚,后者是最了解科鲁尼亚历史的人物之一,可以问问他,在加利西亚,我们大家都是亲戚,或者有点亲戚关系,或者是亲戚的亲戚。也可能过去那儿的苋菜开过花,在葡萄牙语和古加利西亚语中,苋菜这个词也含有鹦鹉的意思。现在,鹦鹉街,也就是两百年前小孩放风筝的山头,已经变成了宁静的、受人欢迎的妓女区,莱蒙多有时夜晚去那里逛上一圈,找人聊聊天。有一次,莱蒙多的一个表弟被人从梅迪亚得塔妓院赶了出来,因为他把一架钢琴从阳台上扔了下去。这个表弟是第十六炮团的二等兵,该炮团就驻扎在妓院后面。有五六个朋友,其中一个是班长,商量好把钢琴从阳台上扔了下去,真是一群畜生!还算万幸,当时没有人从街上经过。塞布里安将军取消了他们的假期,把他们重新派往前线。如果梅迪亚得塔妓院

---

① 即8月28日。

知道莱蒙多就是那个炮团士兵卡米罗的表哥,也会把他骂得狗血喷头,踢到大街上去的。那些炮兵一向放荡惯了。最守规矩的人把阿帕恰妓院叫做阿帕切妓院,阿帕切是盗匪的意思。二十一岁的多洛利妮娅·蒙特塞洛·特拉斯米尔是"水獭"七姐妹中最小的一个,这个小妓女刚刚做完阑尾切除手术,正在恢复中,现在好多了。"水獭"七姐妹是:依内希妮娅,她不高傲,很谦虚,一圈阴毛一直长到肚脐那里,好像一个蚁窝;罗希妮娅,不吝啬,很慷慨,胸部丰满,臀部宽大,富有性感;马利蒂妮娅,不淫荡,很自重,有些斜眼,这倒使她的表情很风趣;卡米妮娅,不暴躁,有耐性,从不拒绝什么,但这并非因为她是妓女,而是因为尊重他人的缘故;丽蒂妮娅,不贪吃,有节制,怕胳肢,你抓她时,她笑得死去活来,跳着逃开;安帕利妮娅,不嫉妒人,很善良,像鲜花一样腼腆,但是,你如果采摘她,必须使用棍子,先把她捆绑起来;最后一个是多洛利妮娅,不懒惰,很勤俭,识字,会算术。这七个卖笑的姐妹,两个是贝坦索斯人,两个是坎布雷人,三个是科鲁尼亚人。在鹦鹉街,费利尼亚妓院的那些下流女性也从事按摩术,您只要问摩尔女人法蒂玛,就能找到那儿;如果是去坎帕内拉斯妓院,只需问起女强人皮拉尔就行了;如果是去托纳列依拉,一提疯婆巴西利莎的名字就行,她是世界上最有妓女味道的妓女。所有给人以回味的妓院,上面提到的所有这些按摩妓院,都是服务周到、给人以快感的场所。监视呀,纪律呀也只不过是纪律罢了。卡山杜尔费人莱蒙多成了"水獭"多洛利妮娅的朋友,由于他有教养,举止大方,门房让他直接去客厅。拉蒙娜小姐打发人去叫罗宾·列宝桑。

"我收到莱蒙多的一封信,他说他们快休假了。"

"太好啦。"

罗宾露出一副担心的表情。

"蒙齐娅。"

“什么?”

“我不参军,他们一定会往我的别墅打电话。另外,我要告诉你一个秘密。”

“告诉我?”

“对,只告诉你一个人,不告诉第二个人。如果法比安·明盖拉到村子里来,我就杀了他,人们讲的有关他的事都是真的。”

拉蒙娜小姐沉默了一会儿,才讲话:

“罗宾,要沉着,看莱蒙多回来时说什么吧。你和西得朗·塞加德谈过没有?”

“谈过。”

“和‘蛮子’巴尔多梅罗呢?”

“也谈过。”

“他们都有什么想法?”

“他们说莫乔是个没用的东西,但又很可能是个危险人物,因为他背叛了我们,而且有一群帮凶。”

“都是谁呀?”

“不知道,我不认识,他们不是这儿的人,我从来没有见过。”

“警察知道这事吧?”

“据说他们什么也不想知道,这种事不归他们管。”

“不归他们管,那么,归谁管呀?”

“我哪儿知道!”

面包是神圣之物,有些神圣之物在世界混乱时得不到尊重,睡眠,面包,孤独,生命,面包不能扔到火堆上,也不能扔到地上,面包应该吃掉,面包变硬了以后,就要放到水里,喂小鸡,如果掉在地上,则应该捡起来,吻过之后放在不被人踩着的地方,如果送给乞丐,也要先吻一下。面包是一种神圣之物,和上帝一样神圣,而人则是一个可笑的哨子,像一只野心勃勃的奇异飞鸟。

“还不如哨子和飞鸟呢。”

“对，你说得对，还不如哨子和飞鸟呢。”

拉蒙娜小姐发表自己的不同看法。

“这一切都非常奇怪，对于发生的事情我根本不理解，也许不理解所发生的事的西班牙人还很多，为什么要流那么多血呀？”

拉蒙娜小姐时不时地停下来，沉默一会儿。

“如果外国人闯进我们的家门，我们打仗兴许是一种高尚的行动，比如上个世纪的法国人。我真不理解，我不是男人，我们女人的想法总是和男人不同，为了保卫祖国而和外国人打仗，也许是高尚的，但是，现在不是为了保卫祖国，而是在西班牙人之间打！这种事只有疯子才去干。”

“你说得对，我也这么认为，但是我不说出来，你也不应该说出来。”

“不说，不说，我说什么呀？我要像死人那样沉默不语，我只希望这些快点结束。盲目相信别人的人很危险，有的人不相信别人，但是装出相信的样子，那就更糟。信仰是良心的大门，能揭示良心的秘密……我只盼望着我们很快看到这种疯狂举动结束。”

“我看还要持续下去。”

“你这样认为？”

“我的看法很坚定！现在所有的人都很激动，谁也不理智。”

拉蒙娜小姐把烟灰缸移到罗宾·列宝桑的面前。

“别把烟灰弄到地板上。”

“请原谅。”

拉蒙娜小姐掩饰不住内心的忧虑。

“是这样，事实上，这种盲目争斗使人变得胆大妄为，丧失了理智，从而自取灭亡。同时，也说不清谁是谁非，你对发生的事能理解一些吗？人们都变得精神紧张，脾气暴躁，精神紧张、脾气暴躁的人比蝎子还狠毒。”

“一句话,但愿上帝保佑我们!”

现在如同古代一样,那时人们步行去朝圣,靠着女人眼睛的颜色和云彩的颜色,靠着路上的水果味道和落着蜜蜂的鲜花气味,靠着荒野和草原的气息辨别方向。我们现在向北行进,向南行进,我们很顺利,我们遇到了困难,我们迷失了方向,永远找不到我们的家,等等。马尔蒂尼奥·弗鲁依梅的小分队在昆卡的贝令琼行动时遇到了麻烦。你还记得罗莎利娅·德·卡斯特罗的诗作《卡斯蒂利亚和卡斯蒂利亚人》吗?马尔蒂尼奥·弗鲁依梅的小分队有五个男人和六个女人,一个女人在打麦场上生了孩子,那儿还有三个六七岁的小孩子。小分队遇到麻烦时,马尔蒂尼奥·弗鲁依梅对他的队员说:

“你们知道发生了什么事,我认为应当回到故乡去,在这儿待下去,我们都只有死路一条,一个人也活不了。”

“好吧,可是,听说加利西亚已经被法西斯占领了。”

“那和我们有什么关系呀?故乡就是故乡,家就是家,管他谁当权呢?”

“对,那也是。”

马尔蒂尼亚·弗鲁依梅的小分队看着北极星辨别方向,借着夜光,夜行晓宿,穿过两条防线,从塔霍河畔来到诺盖依拉·德·拉姆首的卡尔瓦列依拉教区管辖的内斯佩莱依拉村,这是“磨刀人”和“收割人”共同居住的地方,“收割人”离开时耀武扬威,回来时垂头丧气,老天呀!

“你是不是一直以为我们会活着回来?”

“是的。”

多洛利妮娅做了阑尾摘除手术后,与她第一个接触的浪荡公子就是堂莱斯梅斯·卡维松·奥尔蒂盖依拉,此人是医助,能做些小手术,是科鲁尼亚民兵骑兵队的头目之一,民兵是一个政治性的爱国民防组织。

“你刀口还痛吗?”

“还痛,先生。”

“忍受一会儿吧,我多付你一些钱。”

“好的,先生。”

传闻说,堂莱斯梅斯和拉塔广场的暗杀事件,与袭击“共济会重建及思想与行动组织”的所在地有牵连。你被死神包围着,身边全是死人,你发现自己也在杀人,也在搞破坏活动。

“你知道消息吗?”

“我能知道什么呀?”

堂莱斯梅斯总是偷偷地去阿帕恰妓院,他的地位要求他伪装成正人君子的模样,他对多洛利妮娅说他叫堂维森特,是神父。

“你不要告诉任何人,亲爱的,情欲难抑呀,你也是这样的。”

“是的,先生。”

一天夜里,堂莱斯梅斯搞了一场很大的闹剧。他正在烦闷时,一支枪筒炸裂了,他当然吓了一大跳。

“搞破坏,搞破坏!”堂莱斯梅斯一边系裤子,一边大声叫着,“这是在搞暗杀吗!非得教训教训他们不可!这里是赤色分子的老巢!”

阿帕恰一把拉住他。

“喂,堂莱斯梅斯,我郑重宣布,我们这儿一个赤色分子也没有,知道吗?我们这些人都是一般国民,我自己首先是一般国民,在这方面我不允许有半点疑问,您听清楚了吗?半点疑问也不能有!您如果不克制的话,我就要打电话把堂奥斯卡尔叫来,但是,我的好朋友,您去和他谈好了,在我们这里,人们可以尽快地交谈,但不能搞阴谋,知道吗?”

堂莱斯梅斯一下子软了下来。

“请您原谅,我以为是炸弹呢,别误会。”

卡山杜尔费人莱蒙多不知道谁是奥斯卡尔,但是,他也不问,问那个干什么?妓院发生事,和那些人有什么关系?我们民族主义者已经占领了托莱多,为什么你说“我们”呢?我们解放了阿尔卡沙尔,卡山杜尔费人莱蒙多觉得太阳穴扑通扑通地跳个不停,他可能发烧了。佛朗哥被任命为陆海空三军元帅。罗宾·列宝桑说他不参加,他们会给他往别墅打电话的,各走各的路,各有各的想法嘛。拉蒙娜小姐骑上马,嘴里吃着饼干,脸上一副沉思表情,她总是在考虑什么。我们民族主义者已经逼近马德里的大门,你为什么说“我们”呀?卡山杜尔费人莱蒙多来到村子里,正面碰上了拉蒙娜小姐。

“怎么啦?”

“没什么,为什么问这个?”

“不为什么,我以为你发生了什么事呢。”

拉蒙娜小姐的年纪最老的女佣普利妮亚·科莱克,一天早晨突然死去了,她死时,有一条小蛇从她额头钻出来,要逃走,那蛇像铅笔一样细小。

“怎么死的?”

“老死的,人早晚都要死,有的人未老先死。”

父亲那一代人,拉蒙娜小姐只认得安东尼奥·维加德卡波和莎贝拉·索莱辛。

“还有鹦鹉。”

“对,当然了,还有鹦鹉。”

法比安·明盖拉,也就是莫乔,既不会把西得朗·塞加德也不会把“蛮子”巴尔多梅罗从各自的家里拉出来,他不敢。法比安·明盖拉先是藏在离西得朗·塞加德家不远,后是藏在离“蛮子”巴尔多梅罗家不远的地方,偷偷窥探他们回来没有。他派了十个人把他们抓起来,五花大绑带走了。西得朗·塞加德一开始对他们开了枪,后来看到他家被大火烧了才投降。听到枪声,看到火光,谁也没有跑过去。拉蒙娜小姐没有放卡山杜尔费人莱蒙多和罗宾·列宝桑走,当时,这两个人正在她家里。阿德加脸上挨了一枪托,昏了过去,被捆在一棵大树上。"蛮子"巴尔多梅罗也扣动了猎枪的扳机,他的枪法很准,一下子就打死了一个人。"蛮子"巴尔多梅罗看见他的妻子洛利妮亚和五个孩子被抓走以后投降了,他的妻子和孩子用嘴咬那些人,那些人用衣服塞住他们的嘴巴。

"上帝哟,这是什么人呀!"

法比安·明盖拉,这个杀死"蛮子"的死鬼,这个将要杀死"蛮子"的家伙,看到被俘的人乐开了花。两个俘虏的双手被反绑在背后,两个俘虏的眼睛里布满了血丝,两个俘虏沉默不语。

"快!"

法比安·明盖拉额头上那块猪皮闪着光彩。拉蒙娜小姐的那只鹁鸪是一只具有另一种特征、另一种羽饰的小鸟,它好像有些悲凄,有些厌烦。法比安·明盖拉的头发稀疏,在月光下,这个杀死"蛮子"巴尔多梅罗的死鬼真像一个死鬼。

"这么说你从来没有想到会落得这么个下场?"

无论是西得朗·塞加德还是"蛮子"巴尔多梅罗都没有开口。彼杜埃依罗斯那个大笨蛋被吊死了,那有什么关系?人家又不是有意的。法比安·明盖拉的额头像乌龟一样,也许还不如乌龟,自从发生这一连串事件以来,太阳落山之后便听不到车轴声了。

"你发现没有,现在该轮到我了,时间越来越迫近了!"

"蛮子"额头上那颗明亮的小星星熄灭了,它有时像红宝石一样红艳,有时如蓝宝石一样瓦蓝,或似紫水晶一样青紫,像金刚石一样闪亮。魔鬼乘机把他杀害了,他只差一二百步的路程。蓬特韦德拉女人费娜有如一架磨咖啡的小磨,蓬特韦德拉女人费娜喜欢跳跳蹦蹦的,她经常跳古巴舞《伊列妮,跳起来》。她的丈夫因为身体不好死去了,是被火车轧死的,那是因为身体条件不好。法比安·明盖拉的人把他们伙伴的尸首扔到了排水沟里,在那之前,先把他那装着文件的公文包抢去了。夜,响声阵阵,夜,万籁俱寂,它鼓舞着那些赶路的人,脚步声在他们心中回荡。法比安·明盖拉面色苍白,对,今天比任何时候都苍白,他总是这样。

"你害拍了?"

佩贝尼奥·波沙达·科依雷斯,也就是"鲹鱼"佩贝尼奥,每天早晨都去做弥撒,祈求怜悯。

"表达怜悯的方式很多,其中之一就是掩埋死人,您说是吧?"

"是的,亲爱的。"

"鲹鱼"佩贝尼奥满脸惊诧,他琢磨着一定会有一线亮光给他以启迪。法比安·明盖拉的姘妇又多了起来,这儿有,那儿也有。

"我看你已经来不及置我于死地了,你不想讲点什么吗?"

赫苏莎姨妈的未婚夫里卡多·巴斯盖斯·维拉里尼奥,也许在前线正扣动扳机开火,或者在连队办公室里结账,杀他嘛,还没有杀。法比安·明盖拉的双手湿漉漉的,一副死人神色的病人之手可不像他这样潮湿、冰冷和柔软,人都死了,死人不需要呼吸空气了。

"你要向上帝耶稣祈祷吗?"

法比安·明盖拉总是把眼睛朝向另一侧,像圣莫德斯托的癞蛤蟆,一共只有三只,呱呱叫个不停,听起来还以为是百十只呢。

"你害怕吗?"

法比安·明盖拉用假嗓子讲话,好像《圣经》中那七个三十好儿的老处女。

"你得向我请求原谅。"

“放开我的手。”

“不能放。”

“魔鬼”塔尼斯的岳父，即“裤头”埃乌特洛，自动乱开始以来显得更加温顺了。有的人暴跳如雷，有的人则能自我控制。法比安·明盖拉这个杀了西得朗·塞加德和另外十一二个人的死鬼不想再磨鞋底了。他有意落后几步，对着“蛮子”巴尔多梅罗的后背开了一枪，“蛮子”倒地以后，又朝他脑袋开了一枪。巴尔多梅罗·马尔维斯·温德拉（或费尔南德斯），人家都叫他“蛮子”，全身抽动了一下就死了，甚至没呻吟一声。人早晚都是要死的，但是，应该死得有骨气，不能让凶手的心平静，要让他永远得不到安宁，也得不到欢乐。法比安·明盖拉对西得朗·塞加德说：

“你继续往前走，你还有半个小时。”

“蛮子”巴尔多梅罗的尸体就扔在卡尼塞斯的弯路上。第一个看到他尸体的是一只乌鸦，那时天刚蒙蒙亮，小鸟落在一棵栎树枝上，天大亮以后，鸟儿都疯也似的啼叫起来，叫了好几分钟，然后才渐渐沉默下来，看来各种动物都有自己的特性。“蛮子”巴尔多梅罗倒栽葱，背部和头部都是血，嘴角也是血，血和土混作一团。他身上的那幅文身图被盖住了，蛆虫很快开始吃那个女人和那条蛇。吸吮死者血液的负鼠突然逃去，仿佛有人驱赶它们。消息像蜥蜴一样迅速传播开来。

“这不成了火药桶吗？”

“嗯，是的，或者说，胜似火药桶。”

傍晚，当消息传到帕罗恰妓院时，盲人高登西奥正在用手风琴演奏玛祖卡舞曲《我亲爱的玛利亚娜》。高登西奥连嘴巴都没有张，一直到天亮仍在拉那支曲子。

“为什么不换一支呀？”

“不换，这支玛祖卡舞曲是献给一个尸骨未寒的死者的。”

生命仍然存在，但是，它已经和以前不同了，生命从来不是始终如一的，更何况充满着悲痛。

“已经八点钟了吧？”

“还不到，今天时间比任何时候都过得慢。”

玛祖卡舞曲《我亲爱的玛利亚娜》有几个小节很富有感情，很优美，百听不厌。

“为什么不换一支呀？”

“我不想换，你没有听出这是一支玛祖卡哀曲吗？”

死者巴尔多梅罗的弟弟“机灵鬼”胡里安最喜欢吃他妻子皮拉尔的奶头。有的夫妻关系十分和谐，就是应该这样嘛。

“亲爱的，你喂我点奶好吗？”

“你已经知道，我是完全属于你的，知道了，还问什么？”

“因为我喜欢听到这些话从你嘴里说出来，亲爱的，你们寡妇身上的东西真吸引人。”

皮拉尔做了个风骚的鬼脸。

“我的天，你怎么这样傻呀！”

那个地区有好几家棺材厂，这种行业满兴隆的，事情如果这样继续下去，不用很久，所有的松林就都砍光做棺材装尸体了。

“批发，是不是便宜些呀？”

“对，太太，批发价格要优惠得多，越来越优惠，最后等于白送。”

“风干人”罗道夫舅舅得知他的外甥卡米罗同一个英国姑娘结婚的消息后，立刻印制了有英文标头的信纸，他对什么人都没有厌恶感。

“这个卡米罗一向别出心裁，西班牙女人到处都是，你怎么偏偏找个外国女人结婚呀？”

格列托舅舅呕吐了一整天，他在摇椅旁放了个盆，这样吐起来既方便又干净。

“你们知道莎尔瓦多拉的消息吗？”

“不知道，一点消息也没有，真可怜，她还待在赤区，现在这么乱，但愿上帝保佑她不出事！”

格列托舅舅的呕吐物，今天是这种颜色，这种浓度，明天是那种颜色，那种浓度。

“这种变化是情绪的反映，你说是吧？”

“别信那一套。前一天晚上，盲人高登西奥一直在拉那支玛祖卡舞曲，谁也说服不了他，他认定了，只拉那一支舞曲。”

“也许是这样。”

圣者费尔南德斯和他的殉教烈士的遗骨保存在大马士革的西班牙修道院里，这个修道院原来叫巴甫·托马，现在是拉丁教堂，坐落在巴甫·托马大街上，透过玻璃棺材可以看到脑壳、胫骨、腓骨等等，排列有序、整齐。方济各修士们一向喜欢展示各种文物，在修道院里出售非常漂亮的明信片，上面的文字是法文。

“你知道孔齐娅·德·科娜唱歌像天使一样动听吗？”

“知道，有人跟我说起过。”

现在禁止给东方仙丹做广告，禁止隆乳、固乳、复乳，我们这样做是对的，因为西班牙女人应该保持乳房原来固有的特征，不要隆，也不要固。“机灵鬼”胡里安喜欢大奶头，不过，有皮拉尔就行了。

“把奶头露出来。”

“不行，小乌尔瓦诺还没有睡呢！”

西得朗·塞加德的尸体被抛在去德拉马达村的路上，从卡尼塞斯拐弯处到那里也就是半个小时路程的样子。他睁着两只眼睛，背部和头部各挨了一枪，据说枪毙人都是打两枪，他的尸骨还没有完全僵冷。阿德加的鼻子和眼眉还在出血，嘴也在出血，那一枪托打得她好苦呀！阿德加把丈夫的眼睛合上，用口水和眼泪把他的脸洗干净，抱到牛车上，拉到墓地。她和贝妮希亚挖好墓坑，埋得很深，尸体用家中最好的新亚麻床单包着，上帝知道这是为什么，自从他创造了世界以来，这是一直用文字写着的。阿德加和贝妮希亚跪在地上祈祷，那时有许多气泡从寿衣的褶皱处冒出来。

“贝妮希亚，埋在下面的那个男人是你的父亲，我敢对你发誓。但愿上帝给我胆量看到杀人的凶手死去！”

从远处传来牛车车轴的吱吱呀呀声，犹如上帝在讲话，他说，对了，他说，我会给你胆量去看杀死西得朗的那个人是怎样死去的。她不想说出他的名字，只想看到他死去，留下一具肮脏不堪的尸体。

“贝妮希亚，你在听吗？”

“我在听，妈妈。”

“蛮子”巴尔多梅罗的两个当神父的孪生兄弟之一，“耗子”塞费利诺，为西得朗·塞加德的亡灵做了弥撒。

“阿德加，我不能说出这是为谁做弥撒，奥伦塞这里不允许做弥撒。”

“没关系，上帝不在禁令之内。”

卡山杜尔费人莱蒙多认为，我们西班牙人都疯了。

“突然变疯的？”

“不知道，也许好久以前就开始了。”

卡山杜尔费人莱蒙多希望早点结束假期，其实他已经没有多少假期了。

“前方还没有这么残酷，虽然不能这么说，但是那儿不搞暗杀，不搞诽谤，是有诽谤，但是不那么狠毒。这儿的悲剧源于思想，城里的恶浪拍击着农村，如果人们不回到家里，混乱的局面不会消失，这是上帝的惩罚。”

圣蒂斯特万神父的训诫果断、庄严、明了，很受夫人们欢迎，这很危险；圣蒂斯特万神父相信火的洗礼是绝对必要的，这也很危险。圣者费尔南德斯送到孤儿院的那个儿子，原来的名字叫福托纳托·拉蒙·马利亚·雷依，现在则开始被人们叫做拉蒙·伊格莱希亚斯了，因而失去了父亲让他继承的一百万雷阿尔，对于这类事情，头脑一定要清醒些。

“钱跑到谁的手里去了呢？”

“您真不知道呀！很可能被干这种事的人瓜分了，人都是要活下去的，人必须设法从一切地方得到生活资料。”

格列托舅舅对发生的一切十分气恼。急躁不过是缺乏教养的一种表现，姐妹们，请原谅，那是圣蒂斯特万神父在前面煽动，我很遗憾，事情发展到这种地步。圣蒂斯特万神父是个平庸之辈、乡巴佬，圣蒂斯特万神父是个穿长袍、头脑空空的粗人，如果有可能，他给我们大家都做忏悔，求得宽恕，等我们成熟时，看在上帝的分上，打发我们到另外一个世界去弹竖琴。圣蒂斯特万神父是个不要脸的家伙，吸你们的血，榨你们的骨髓。

“你们如果不想听的话，就用枕头把头捂起来。”

拉蒙娜小姐抚摸着罗宾·列宝桑的脑袋；两个人坐在一条石凳上。太阳偏西了，皮毛坚硬的飞鹿在奔驰，朱顶雀在绣球花丛中歌唱，千脚虫在艳红的玫瑰花中爬来爬去，这里是战争气氛中的一个世外桃源。

“罗宾，我很伤心、痛苦，我希望你问我点什么而我又不回答你。”

罗宾苦笑了一下。

“我来吻你一下吧？”

拉蒙娜小姐也笑了。她没有讲话，但是让他吻了。

“蒙齐娅，我和你一样伤心，心惊胆战。这太可怕了，可是，如果战争对民族主义者不利,那事情就更糟了。你不要问我为什么,我不知道怎么回答你,对,我不想回答你。”

罗宾·列宝桑和拉蒙娜小姐慢慢地接吻,没有激动的表情,他们也互相抚摸,但很冷漠、很轻柔、很羞涩。

“走吧,今天晚上你不要留在我这儿过夜了。”

“好吧。”

从那以后,再没有人叫他的名字了。莫乔·卡罗波笑个不停,但那不是实情。莫乔·卡罗波并不感到良心受到了谴责,他也许感到内心有愧,只是他本人不知道罢了,但是,他感到惧怕,惧怕三样东西,惧怕罪恶,惧怕孤独,惧怕黑暗,所以他身上总带着枪。罗莎利娅·特拉苏尔费,也就是疯婆托拉,用相思草煮水给他洗身子,她讨厌两样东西,可能讨厌更多的东西,这是很自然的,但是,她至少讨厌两样东西:点着灯睡觉,系着皮带睡觉。

“对,系着皮带,腰间挎着手枪,有时还要穿着皮靴。”

莫乔·卡罗波在对某个人发笑,连他自己也不确切知道是在对谁发笑。他什么都嫉妒,这样是无法生活的,当感到惧怕、不知羞耻地去讨好、全身变成蜥蜴那样的青绿色时,就会葬身于罪恶之中。首先是保持沉默,然后不满情绪迅速增长,最后人们纷纷跑出家门,于是背上一枪头上一枪地打起来,入夜死人满街头,据说这种事屡见不鲜。如果一个妓女为圣母玛利亚作诗谱歌,那是因为她本人想成为圣母玛利亚,几乎任何人都不是他本人想成为的那种人。

“帕罗恰,给我找间屋子,好吗?”

“好,亲爱的,过来。你别给我讲巴尔多梅罗·马尔维斯的事了,我已经知道了。”

“蛮子”巴尔多梅罗·马尔维斯很勇敢,酷似新加坡的老虎,也像萨古梅依拉山上的野狼,不得不从背后开枪打死他,而且还要把他的双手反绑起来,因为他们不敢从正面开枪,也不敢放开他的手。“蛮子”巴尔多梅罗·马尔维斯的二弟,“魔鬼”塔尼斯,身强力壮得像圣巴兰特兰岛上的公牛,野性十足,他又像露帕王后①的蜥蜴那样聪颖,这条蜥蜴不但会算乘法,还知道欧洲各国的首都。“魔鬼”塔尼斯如果顺利的话,他在脑门儿上打一拳,可以吓坏贝伦门楼里的圣牛,也能吓坏那匹骡子②。塔尼斯·加莫索饲养着好几条猎狗,凯瑟在一次搏斗中被狼咬成重伤,他不得不忍痛杀死它,为的是不让它受罪。塔尼斯·加莫索是萨拉戈萨第十二步兵团第二营的战士,在征兵处服役。

“你还记得堂赫内罗和堂安东尼奥吗?他们是巴伦西亚人,和曼努埃尔·布兰科·罗马桑塔是死对头。”

“不记得,先生,不记得了。”

莱昂希奥·科乌特罗,也就是教八哥唱《马赛曲》的那个阿利亚里兹的共和分子,被罚关了禁闭。瞎子埃乌拉里奥是个残废人,不大受人尊敬,也被关了起来;他和莱昂希奥·科乌特罗是兄弟。埃德尔维诺和“魔鬼”塔尼斯在征兵处一同工作,他是中校索拉·罗德里格斯的副官。

“在这里,最重要的是让暴风雨尽快过去,其他事由上帝去处理好了。”

塔尼斯的几条狗由巴加涅依拉人玻利卡波照管,此人是个地地道道的大废物,但是会饲养动物,他还负责遛那匹名叫卡鲁索的马,这匹马是战争期间从埃德尔维诺那里夺来的。

被完全排除在服兵役义务之外的年轻人,已经用名单形式公布出来了:拉蒙·雷克依索·卡斯博拉多(“懒虫”蒙乔),右腿被

---

① 古代罗马神话中的人物。

② 希伯来先知以赛亚称,耶稣诞生时,曾有一牛一骡为他温暖稻草做的摇篮。

截肢;佩贝尼奥·波沙达·科依雷斯("鲹鱼"佩贝尼奥),患有严重脑病;高登西奥·贝拉,双目失明;胡里安·莫斯特依龙(马拉尼斯的瘸子),腿痛;罗吉尼奥·博伦,先天智力发育不全;马梅尔托·巴依松,因脊椎骨折而瘫痪;马尔科思·阿尔必德,双腿截肢;贝尼托·马尔维斯·温德拉或费尔南德斯("南蝎"贝尼托),是聋哑人;萨路斯蒂奥·马尔维斯·温德拉或费尔南德斯("牢骚狂"),先天智力迟钝;路易西尼奥·博塞洛("鸭子"),已被阉割,并且双目失明。此刻我只能记起这几个人,很可能还有别的人;罗宾·列宝桑虽然被认定能在军队中做辅助工作,但是没有被征召。

"这更好,您说是不是?"

这就如同是上帝的一种惩罚,我们肯定是犯下了罪恶,从而触怒了上帝。农村本来是天堂的集市,由于发生了这种残忍和令人痛心的事件,它正在变成地狱的一角。

"或者说变成了炼狱的碎尸间?"

"也许是这样,您没有走错路,事实上那些人给我们留下的只是一堆死尸。"

有人猜测,赫苏莎姨妈的未婚夫里卡多·巴斯盖斯·维拉里尼奥的心脏挨了一枪,人们都这么说,那么,民族主义者和赤色分子加在一起,已经死了多少人啦?塔尼斯·加莫索的岳父,即"裤头"埃乌特洛是个不足挂齿的东西,不值得和他打招呼。

"埃乌特洛。"

"听您吩咐。"

"你给我滚到狗屎堆上去。"

"好吧,先生。"

埃乌特洛十分惊恐,他每次去帕罗恰妓院都付双倍钱,但是,那儿就是不让他进去。

"老乌龟,你为什么不朝你女婿的脸上吐痰呀?"

"葡萄牙女人"玛尔塔不愿意看见埃乌特洛,她恨透了他。

"往瞎子脸上吐痰是最容易不过的事,是不是?你为什么不找一个能够自卫的对手,往他脸上吐痰呀?你害怕什么呀?"

尽管拉蒙娜小姐那么说了,罗宾·列宝桑还是留了下来,和她待在一起。

"我保证不打扰你,蒙齐娅,可是,我一天比一天害怕孤寂。"

"对于我来说,单独一个女人住在这幢房子里,未免显得太大了。"

拉蒙娜小姐似乎比以前消瘦了些。

"罗宾,这是尘世的法律,有个不幸的男人正在践踏这个法律,你知道我在说谁,现在不能杀人不偿命,在这里,杀人者必死,有时迟一些,但是必死,早晚得死!不过,维护这个法律,还是大有人在。我们两家人,罗宾,都尊重法律,习惯,也尊重习惯,不过,如果所有的男人都死去的话,只要洛利妮亚·莫斯克索和阿德加·贝拉活着,就一定会给她们的亡夫报仇,这两个女人勇敢而正派。如果她们也死了的话,那还有我呢,我对你发誓,但愿上帝原谅我,我这样对你说,并不是为了显示我自己。"

"魔鬼"塔尼斯的妻子罗莎·罗孔嗜茴芹酒如命,不过,还有比这更糟糕的事呢。

"有一个人,我不想说出他的名字,他用上帝儿子的血煎制蛋饼,我们都是上帝的儿子,那个家伙非下地狱不可,让蛋饼卡在他的嗓子里,活活憋死,阿门,耶稣。我不想说出这个人是谁,他弄来两公升上帝儿子的血,这是看见的人对我说的,他笑得合不拢嘴,又弄来半升牛奶、四汤盆面粉、四汤匙白糖、食盐、桂皮,还有三个打好的鸡蛋,把这一切和好以后便成了面浆,在烤锅上抹一层猪油,便可以煎出一张张很薄很薄的蛋饼,摆放在盘子里以后,再抹上圣灵解毒花蜜,圣徒圣地亚哥一定会把蛇,还有蝎子都打发来!"

“他妈的,别让水蛭钻到你屁股里!”

“不会的,我夹紧点儿就是了!”

“小心点儿。”

磨坊主人路西奥·莫罗是朝圣活动中的活跃人物,马丁圣神日①那天他死在了卡斯莫尼尼奥路上,背部挨一枪,头部挨一枪,据说这种情况都是打两枪,他那顶带有遮檐的帽子上还有一朵花。卡塔利娜·巴茵特悄悄地把他埋掉了。

“他多少和你有点关系吧?”

“是的,他是水的主人。”

山上的每个角落都有血迹,这下子鲜花可得到了营养,还有泪痕,人们看不见,因为眼泪和露珠混杂在一起了。蚯蚓在地下嗅闻着,田鼠也是这样,蝙蝠已经熄灭了身上的光亮,直到来年才会重新点燃,今年的圣诞节一定很凄冷。

“什么时候是新年呀?”

“不知道,我认为到时候就到了,和往年一样。”

路西奥·莫罗脚上的脓疮已经治好,是卡塔利娜·巴茵特给他治好的。她手上托着香灰为他祈祷,默念着那些惯常的祷词:脓疮,脓疮,你快快跑,神圣的主教走过这里,守护神说要把你捉到。很遗憾,没有杀掉路西奥·莫罗,他现在把脓疮治好了,“懒虫”蒙乔怀疑人们是不是还有理智。

“不用跟我说,这么乱,我们的结局说不定更糟,人们都很傲气,这对国家没有好处,我保持沉默,因为我不愿意自找麻烦。”

“你做得对,你现在如果粗心大意,麻烦事就会找上门来,告发你。我更怕那种事,不过,只好忍着。”

“懒虫”蒙乔很有怀乡诗人的那种感情,心中十分悲苦。

---

① 即11月11日。

“我表妹赫欧希娜真有意思！她丈夫被吊死了，法官叫人把尸首抬走。卡迈洛·门德斯用手抚摸这个小寡妇，当然啰，他是不会摸法官的，真蠢！你还记得卡迈洛·门德斯吗？他很会玩台球，抽烟时缕缕青烟升起。他呀，他在奥维多被围困时丧了命。我是那一天知道的，枪子儿打在太阳穴上。”

今年的夏天已经过去了，夏天里，米安盖依罗泉水里有青蛙，谁也不知道青蛙是从哪儿来的，在公墓的泉水里一般是没有青蛙的，这种情况不多见，蚊子是有的，蚊子什么地方都有。拉蒙娜小姐的父亲堂布雷希莫，但愿他永远安息，当年坐在公墓的围墙上，弹奏狐步舞曲和恰恰舞曲，真是没有教养！堂布雷希莫的班卓琴弹得十分娴熟。

“人们都希望死者感到厌烦，可是我却说：死者为什么要厌烦呢？他们死了，不是已经够痛苦了吗？有两种死人，厌烦的死人和开心的死人，不要把两者混淆起来，是不是这样？”

“是这样，先生，为什么不是呢？”

堂布雷希莫很热爱哲学，喜欢找这类题目聊天。

“生命死去以后，死亡即降生，并且开始新的生活，这就如同连环游戏一样。在奥伦塞，曾经有一个财产登记员，很会玩连环游戏，他死于结肠梗阻，至少有一个月没有解大便。死亡的生命直到死尸的最后一只蛆虫老死或饿死以后才完结，是不是这样？”

“是这样，先生，当然是这样，这很明显。”

堂布雷希莫在遗嘱中明确表示，只希望给自己举行一次祈祷弥撒，不要举行吟唱弥撒，停尸的那天夜里燃放二十比索的花炮，这就足够了。在他被安放在四支大蜡烛中间开始进入永恒的梦境时，人们度过了难忘的时刻。

“穿着军装，潇潇洒洒嘛！”

“是的，应该为所有死者穿上军装。”

“我不知道应该不应该，我认为那样会混淆视听。穿上教服，甚至便服也不错嘛！穿上加利西亚地方服装或其他什么服装，那就成了笑料了，另外，也禁止这样做，是这样，很可能现在要禁止这样做。有的死人随便穿什么衣装都显得很得体，而另一些死人则是灾难，对，惨不忍睹。”

“别胡说八道，索图略！”

弗洛里安·索图略·杜列沙斯曾经在巴尔科·德·瓦尔德欧拉斯当过民警，是一个很好的风笛手，并且对感冒、结核、麻风、重病、绝症、死人和鬼魂也很有研究。他也有一些治病知识，一些神奇的治病知识，还可以用嘴模仿五花八门的叫声：鸽子的咕咕叫声、猫的喵喵叫声、驴子的咴咴叫声、夫人的屁声、绵羊的咩咩声，等等。弗洛里安·索图略是在特鲁埃尔战场上被打死的，他奔赴那里，可能被发现了，也可能没有被发现，眉宇间挨了一枪，当即身亡。他的灵魂很可能受到谴责，因为他没有来得及做忏悔，死时身上还留着半包香烟，一位帕伦西亚神父把那几根香烟抽光了，他染上了抽死人香烟的习惯。巴加涅依拉人玻利卡波现在经常出入拉蒙娜小姐的家，骑着那匹名叫卡鲁索的马儿，给她送信。

“你去奥伦塞？”

“您如果打发我去，当然去啦！”

“打发你，我才不打发呢；不过，你如果去那里，不管是去做什么，都告诉我一声，我也许请你办件事呢。”

“好的。”

以屁多而著称的神父堂马利亚诺·维洛瓦尔从钟楼上摔了下来，脑壳崩裂。有许多令人痛心的事儿，背信弃义的战争，十八号流感，里弗战役①，那些痛苦的年代好像是死神的一统天下，堂马利亚诺从钟楼上摔下来时，放了他生命中的最后一个屁。

"这个屁是放给新教徒的！路德必死！"

那个将要死去的人只有最后几秒钟的生命了，他知道这几秒钟如同橡皮筋那样拉得很长很长，会回忆起许许多多往事。

"如果那个将要死去的人不知道这种情况呢？"

"也一样，时间并不是游戏。"

在帕罗恰妓院里，一次，阿奴霞·莎瓦多尔和死鬼"猫脸"卡维尼多·贡萨雷斯·罗西诺斯一块儿睡觉。他们完事以后，她向他提了一个很古怪的问题。

"你流了吗？"

"难道你没有感觉到吗？"

"请原谅，我当时走神了。"

"猫脸"是半个佛兰德人，很自负，帕罗恰妓院的女人都不喜欢他，他死的时候，她们当中没有一个人为他落泪。加利西亚公民，西班牙团结而伟大的新的一天诞生了！

"你说什么？"

"没说什么，我想起了格列托舅舅弹奏爵士音乐的情景。"

卡山杜尔费人莱蒙多的假期结束以后，被派往韦斯卡前线，拉蒙娜小姐把所有衣物都为他准备好了。

"你是不是提出要当代理少尉呀？"

"我不，提那个干什么？如果轮到你死，无论是军官还是士兵都一样，听说前线的子弹上都带着名片，如果其中有你的，你就是钻到石头底下也逃脱不了。"

---

① 里弗是摩洛哥北部的一个地方，当地人民1921年至1926年间开展了反抗西班牙占领的斗争。

“是这样,是这样。”

堂赫苏斯·曼萨内多带着一身腐败的臭肉死去了,真不幸,另外,他还十分惧怕阴间的生活。

“他尽管很卑鄙,而且是杀人凶手,但是这一辈子活得很舒服。”

“嗯,那是另外一回事。”

军需官法孔多·塞亚拉·里瓦是个大好人,如果想请他帮助谁,只要说一声就行。

“你觉得摩尔人怎么样?”

“全是混蛋,你想让我怎么说呢!你看看蒙佛特省长、巫师阿布·阿拉·阿齐兹·本·梅鲁阿,还不知道呀?摩尔人是一群饿鬼,身上满是虱子。他本人患有麻风病,整天用手搔痒,用金币打破同事们的脑袋。好了,我不说了,最好保持沉默。”

卡山杜尔费人莱蒙多在安德烈斯圣神日①那天挨了一枪,子弹打在腿上,但是没有伤到股骨。那天,本来没怎么交火,打枪不多,但是,只要对面的坏蛋放一枪,打着你,这就够了,如果打中头部,更够你受的,不小心,很危险,因为那天很平静,卡山杜尔费人莱蒙多便放松了警惕,结果挨了一枪,也是的,大家都放松了警惕,偏偏打中了他。

“要是被打死,那该怎么办呀?”

“当然啰,如果子弹再往上一点儿,就打死了。”

盲人高登西奥在另外的场合拉了那支玛祖卡舞曲。在前线这里,坏人毕竟是少数,命运会给你指出一条逃生之路。大富翁堂格列门德·巴里兹·卡尔瓦略,好多人只叫他大富翁堂格列门德,忍受不了妻子堂娜丽塔给他戴上那顶沉重绿帽子的耻辱,把枪口塞

---

① 即11月30日。

到嘴里,开枪自杀了,那时我们还处在和平时期,一切都完了。原来是他的妻子和她的精神指导老师,即神甫堂罗申多来往很密切。

“听说脑浆都溅到灯罩上了,真的吗?”

“真的,可能是真的。”

卡山杜尔费人莱蒙多先后被转移到两三个野战医院,医院都很小,条件也差,只有绷带和碘酒,最后被送到米兰达·德·依布罗,取出了子弹,那里全是意大利人。后来他又被送到洛格罗尼奥,进了艺术手工学校,那里待他很好,他交了好几个朋友,被单上有很多血迹,但是那无关紧要,没有什么大惊小怪的。

“你是哪里人?”

“是维多利亚市郊埃洛利亚加人,我父亲在电报大楼工作。”

“懒虫”蒙乔在摩尔人地区被砍掉了一条腿,事实上,什么地方都有这种事,没什么新鲜的。

“你觉得摩尔人怎么样?”

“你让我怎么说呢?待我很好,我并不认为他们比基督徒坏。”

“懒虫”蒙乔的性格一向很沉着,是有些喜欢吹牛,但是很沉着,很冷静。

“可是,不幸的人,你把那条腿丢在什么地方了?”

“丢在了梅利利亚,这一点你知道得和我一样清楚,我给你讲过不下一百次。不过,我要说,重要的是回到了祖国,这儿有心肠狠毒的人,到处胡乱杀人的并不是摩尔人。”

卡山杜尔费人莱蒙多住在第五号病房,里面有二十四张床,炉子昼夜烧着,这真不错,因为洛格罗尼奥的冬天很冷。第五号病房里,有两个修女和两个女护士照看伤病员,这四个年轻姑娘听修女卡塔利娜吩咐,修女卡塔利娜是里奥哈人,很能干,做事果断。

“我之所以说做祈祷,那是因为应该做祈祷,知道吗?”

“知道,修女。”

那个潜到安德拉湖底想偷走安蒂奥基亚大钟的潜水员，即“沙鱼”阿得利安·埃斯特维兹，毙命于马德里战场，他身上还残留着子弹头。

“你认为他倒霉吗？”

“哎呀，我真不知道该怎么对你说，你怎么认为呢？”

马梅尔托·巴依松没有去打仗，但是，他发明了一种飞行器，险些丧生。

“我认为那是传动装置出了毛病，我真希望快快恢复健康，再去试飞一次。”

不几天，卡山杜尔费人莱蒙多意外地和他表弟、炮团士兵卡米罗所在的连队相遇了。

“是你？”

“你这不是看见了吗，我受伤了。”

“什么地方？”

“胸部。”

“天哪！”

堂娜玛利亚·阿乌希利亚多拉·毛伦塞，即波拉斯的遗孀，带头捐献十个比塞塔，支援在国外购置武器用。

“如果我们每个西班牙人都捐献两个杜罗，那么钱凑到一起就很可观了。”

托纳列依拉女人、疯婆巴西利莎是可怜的帕斯瓜利尼奥·安特米尔·卡奇索在战争期间的保护人，后者在萨莫拉步兵第八团当班长。她每个星期都给他写信，并且寄去巧克力和烟丝，班长安特米尔被打死以后，疯婆巴西利莎还不知道，仍然继续给他寄东西，有时还寄腊肠，反正有人吃，不会扔掉。在第五号病房里，只有卡山杜尔费人莱蒙多和他的表弟卡米罗自己备有牙刷。

“牙膏呢？”

“也有，还有半筒。”

一天早晨，修女卡塔利娜一只手拿着一把牙刷，走了进来，开始对伤病员讲话。

“你们这些蠢驴，根本不懂，但愿上帝给我更多的耐性！讲究卫生很重要，你们所有人都应该保持清洁，让细菌死掉，懂吗？现在只有这两位加利西亚人有牙刷，你们不感到羞耻吗？两位加利西亚人！我为这个病房向上校要了一把牙刷，他答应了，牙刷在这里。”

修女卡塔利娜把牙刷拿给大家看，是糖果颜色的。

“看清楚没有？”

“看清楚了。”

“那好，从今天晚上开始，我们做祈祷时，我来给大家刷牙，从这个屋角开始，一直刷到另一个屋角。”

小狗维斯波拉死于肠梗阻，据说前一天晚上格列托舅舅吐出的食物难以消化，并且含有酒精，小狗受不了。但是，拉蒙娜小姐的那条名叫“沙皇之子”的俄国狗，毛色光亮，潇洒威严，谁见了都喜欢。

“你是不是还坚持我给它换一个名字呀？”

“亲爱的，我不知道……干脆什么名字也不叫。”

阿里丰索·马丁内斯把布西尼奥斯的圣米格尔教堂神父藏起来的那个人放了出来。谁也不知道他被藏在什么地方，对了，堂梅列希尔多的女管家多洛雷斯除外，“莫乔”本来也不敢对神父正面顶撞。

“他没到这儿来吗？”

“没有，我都一百年没见到他了。”

卡山杜尔费人莱蒙多和他的炮团士兵的表弟卡米罗的床铺紧挨着，中间只隔着一张床头柜，两个人共用一把便壶；有一个叫阿吉列的人死了，是吐血死的，他们利用这个机会向修女卡塔利娜提出要求，换了床位。

“谁把阿吉列的打火机偷去了？”

“我没偷，我对您发誓。”

原来是伊希特罗·苏亚雷斯·门德斯偷的，死人的东西他什么都偷，钱呀，打火机呀，烟盒呀，手表呀，照片什么的，他都偷，但是，我没有必要检举他，不然的话，修女卡塔利娜很可能把他赶到大街上去。

“加利西亚人，我相信你的话，你这个人不大可信，但是，我相信你的话。”

修女卡塔利娜比可怜的安古斯基亚斯·索娘·科瓦辛有女人味，后者结婚一个半小时就被丈夫抛弃了，她肯定进修道院当修女了。

“她的情况怎么样？”

“不知道，一直没有她的消息，很可能患贫血病死了。”

“很可能是这样。”

“也可能被牛虻咬了，变成了瘸子。”

“可能。”

前线野战医院的小姐们常常到这个医院来照顾我们，人们都把她们叫作马尔加丽塔姐妹，那是为了纪念卡洛斯七世①的爱妻。布拉多敏侯爵曾到埃斯特利亚王宫拜访过国王夫妇，巴列－因克兰②在他的《冬天奏鸣曲》中讲过这件事。马尔加丽塔姐妹给伤病员分发披巾和香烟，还有毛袜子、衬衣、运动衫和其他衣物，以及奥斯博内产的三零牌白兰地，贡萨雷斯·比亚斯产的三杯牌白兰地

---

① 卡洛斯七世（1848—1901），他的妻子叫马尔加丽塔。

② 巴列－因克兰（1869—1936），西班牙作家。《冬天奏鸣曲》成书于 1905 年。

和多梅克产的三丛葡萄牌白兰地，这些酒很呛嗓子，实际上，她们待我们像待圣维森特·帕乌尔教团①的穷人一样。马尔加丽塔姐妹身着橘色衬衣，头戴红色贝雷帽，因为她们是卡洛斯的支持者，当然啰，人们经常称她们是卡洛斯派的志愿者，她们头头的名字叫玛利亚·罗萨·乌拉卡·帕斯托尔，也可能叫罗萨·玛利亚，我记不清了，身材有点高，不过，炮团士兵卡来罗很喜欢她。

“她很温存，她使我想起希尔维斯特雷将军，也就是堂曼努埃尔·费尔南德斯·希尔维斯特雷，他在安奴亚尔惨遭失败。”②

“是不是因为她有胡子？”

“不是，而是因为她的仪表、她的步履。”

只有原英式饼干厂现为西式饼干厂的负责人卡西亚诺·阿雷亚尔才能在堂娜丽塔出走时劝阻她。

“喂，卡西亚诺，但愿上帝能原谅我。不过，如果我丈夫花了我那么多钱还扣动扳机开枪，我向您发誓，我一定把他杀了，上帝哟！”

“小姐，克制一点儿，一定要冷静，让堂罗申多吃好，他身体比什么都要紧，好吧，快给他用雪利酒打几个蛋黄吧。”

马尔加丽塔三姐妹来到第五号病房，她们带来一篮子礼物。

“小战士，我奖励你一件圣心披肩，避邪驱灾，你看，这上面写着：子弹子弹，请您站一站，耶稣的心和我紧相连。”

炮团士兵卡米罗面色苍白，脸上一点血色也没有。

“我不要，我不要，谢谢，您还是奖给别人吧，我求求您，求求您，我以前在军装外面罩一条披巾，并且用别针固定好，可是在大约一个月以前被人从背后扯走了。小姐，我郑重其事地把这件事

① 这个教团是法国历史学家奥萨南姆(1813—1853)创建的。

② 指1921年西班牙军队在摩洛哥北部里弗附近的安奴亚尔遭到当地人民的抵抗。

告诉您,可是对我来说,圣心是一个不祥之物。”

马尔加丽塔发火了,仿佛有谁激怒了她。

“你这个不敬神明的家伙,胆敢蔑视耶稣的圣心!”

修女卡塔利娜出面干预,她坚决保护炮团士兵卡米罗,伤病员在她的管辖权限之内,别人不该过问。

“给我滚开,痨病鬼,不要脸的! 出去! 我的这些小伙子,谁也管不着! 知道吗? 给我滚开! 事先没有得到允许,不能进病房来!”

修女卡塔利娜是一个坚定果敢的女人,对谁也不退让,在她眼里,我们这些伤病员是神圣不可侵犯的,是她的私有财产;这只适用于西班牙人,因为修女卡塔利娜不接受意大利人和摩尔人。

“那些人吗,让他们自己的修女去照顾好了,我这里的人不能太混杂。”

圣地亚哥·德·托尔塞拉教堂司事卡西米罗·波卡茂斯惊恐不安。

“您看我们能不能摆脱这场暴风雨?”

“说老实话,我也不知道,人是有忍耐力的,我们应该相信这一点。”

卡山杜尔费人莱蒙多和他的表弟身体状况已经好转,现在能够走动了。下午,他们常常到莫拉将军大街的双狮咖啡馆去,这个咖啡馆以前叫波尔塔莱斯。修女卡塔利娜给他们一份记账单,可以喝咖啡、酒,可以吸雪茄,他们有时带上乔敏·加尔巴拉·拉劳诺。此人是拉卡尔兵团的卡洛斯派志愿者,他失去了双手和双眼,一颗“拉菲特”式炸弹突然爆炸,夺去了他的双手,炸瞎了两只眼睛。他闲得厌烦时总是哼唱一首小曲,歌词大意是这样的:我是下佛尔塔人,劳动者家庭出身,乔敏人很好,真让人可怜。卡山杜尔费人莱蒙多给他读《新里奥哈报》,不幸的是有一天下午他要去妓院，看来他很想女人。妓院在河的对岸，屠宰场和发电厂之间，那是莱昂诺尔妓院，只有两个妓女，即“城市姑娘”和“谦虚姑娘”，她们是莱昂诺尔的女儿，人长得很瘦，表情悲伤，天天服用钙片，她们的父亲是劳动者总同盟盟员，被枪毙了。莱昂诺尔妓院把厨房当客厅，仅有的一间卧室里挂满了圣像，和妓院气氛大相径庭，有《永恒的救助》《圣丽塔·德·卡西亚》《圣洁的孔塞甫西翁》《耶稣的圣心》《皮拉尔圣母》《手执贞洁木杖的圣约瑟》《布拉格圣婴》，还有一张铁床、两个床头柜、一把椅子、板凳、闹钟、便壶、洗手罐和便携式坐浴盆，小碟子里放着高锰酸钾药片。“城市姑娘”和“谦虚姑娘”哭了起来，她们不想接待他。

“我不，我不，我不知道怎么办。这个可怜的男人身上连一处抓扶的地方都没有。”

莱昂诺尔对卡山杜尔费人莱蒙多说：

“她们都很年轻，还没有学会接待各种各样的客人，但是，你不要担心，以后不会这样的，放心好了。我来接待他吧，他眼睛看不见，不会注意是谁，等一等，我来洗一洗，喷一点儿香水。”

“大墨斑”塞尔索·马西尔德现在在洛格罗尼奥，他是白岭第二十四步兵团的士兵。“大墨斑”后来参加了游击队，先是在白拉林游击分队，后来和贝尼格诺·加西亚·安特拉德，即佛塞利亚斯在一起。好多人都认为他在一九五〇或一九五一年误入警察在山上设置的埋伏圈，被打死了。但是，事情并非如此，一九五三年我还在委内瑞拉的阿马库罗三角洲省首府图库皮塔见过他。那时他已经和一个风骚的胖女人结了婚，妻子叫“珍珠花”阿拉瓜皮切。他平时到奥里诺科河垂钓消遣。卡山杜尔费人莱蒙多和他表弟卡米罗卷入了一桩案子，原来是医院的仓库丢了四十多块奶酪，上校勃然大怒。

“一定要严惩窃贼，所有能够自己活动的伤病员都给我出院，进行门诊治疗,别在这儿捣乱!”

卡山杜尔费人莱蒙多和他表弟卡米罗被赶到了大街上,没吃没喝。

“这不公平,”他们对修女卡塔利娜说,“我们和奶酪失盗毫无关系,可现在,把我们当作窃贼赶了出来。我们的伤还没有治好呢,更糟糕的是,上校不肯接见我们。”

“耐心点儿,小伙子,在部队里必须有耐心,要善于忍耐。”

堂赫苏斯·曼萨内多的女儿格拉莉塔的未婚夫,名字叫伊格纳西奥·阿劳霍·希德,是帕斯托尔银行职员,在私人贷款处工作。当堂赫苏斯·曼萨内多开始在笔记本上记载死人情况时,伊格纳西奥·阿劳霍·希德怒火中烧,参加了志愿者行列。他刚到前线就被打死了。卡山杜尔费人莱蒙多和他表弟卡米罗钻进了双狮咖啡馆。

“眼下最好找个客栈,以后就只好听天由命了。我身上还有点钱,咱们可以告诉蒙齐娅寄点钱来,好了,咱们来看看钱够不够。”

卡山杜尔费人莱蒙多和他表弟卡米罗的伤还没有完全治好,这是实情,但是,他们可以走动了,事情也没有什么了不起。他们被赶出两三个小时就住进了埃斯特列莎客栈,女主人叫堂娜帕乌拉·拉米雷斯,客栈坐落在埃雷利亚大街,靠近帕斯特拉纳殡仪馆,全部房租和伙食费加在一起还不到三个比塞塔,而且还包括洗衣。

“你瞧,我们在这儿一定很舒服。”

罗宾·列宝桑每天下午都去拉蒙娜小姐那儿,两个人都觉得他们要对自己并没有过错的事情负责,这种事时而有之,最好的办法是让时间流逝。

“我觉得我完全误会了,蒙齐娅,我花在判断事物、蔑视事物上的时间也许太多了,这样是无法生活下去的。生活步入了歧途,我很担心，蒙齐娅，我比你更担心，我认为再过五十年人们还会议论这种疯狂的举动，简直是疯子。一定要当心这些滑稽演员，他们不知道天高地厚，犯有政治狂热病……我今天真想让你给我放一支肖邦的波兰乐曲，或者你弹弹钢琴，最好是你弹钢琴……我们好几天没有得到莱蒙多的消息了，他好吗？他根本不会想到我们很惦念他……我今天多么希望你给我斟一杯酒呀……蒙齐娅，这一切是多么奇怪呀！我一下子变得这么高兴，喂，看我情绪能保持多久……你为什么不把裙子往上提一提呀？”

拉蒙娜小姐坐在摇椅上，一边默默地笑着，一边慢慢地撩起裙子。

“你说吧。”

堂娜帕乌拉·拉米雷斯的丈夫名叫堂科斯麦，在财政厅当书记员；堂科斯麦又瘦又小，但是，很讲究打扮，梳理头发时喜欢使用阿根廷发蜡。每到星期天，一方面为了消遣，另一方面也为了挣几个钱，他都到市乐团去演奏。他用大号吹奏《吻的故事》《路易斯·阿隆索的婚礼》《女车夫》、塔霍舞曲《多洛雷斯姑娘》。堂娜帕乌拉有一对又大又结实的乳房，她把堂科斯麦当作小伙子使唤，轻蔑地叫他贝多芬。

“贝多芬，去买点儿菠菜来，快回来！再买点儿木炭，顺便到殡仪馆看看，今天早上抬出来的那口漂亮棺材是给谁的。”

“我马上去，亲爱的帕乌拉，我先把这张报纸看完。”

“什么报纸不报纸的！干活要紧！”

“好，亲爱的。”

堂娜帕乌拉的房客一共有五个人：神父堂森恩·乌必斯·特哈达，气管炎患者；退役军官多明戈·贝尔加沙·阿内迪略，哮喘病患者；镶牙师堂马丁·贝萨雷斯·莱昂，患睾丸炎；还有我们两个人，战争伤员。

"我们如果再傻里傻气的,年纪大了就会更糟,你说是不是?"

"当然啰!"

一九五二年的慈善法第二条规定,最应该得到帮助的人是疯子、聋哑人、盲人、瘫痪病人和老人,这也许并不错。客栈老板夫妇只有一个女儿,名字叫小帕乌拉。她长着一副令人作呕的面容,这个不幸的姑娘像只小老鼠,另外还长着胡子,戴着眼镜,令人作呕,真令人作呕。

"你为什么不和她搭话呀?我想,你如果和她搭话,说不定她会给我们做点好吃的呢。你嘴馋,怎么不试试呀?"

"他妈的,你怎么不去试试呀?"

卡山杜尔费人莱蒙多和他们炮团士兵表弟卡米罗去医院治伤和打针,进行门诊治疗,当然啰,修女卡塔利娜继续为他们提供记账单;过了几天,当他们坐在咖啡馆喝饮料时,两个人交谈起来。

"你对'蛮子'和西得朗·塞加德的事怎么看?"

卡山杜尔费人莱蒙多板起面孔,把声音压得很低。

"没什么看法,你想让我说什么呀?"

炮团士兵表弟卡米罗呷了一口白兰地,低下头说道。

"你认为我们应该怎么办?"

"不知道,眼下应该有耐心,不要和任何人谈起那件事,要等到这一切结束以后,家人团聚了再决定。咱们莫兰人很多,古欣德人更多,所有活着的人都应该发表看法,你和我都知道那个人,他必须偿命,他逃不脱,放心吧,咱们有法律。咱们谈点别的事吧,什么都行。"

炮团士兵卡米罗又要了两杯酒。

"还有记账单吗?"

"没有了,过一天算一天吧。"

白兰地端来了,卡山杜尔费人莱蒙多陷入了沉思。

“你看看,咱们现在喝酒,但是不能举杯互祝健康!”

家乡离这儿有四天的火车路程,那真是一顿好棍子呀。

“如果有可能,我恨不得马上就回去。”

“我也是!另外,我要把枪送给路上遇到的第一个人。”

卡山杜尔费人莱蒙多和他的炮团士兵表弟卡米罗的身体渐渐好起来了,但是,他们心里感到烦,另外,身上又没了一文钱。他们在伊比利亚酒吧间玩扑克赢的那点钱只够付房租的,也不能太冒险了。小帕乌拉除了丑陋之外,个性也很高傲,这不免有些令人费解,炮团士兵卡米罗尽管想尽一切办法,费了九牛二虎之力,还是没能把她弄到手。

“应该活下去?”

“当然啰,您的路并没有走错,应该活下去。”

塞哥维亚人阿塔纳西奥·依盖鲁埃拉·马丁是塔巴内拉·拉鲁恩加的塞哥维亚人,他在牛虻的包围中长大,会变戏法,会算命,会制造迷魂药,还会猜测别人的想法,预言未来。他不会是共济会员吧?他的妻子跟摩尔人跑了,堂阿塔纳西奥满嘴吐白沫。

“和信奉穆罕默德教的人私奔,还不是狗娘养的?”

“您知道她现在在什么地方吗?”

“不知道,我不知道,也不想知道,我已经把她从我的生活中抹掉了。”

“是吗?”

谈起女人的话题,男人不禁感到有了一点安慰。

炮团士兵卡米罗想尽量讨好人。

“您听我说,依盖鲁埃拉先生,谁都知道女人的那种事儿,有的风骚,有的瘸腿,有的耳聋,有的患结膜炎,有的子宫下垂,有的有狐臭,有的脊柱有病,有的和摩尔人或基督徒私奔,都一样。有的想让你走正路,成为有用的人,那你就得忍受着了!从早到晚给你唠叨,这个怎么做,那个怎么做,手把手教给你,另外,还向你询问账目,好像你不会算账似的,简直像个老妈妈,这谁也忍受不了,她们为什么不消停一会儿呀?也许她们做不到这一点。女人是好的,这我知道,但并不是所有女人都好,就算小帕乌拉没有别的毛病,也可以说她是一个找不到婆家的剩货,但是一般地说,女人都很好,我们不能抱怨,糟糕的是她们很令人讨厌,整天唠叨个没完没了……喂,您在南格拉雷斯·德·奥卡医院里有熟人吗?”

“没有,什么事?”

罗宾·列宝桑写了一夜东西,他觉得有点不舒服,于是用酒精灯烧了点咖啡。只把灯芯烧一点点就完事了,咖啡起码能烧热。罗宾·列宝桑时不时地呷一口,一边读着写完的东西,一边眯缝着眼睛思考。

“对,我已经赚到咖啡喝了,这毫无疑问。有些事情非常遥远,有些则很近,事件的时间和人物名字都记混了,哪能记那么多的事呀!事实是,一切都变得十分遥远,那时贝妮希亚还很小,阿德加刚刚死去丈夫,她看上去也很年轻。蒙齐娅总是打扮得很利落,过去的事在脑子里混成一团,我们家从来没有过合法遗嘱,这并不是审视良心,但表面看是这样。莱蒙多总是喜欢到山上去,我身体一直不好,我记得有一天他对我说:我去打野狼和野猪,但我不打野兔,野兔留给卡斯蒂利亚人去打吧,他们早晨拿着猎枪跑到田野里,不管什么动一下,他就开枪打,看是不是活物,鸽子呀,兔子呀,小孩呀,都一样。莱蒙多和密西西比三角洲岛上的人在一起待过,他们讲西班牙语……一位先生对另外一位讲了些不着边际的话:您应该醒悟,有理智的人就是年纪轻轻便死去的大傻瓜……”

罗宾·列宝桑把头低垂在胸前,睡着了,那时他思绪万千,而这正是被困倦征服的征候,人人都是这样。

“你为什么不躺在床上呀?”

“你知道，我写了一夜东西，现在睡上一会儿，一整天就都不会感到累了。”

塔尼斯·加莫索用左手拔荨麻，一口气也不喘，荨麻只扎那些不小心的人，拔荨麻而又不被扎伤，这事是很容易学会的。狗懒洋洋地叫着，月亮圆的时候或者有谁死了，狗也叫。拉蒙娜小姐花园里的天鹅很老了，两只天鹅叫罗慕洛和雷莫，它们活那么多年，当然很老了，此刻在池塘里默默地游着，它们就是这样。塔尼斯·加莫索听到铲草声，偷偷地笑了起来。

“我当妓女，你就成乌龟了，那你还不如我呢。你如果愿意的话，我就当着众人和女管家的面说出去，现在如果你不立刻走开，眼睛盯着地板走开，我就要站在大厅中间当着你的面讲出去，听见没有？”

“葡萄牙女人”玛尔塔很讨厌“裤头”埃多特洛，自从他往盲人高登西奥的脸上吐痰以后，她就不愿意见到他。

“你为什么不往我脸上吐？我穿裙子，你穿裤子，但是你不敢对我怎么样，因为你是一个不幸的人，是一个废物。你敢动手，我就杀了你，我对天发誓。”

帕罗恰把“裤头”赶到大街上，让“葡萄牙女人”回到厨房里。

“你别到这儿来，连想也别想，去喝杯咖啡，冷静一下吧，今天来了一连意大利人，活儿少不了。”

堂维南西奥·莱昂·马丁内斯是商店会计，对家系学和古币学均有研究。他病恹恹的，像婊子养的，整天吃索拉诺寡妇做的果仁糖，满脑子坏主意。堂维南西奥在市立卡门圣母公墓自杀身亡，卡门圣母公墓在洛格罗西奥只叫公墓，几乎没人知道它的全名。公墓就在门达维亚路上，从皮埃特拉桥上走过去，不要过小埃布罗河，经过屠宰场、发电厂和莱昂诺尔妓院就是。堂维南西奥先到了莱昂诺尔妓院，和“谦虚姑娘”玩了一会儿，“谦虚姑娘”发现他精神很不集中，时不时地走神。

“堂维南西奥有些怪，不让我用高锰酸钾给他洗，而是不停地祈祷。他那时弓腰驼背，眼睛斜视，很可能身上什么地方都疼痛，头呀，牙呀什么的，谁知道他什么地方痛呀。”

堂维南西奥喜欢音乐，很会弹钢琴，他自己写曲谱，定的是H调。

“您看他像不像大卫王？”

“不像，我看他不像大卫王；但是，很像玛丽·皮克福特。”①

堂维南西奥没有杀过人，但是劫掠过女人，劫掠过好多女人，这些女人都是赤色分子，真可笑，劫掠女人，然后污辱她们。

“真有意思！他图的是什么呀？”

“不知道，糟糕的是，我们现在还不能问他。”

自从民族主义者控制地区维多利亚的主教，即穆希加出走以后，堂维南西奥便表现异常了，说起来这件事大约发生在十月中旬，堂维南西奥很敏感，是一个虔诚的天主教徒，那件事发生以后，他就没有抬起过脑袋。

“喂，‘谦虚姑娘’，太阳落山时，把这枚金英镑交给你妈妈，一定在太阳落山时，这是我的礼物，你告诉她收藏好，不要拿给任何人看。”

堂维南西奥大约傍晚六点钟到了公墓，跪在父母——堂米格尔和堂娜阿多拉西翁——的墓前，静静地为他们祈祷，神秘而痛苦，不是神秘而高兴或荣幸。天黑下来时，他钻到一处墓穴里，脱掉裤子和内裤，抚摸了一会儿身体上那个粘糊糊的部位以后，把一杯放有毒药的西班牙佛朗哥红葡萄酒一口气喝掉，酒坊就在不远的地方。堂维南西奥再也没有睁开眼睛，据说他做了一件奇怪的

---

① 美国著名电影女明星。

事,那是因为假牙掉了下来。

“你看看,这是什么呀!”

“这位堂维南西奥一向有些古怪,这是实情。”

罗宾·列宝桑醒来时头有些晕,浑身骨头酸痛。

“吃片阿司匹林,喝碗汤好吗?”

“不喝汤,最好喝咖啡牛奶,给我一杯咖啡牛奶吧。”

罗宾·列宝桑浑身打哆嗦,拉蒙娜小姐在床上又加了两床毯子,并且给他脚下放了一个暖水袋。

“你这是发烧了,老老实实躺一会儿吧,身上出点汗就好了……这是我们唯一可以被人说的东西!”

罗宾·列宝桑过了三天才康复,他体温很高,说胡话。

“我尽说胡话了吧?”

“没有,还是老一套,有几句话很引起我的情感,你称我是一个不忠的妻子……”

拉蒙娜小姐笑了笑,表情显得很稳重,很高尚。

“我从来没有想到和你结婚,罗宾,我几乎对什么都不抱有不切实际的幻想。”

罗宾·列宝桑对她殷勤地笑了笑,回答道:

“蒙齐娅,请原谅我,我是很想和你结婚的,你真的不想吗?我这一辈子就是在幻想中度过的。”

炮团士兵卡米罗复员回家了,人不能倒霉一辈子嘛,坚持下来就是胜利。这里所说的倒霉,就是他因为胸部挨了一枪而一蹶不振,上帝在他的后颈上抽了一鞭子,好狠呀!那些人从背后把他身上的“圣心”扯去了。医生不怎么会麻醉,也不大会使用手术刀,还有医疗证明,就是开不下来,真的,宫廷里的事慢如牛,看来他们很苦恼。军政府在证明上盖了两三个栗色大印:奉第六军将军大人之命特开此证明,第十六轻炮团士兵卡米罗退役返回内格雷依拉

(科鲁尼亚)定居,军事医学法庭判定他已经身残,不宜继续在军队服役,返程可以乘坐火车,费用由国家支付。恳请交通当局不要为他的旅行设置障碍,要尽量提供方便,并且安排食宿。一九三七年六月二十一日,于洛格罗尼奥,胜利元年。军政府首脑签名,签名难以辨认。

“为什么不去帕特隆呀?”

“不知道,他的未婚妻在那儿,他大概不愿意和她结婚吧,谁知道到底是怎么回事呀。”

准尉把证明交给他,并且邪恶地朝他笑了笑,说:

“他妈的!这一切对你来说都已经结束了。你现在算舒服了,但愿你万事如意,你们这些混账年轻人总是走运。”

“是的,先生。”

我们好像在谈论征服美索不达米亚的战争。拉蒙娜小姐的父亲堂布雷希莫不愿意人们在埋葬他时痛哭流涕,也别流露出厌恶情绪。堂布雷希莫从来都是珍惜生命的,他用班卓琴弹奏狐步舞曲和查尔斯顿舞曲,他叮嘱在他的葬礼上燃放烟花。罗宾·列宝桑对拉蒙娜小姐说:

“你父亲挽救了你,你知道,没有任何人可以把我从厌倦的情绪中解救出来,这很令我痛心,蒙齐娅,很令我痛心,我对你发誓。”

我舅舅格拉乌迪奥年纪大了,但是却十分冷静地面对一切,人世间发生了什么事,都对他关系不大了。

“我的孩子,都是冒险家,一个人活着可以去做一些冒险的事,这是实情,你看看罗德斯①,比如说吧,或者阿蒙森②,他征服了南极,可是死在了北极,但是,那是另外一码事。糟糕的是到处杀人,

① 罗德斯(1853—1902),英国政治家,殖民主义者,1870年到南非开采钻石致富。
② 阿蒙森(1872—1928),挪威极地探险家。

西班牙不是屠宰场,那些一钱不值的冒牌英雄们不愿意付出劳动,只想去冒险,想一鸣惊人,向上帝和上帝的旨意挑战。你顶多是丢掉自己的性命,我们每个人早晚都是要死的。但是,那些人首先会丧失人格,你会懂得我的意思的,丧失尊严,这是因为冒险之后,随之而来的是饥饿,从来如此,以后则是灵魂贫困,出卖良心。”

卡山杜尔费人莱蒙多的伤势每况愈下,大腿浮肿,体温升到三十八度五,他又被送到医院里,这一次住进了南格拉雷斯·德·奥卡医院。

“您在南格拉雷斯·德·奥卡医院有熟人吗?”

“有熟人,做什么?我几乎在什么地方都有熟人。”

“太好了!你真行!”

住进南格拉雷斯·德·奥卡医院以后,卡山杜尔费人莱蒙多和志愿兵班长,即“小宝贝”伊格纳西奥·阿拉纳拉切·埃乌拉特交上了朋友,他身上带着那个吹大号的客栈主人堂科斯麦写给这个人的推荐信。

“堂娜帕乌拉好吗?”

“很好,像以前一样,经营客栈。”

“小帕乌拉呢?她又丑又讨厌!”

“也很好,上个月得了肠梗阻。”

“是吗?”

在奥伦塞,那儿离这儿很远,下了一场暴风雨。帕罗恰用马尼拉大披巾裹起身子来,大披巾上绣着象牙脸蛋儿的中国人,至少有三百个中国人,可能还要多。帕罗恰做着连祷,大卫圣殿哟,为我们祈祷吧,象牙之塔哟,为我们祈祷吧,圣母教堂哟,为我们祈祷吧。帕罗恰的大披巾很可能是全省最漂亮的马尼拉大披巾,也许是全西班牙最漂亮的。萨拉戈萨的贝皮塔、布尔戈斯的洛拉、科鲁尼亚的阿帕恰、萨拉曼卡的佩德拉、塞维利亚的齐格拉内拉、潘布洛那的土耳其女郎、巴达霍斯的马德里女郎、格拉纳达的比斯科恰，都没有这样的或者类似的大披巾，帕罗恰的大披巾漂亮极了。

“堂娜普拉，你这条大披巾要多少钱呀？”

“先生，您给我多少钱我都不卖，这条大披巾可不能拿出去。”

马尔科思·阿尔必德为我制作的那幅卡米罗圣像是世界上最好的圣像，有一张傻脸蛋儿，但是很机灵，看到它让人高兴。

“不要带到战场上去，也不要丢掉，不要弄坏。”

“不会的，我交给拉蒙娜小姐，让她珍藏起来。”

“她不会笑话我们吧？”

“我看不会，拉蒙娜小姐心地善良，很有教养。”

“是这样。”

当局从来没有获悉此事，但是，塞哥维亚人阿纳塔西奥·依盖鲁埃拉，也就是妻子跟摩尔人私奔的那个半个共济会会员，应该说是一个红玫瑰十字教派绅士，胳膊上刺着一个斜十字和四朵玫瑰花，问题是他从来不挽起袖子。堂阿纳塔西奥相信灵魂的轮回，相信人民之间的博爱和万有引力。

“喂，依盖鲁埃拉先生，您应该特别谨慎，不要大声发表自己的看法；这最后一点，说就说了吧，尽管要注意，但是另外两点，就千万别说了。人心总是曲解别人，常常会引发许多不快。”

“您也这么想？”

“对，我如果不这么想，早就把那些事说出去了。”

盲人高登西奥不轻易接受别人的指教。

“高登西奥，拉一支玛祖卡舞曲给一个比塞塔。”

“拉不拉得看情况。”

罗莎利娅·特拉苏尔费，也就是疯婆托拉，对任何东西都不抱怨。

“我很有耐心，上帝奖赏我，上帝看着他像被火车轧死的小猫儿那样死去了。问题是应该等待,永远等待下去,最后上帝会夺去那些老奸巨猾的人的生命,现在已经死了的那个坏蛋并不是老奸巨猾的人,这没有必要让我对您发誓,因为您是知道的。”

“小宝贝”伊格纳西奥·阿拉纳拉切·埃乌拉特曾在土得拉神学院学习当神父,但是,他并没有去从事那种唱弥撒的职业,而是及时地退了学,现在在巴利阿多里德攻读法律,如今已升入三年级。小伙子人很好,个子不高,对,个子不高,但人很好,一颗子弹打穿了他的两条腿,不过,现在好多了。

“不幸的堂科斯麦,还在吹大号吧?”

“还在吹,我觉得他现在应该吹得很好了。”

“他在财政厅的工作怎么样?”

“不知道,我想和以前一样。”

“小宝贝”伊格纳西奥·阿拉纳拉切·埃乌拉特以极为崇敬的心情谈论着他的一位亲戚,一个远房舅舅,即堂何塞·马利亚·伊利巴伦,他是《和莫拉将军①在一起的日子:内战中鲜为人知的场景》一书的作者。

“这本书给我带来的只是沮丧,因为萨拉曼卡那些隐藏下来的人一直想激怒他,而且险些得逞。”

奴霞·萨瓦德尔继续仁慈地关怀着盲人高登西奥。

“男女睡在一起干那种脏事,有什么不好?您以为盲人就没有感情吗?”

高登西奥很感激奴霞·萨瓦德尔。

“我来拉《蓝色的多瑙河》,好吗?”

“好的。”

“探戈《伊拉,伊拉》呢?”

---

① 莫拉将军(1887—1937),1936年在纳瓦拉统帅民族主义军队,后死于空难。

"也好。"

高登西奥喜欢听奴霞的声音,那声音甜蜜而优美,也喜欢轻轻地抚摸她的臀部。

"小宝贝"伊格纳西奥·阿拉纳拉切·埃乌拉特的那位亲戚曾经给莫拉将军当过秘书。在内战中,莫拉将军起过决定性作用,他做得很及时,不久便和他的传记作者一块儿死了,去另外一个世界栽种锦葵了。据"小宝贝"讲,迫害他舅舅的那个疯狂分子,在一家报纸《就这样》①上撰文,教给你购买二手汽车时怎样做才不会上当受骗。

"他管那么多?"

"谁知道呢!"

卡山杜尔费人莱蒙多十分惧怕那些隐藏起来的人,布尔戈斯和萨拉曼卡的那些小店铺,对,还有其他地方的小店铺,比前线还危险。那些隐藏起来的人都是狗娘养的胆小鬼,坏透了,他们所希望的就是偷偷地发财,尽管当权的人骑在他们父辈的头上拉屎撒尿。他们到处肆意制造诽谤、痛苦甚至死亡。应该给死人做忏悔,让他们安息。热情很高,你明白我说的意思吗?热情很高,当权的人应该注意到你的爱国热情,西班牙万岁!并不需要事事一帆风顺,如愿以偿,事物都是按照自己的方式发展的,不打搅别人就行了。冒险还不如安于现状更实际,更有益,这一点还没有被人们所认识。但是,我知道我要说什么,在小店铺里什么手段都用上了,告密、暗算、密谋,那些隐藏起来的敌人胆小如鼠。过了一些日子,还是在洛格罗尼奥,卡山杜尔费人莱蒙多曾对炮团士兵、表弟卡米罗说过:

"在这一切结束之后,舞文弄墨的人非上台统治不可,你会看

---

① 西班牙教会报纸。

到这一点的，搞法律的，搞新闻宣传的，还有那些隐藏下来的，会很好地组织在一起。他们不去逛妓院，而是冥思苦想，怎样做才合适，还经常祈祷军人的妻室，祈祷上校以上的军人妻室支持他们。他们不愿意听到枪声，他们一心想赚钱，拯救灵魂，而我们依然一贫如洗，把生命当作游戏，有时甚至丢掉生命，但是，那没有关系。”

“小宝贝”也看到前途未卜，面前的一切都处在危险之中。

“只有缰绳才能驯服野牛，这如同清澈见底的水一样明了。我看不到有什么好法子，那很不公平，你怎么看？上帝不应该允许那样做，问题是上帝根本不知道，也许对于他怎么都一样。我在身上中弹后骂了上帝，但并没有因此蹬腿死去，上帝并没有惩罚我。我现在不会死了，这说明咱们在上帝眼里无关紧要，这一点我不能向所有人说明。你是不是想到过自杀？我，我没有想到过自杀；我认为一个人无论如何都不应该自杀。”

对所有人来说，时间都是一去不复返的，罗西克莱尔像所有女人一样长大了，女大十八变，就是说越来越富有魅力了。

“我今天要让你戴绿帽子了，蒙齐娅，我知道那个人是谁，你也知道。”

“你真风骚，罗西克莱尔！”

对所有人来说，甚至包括死人在内，时间都是一去不复返的。

“如果人们不能看钟表，该怎样计算时间呀？”

“那我就不知道了，对于发生的事我几乎什么也不知道，但是，我很乐于面对现实。”

罗宾·列宝桑认为自己这辈子不走运。

“也许我还算一帆风顺，但是，我不能适应家庭环境，蒙齐娅，我是说我不能适应我的家庭环境。所有人都搞阿谀奉承那一套，我从来没有学会在城市里生活，这就要付出代价。我家的家规很严，让人烦透了，没有欢乐气氛，缺乏感情，表面上我们是一家人，平时以听神父和修女唠叨打发时光，一个个脾气暴躁，各怀鬼胎。我的家如同威尼斯一样，蒙齐娅，像威尼斯城一样，以回忆为生，并且渐渐地沉陷下去，不知不觉地沉陷下去，这已是不可挽回的了。在我家里，许多年来谁也不知道外面发生了什么事，也许这样反倒好。”

罗宾·列宝桑讲完话便睡着了，拉蒙娜小姐踮着脚尖走出房间，避免打断他的酣梦。

“事实上，我们两个都不走运。”

阿德拉和赫欧希娜，即“懒虫”蒙乔的表姐妹，常常同拉蒙娜小姐和罗西克莱尔跳贴身舞。

“我从领口露出一只奶头，好吗？”

“不要那样，最好把衬衣脱了。”

红十字会发布讣告说，卡山杜尔费人莱蒙多的母亲莎尔瓦多拉在马德里不幸逝世，属正常死亡。格列托舅舅自以为是个重要人物，欢快地弹起了爵士乐，就是新奥尔良的黑人也不如他呀。

卡山杜尔费人莱蒙多想象着一个比塞哥维亚人堂阿塔纳西奥·依盖鲁埃拉更年轻，也许更有文化的人，早就该给他或多或少讲一讲下面这段话：

“《官方公报》比战争本身还坏几分，这虽然不能言表，但确实是铁一般的事实。谁也无法怀疑，《官方公报》是伪善者的武器，那些家伙将成为伟大的战胜者，在五十年或者更长的时间里，天下是他们的，等着瞧吧。天主教团善于赚钱，瓜分所得，各得其乐。但是，更善于使用其工具：命令没收和销毁黄色的、马克思主义的、无神论的和所有不合要求的书籍（心灵病痛源于书籍），取消男女同校，市政府由民选省长任命（这有益于团结），清洗官员（公共福利事业不能由叛徒管理)，学校里必须尊崇圣母，(在做罗马式敬礼①时口中必须叨念：万福玛利亚！)建立报刊、书籍、戏剧、电影和广播的检查制度(不要把自由同自流混为一谈)，取缔集会结社自由(这是制造混乱的温床)，废除非宗教式结婚(这就是姘居)和离婚(实际上是鼓励卖淫)，禁止使用圣徒祭日表(反对异教的十字军)上没有列出的名字，这一切都严重地阻碍了西班牙的历史进程。"

可怜的依盖鲁埃拉并没有发生上面列举的那些事，也没有发生类似的事。依盖鲁埃拉尽量控制自己，不过多也不高声地思考，但是，卡山杜尔费人莱蒙多很想找个人谈一谈。

"这和您有关系吗？"

"没有关系，和我没有关系。"

塔尼斯·加莫索饲养的几条狗很凶，很镇静，从来没有白白出击过。凯瑟被狼咬成了重伤，他不得不砍一刀，帮助它死去，免得它继续受罪，那真是一件令人痛心的事，但是，他没有别的法子。塔尼斯·加莫索还有四条大猎狗：蝴蝶、珍珠、巫婆和花花，他不常带它们到山上去，因为每一条狗都价值连城，担心发生意外，也怕它们杂交，改变原来品种的特性。人们把塔尼斯·加莫索叫做"魔鬼"，因为他干事和魔鬼一模一样，心眼多，脑子快，在当地，没有一个人能与他相比。塔尼斯的妻子叫罗莎，她是"裤头"埃乌特洛的女儿，埃乌特洛因为往盲人高登西奥脸上吐痰而被赶出帕罗恰妓院。他惧怕他的女婿，担心有一天被女婿撕裂嘴巴。

"你这个倒霉鬼，为什么对塔尼斯那样敬而远之呀？为什么对目光正视你的人不敢正面回敬他一眼呀？"

"魔鬼"很喜欢脱光衣服在路西奥·莫罗的磨坊水塘里洗澡，有时马尔蒂尼亚村的疯婆子和他一块儿潜到水底。

---

① 即采取立正姿势，将手举过头。

“姑娘，当心点，别淹着！”

一个阴沉沉的早晨，路西奥·莫罗死在卡斯莫尼尼奥的路上，不幸的消息立刻传遍了四面八方。人们无法抑制心中的痛苦，马尔蒂尼亚村的疯婆卡塔利娜·巴茵特含着眼泪把磨坊主人埋掉了。

“他是一个大好人，从不伤害别人，他是水和百花的主人，也是岸边芦苇的主人。他的针线筐箩做得好极了，又结实又美观。我知道是谁杀死他的，我总有一天会看到这个凶手死无葬身之地。”

罗莎很邋遢，几个孩子脏得要命，两道鼻涕整天流淌着。她既不关心塔尼斯的整洁，也不关心孩子们的整洁，总是那么肮脏，这已经成了习惯。

“带上我的狗，你什么人和什么野兽都不用怕，凶狮呀，大熊呀，恶狗呀，都不用怕。我的狗谁也不怕，随时听从你的使唤，它们浑身有使不完的劲儿。”

塔尼斯·加莫索是那一带最强壮的人，一只手可以勒住一匹烈马，在脖子上或胸部给它一拳，能够把马打得连气都不喘一下。他为自己有那么大的力气感到好笑。不管是“葡萄牙女人”玛尔塔，还是阿奴霞西翁·萨瓦德尔，或者帕罗恰妓院的其他女人，都不愿意接待“裤头”埃乌特洛。

“他为了我可以穷死，甚至得麻风病死掉。我不必救他，也不必去看望他。”

塔尼斯还有几条放牧狗，它们像老鼠一样聪明，如百脚虫一样机敏。这几条狗既没有编号也没有起名字，根本没有这个必要，因为它们的品种不怎么珍贵，它们自生自灭，无声无息地生活。它们都很精，当大猎狗出击时，它们也一个个奔上前去，同野兽打迷魂阵。罗莎喜欢喝茴芹酒，每个人都有自己的怪癖，并且为自己的怪癖辩护，竭力保护自己，不让怪癖消亡。荨麻不会扎伤塔尼斯·加莫索,蟒蛇和巨蝎也不蜇咬他。

“那么说他的皮肤一定很坚硬了?”

“并不坚硬,那是因为他不会被扎伤和蜇咬,你舅舅格拉乌迪奥·蒙德内格罗也不会被扎伤和蜇咬,这是习惯问题。这种习惯,有的人有,有的人没有。当他想到有人要搜寻他时,他在住宅周围埋下了机关,至少埋了七处,然后等着他们上钩,温塞斯拉奥·卡尔得拉加那个没用的东西被一个机关套住了,你舅舅格拉乌迪奥·蒙德内格罗过了三天才把他弄出来,踝部刮破了肉,骨头都露了出来。其余的人像兔子一样逃走了,另外,也根本没敢吭气。”

“像死了一样?”

“是的,先生,像死了一样。”

卡山杜尔费人莱蒙多出院了,当然不会永远把他留在南格拉雷斯·德·奥卡医院里。“小宝贝”伊格纳西奥·阿拉纳拉切·埃乌拉特也出院了,腿有点瘸,但是保住了命,挺高兴。可怜的乔敏·加尔巴拉·拉劳诺都不如他们两个,他活了下来,这不假,但是失去了双手和眼睛。

时间不停地向前走着,什么纪念会、庆功会——当然要隐瞒事实真相了——也一个接一个地举行过了;我们民族主义者每夺取一个城市,后方的人就都跑到大街上欢呼庆贺,没有攻占的城市越来越少了,战争很可能已接近尾声了。阿尔范布拉战役期间,士兵像苍蝇一样倒下,“沙鱼”阿得利安·埃斯特维兹死在马德里战场上,他身上的子弹像筛眼一样多。战争,残酷的战争,布尔人战争①,欧洲大战②,梅利利亚战争,内战,这次是一场内战,我们这些战争的幸存者,每一个人的心中都有一个讣告栏,每当早晨起来想

① 经过两年的反抗,非洲南部的布尔人于1902年被英国人征服。

② 指第一次世界大战。

起死去的人时，都感到惊恐和痛苦。我们所有西班牙人都把伊莎贝尔和费尔南多①当作一面光洁的镜子。“水獭”七姐妹中最小的多洛利妮娅·蒙特塞洛·特拉斯米尔，已经从阑尾摘除手术中完全恢复过来了，现在她健康得像一只红苹果，看见她很让人高兴。许多青年人死去了，临时任命的少尉早就成了一具死尸，幸存者想到每个人将占有四个健康女人和一个瘸女人，也许会得到一点点安慰。特鲁埃尔收复了，阿吉列，我不知他的全名叫什么，死在洛格罗尼奥医院里，他的床位就在旁边，他是在特鲁埃尔撤退时受伤的。费列尼亚妓院的“摩尔女人”法蒂玛记起了她的朋友萨拉姆·本·法拉齐，他是混血摩尔人，嘴上留着小胡子，他不同意把腿锯掉，他说宁愿死去也不愿瘸着腿活着，他这样做也许是对的。堂赫苏斯·曼萨内多的女儿格拉莉塔的未婚夫伊格纳西奥·阿劳露·希德，刚到齐尔齐特就死了，他死了，他不想逃脱死神的魔爪。你们从赤色分子控制区逃出来，在城里找不到住处，而在加利西亚却能够找到便宜的房间。我们的巴莱亚雷斯巡洋舰被击沉了。赫欧希娜的第二个丈夫卡迈洛·门德斯死在奥维多战场上，子弹射进他的太阳穴，这和砍头一样。一个十分寒冷的夜晚，全加利西亚最大的妓女、疯婆巴西利莎对哈维利托·佩尔特加说，他是半个女人，我们女人的构造比男人好，挂着两个肉蛋儿，你不害臊吗？哈维利托·佩尔特加回答说，这不是我的过错，再说你也是个厚脸皮呀！你如果保持良好习俗，穿戴得体，也算效忠于祖国了，亲爱的，下这个决心吧！贝尔齐特收复了。莱昂的大商人佩尔佩托·卡尔内罗·亚马沙莱斯——他曾在遗嘱中表示要将自己收藏的扇子、邮票和金币交给帕罗恰——的儿子佩尔佩托·卡尔内罗·塔斯

① 伊莎贝尔(1451—1504)和费尔南多(1452—1516)是一对国王夫妇，曾对西班牙历史做出过重要贡献。

责,死在阿尔古别列山上,他腿上中了一弹,子弹并没有打到要害部位,但是由于没有及时取出弹头,因而流血过多。“女强人”皮拉尔满脸麻坑,她很会调情,不对,而是相反,当女人情火燃烧起来时,一切都会变得冲动。男孩和女孩从满两周岁起就应该着整体泳装,每一个人从小都应该养成良好的道德风尚。我们越过埃布罗河,会吹风笛的民警弗洛里安·索图略·杜列沙斯,在收复特鲁埃尔时死去了,子弹打中了他的眉心。玛鲁哈·门德斯是萨莫拉人,高个子,满头金发,总是大汗淋漓。她喜欢一个人玩纸牌,喝汽水,经常跑到贝坦索斯酒吧间,喝上一杯汽水。潘普洛纳主教欧拉切亚先生祈祷停止流血都祈祷厌了。夺取了莱里达、巴拉盖尔、特列姆、托尔托沙和亚兰谷地,伊希特罗·苏亚雷斯·门德斯,也就是在洛格罗尼奥医院偷死人东西的那个人,死在布里亚纳战场,那时他正在海里游,每次他从水中探出脑袋,都射过来一颗子弹,最后他淹死了。那位系蝴蝶领结、戴眼镜的先生,您看见了吧?看清楚了吧?好,他就是我的舅舅洛伦索,他能够按照自己的意志放屁,两个、三个、五个,想放几个就放几个。西班牙女人,你的服装,你的饰物,不应该采用反叛不忠的法国低级样式。酒宴那么多,应该有个规定。呆傻妓女永远不会摆脱贫困境遇,她们要好好地利用一切。霍吉娜是个傻妓女,见一次就够了,她的衣服都是粗针大线胡乱缝制的,有两个香瓜那样大的乳房也没用。傻妓女没有好办法,真够受的!西班牙,请你永远记住,唯一的、最好的菜肴不是德国的,而是西班牙的,它具有悠久的历史。占领了卡斯特利翁和布里亚纳,步兵班长巴斯瓜利尼奥·安特米尔·卡奇索死在佩盖利诺斯,他在战争期间的保护人疯婆巴西利莎继续给他邮寄巧克力和烟丝,会有人享用这些东西的,放心好了,扔掉吗?不会扔掉的。一个摩尔人给“水獭”姐妹中的依内希妮娅染上了严重的淋病,谁也不会死于这种病的,这是实情,但是很受罪。申请加入爱国募捐活动的小姐们披着西班牙披巾，攻打厄斯特列马杜拉，攻占了堂贝尼托、维利西努埃瓦·德·拉塞莱纳和卡斯杜埃拉。走私犯、猎人、斜眼乌尔瓦诺·拉丁·费尔南德斯当过后勤兵，他下套捕兔子，他喜欢干这个，但是有一次他被发现后逮了起来。我们为什么不抽一袋烟丝呀？我已经讨厌指挥棒，讨厌接受训导了，现在已禁止出卖肉体的女人到大街上公开拉客。赤色分子渡过了埃布罗河，还要乱一阵子。里卡多·巴斯盖斯·维拉里尼奥，据说曾是赫苏莎姨妈的未婚夫，在夺取桑坦德的战斗中被打死。不对，不是桑坦德战斗，而是特鲁埃尔战斗，是一九三八年一月一日打响的，那一天被打死的有加利西亚红旗游击队司令胡安·巴尔哈·德·吉罗加。里卡多·巴斯盖斯那一枪打在心窝上，对，人家都这么说。"葡萄牙女人"玛尔塔珍藏着三颗钻石和三颗红宝石，她总是把装有这些宝石的小铁盒带在身上，谁也不知道。巴利亚多里德市长劝阻人们不要去围观枪毙犯人的场面。在军事法庭执行悲惨的判决命令的那些日子里，从来没有那么多人去观看，其中有幼童，有年轻姑娘，还有一些夫人……这些人的出现说明他们不怎么赞成枪毙人，等等。夺取了塔拉戈纳、巴塞罗那和赫罗纳。费利蒙·拉希多·罗沙巴莱斯，即那个非法营业的公证员，曾使兽医麦达多·孔果斯的私奔妻子特雷莎·德·尼尼奥·明盖兹·干达列拉生活得十分幸福，他死在了瓦尔赛吉略战场上。他在大便时，有个人对他的头部开了一枪，那也许是为了寻开心，也就是说并不是出于恶意。塞瓦斯蒂亚娜！您吩咐吧，堂罗慕洛！你穿着衬裙站到阳台上，不感冒别进来。西班牙女人，你那灵巧的双手缝下的一针一线就是对寒冷的一次次征服和胜利，要知道，寒冷正袭击着为了祖国而牺牲生命的战士。攻占马德里，那是一九三九年四月一日，一九三九年是胜利之年：内战结束。

雨好像下了一辈子，我不记得以前曾下过雨，不记得还有过另外一种颜色，另外一种沉静。雨不紧不慢地下着，雨点轻轻地滴落下来，一滴一滴地滴落下来。雨不知道从什么时候开始下的，也不知道何时结束，据说水总是要流归河床的，这是实情。我又听见乌鸦在歌唱，但是，这一次歌声却不同，并不十分细腻动听，比以前凄惨模糊。歌声像是一只幽灵之鸟从喉咙里发出来的，也就是说，那只鸟的心灵和记忆都处在病态之中，很可能这只乌鸦老了，它的希望破灭了。大气中有点异样的东西，据说有几个人停止了呼吸，那几座山上人头滚动，这是卑劣行为造成的后果，同时，也落下了眼泪，落下了很多眼泪。大地和天空的颜色一样，大地和天空是由一种高尚的、思乡的物质组成的，山界消失在了轻柔的雨滴后面。浅绿色和浅灰色保护狐狸和野狼，战争没有使野狼丧命，战争没有除掉野狼，没有杀掉野狼，战争是人反对人，反对人的欢快形象。现在，人的形象凄惨，看上去很羞愧，我看得不大清楚，但是对我来说，人在战争中打了败仗，这个痛苦的动物很背时，这个痛苦的动物没有吸取教训。如果有谁要求和平、仁慈和宽恕，任何人都不会理睬他，胜利冲昏了头脑，但是，胜利也是一剂毒药，胜利使胜者昏昏然，使他昏睡不醒。卡山杜尔费人莱蒙多身体有些不适，拉蒙娜小姐对他说：

“你很快就会恢复健康，好起来的，你不要担心，重要的是活着坚持到最后。”

当出现寂静气氛时，西班牙人说有天使经过那里，英国人则说，又有一个穷鬼出生了。卡山杜尔费人莱蒙多过了好一会儿才回答：

“蒙齐娅，你对我很好，你觉得我是和以前一样活着吗？你说说，我是在百分之百地活着吗？”

“你是和以前一样活着，莱蒙多，你在百分之百地活着，百分之百地活着，过些日子你就知道了。”

罗宾·列宝桑送给卡山杜尔费人莱蒙多一瓶威士忌。

“说不定这是全加利西亚最好的威士忌,是葡萄牙的温塞亚一家的大儿子刚刚给我带来的,你好好收藏起来。”

把清算血债的事交给法律团体是一大错误,步兵本来可以做好这事体,又快又宽容,就是出现一点小问题也不打紧。在《伊尼德》①里有这样的话,神仙也是紧紧拥抱的,这是小节,无关大局。严重的不是胆大妄为、玩世不恭的嫖客和酒鬼去冒险制造混乱和暴力,而是当政的胆小鬼、有权势的胆小鬼制造混乱和暴力。他们谨慎、吝啬,是一群令人作呕的傻瓜。平庸之辈经过深思熟虑而制造的长久暴力是最可憎的,因为它给生命的健康进程糊上了一层厚厚的纸,这不是公正的举动,而是哑巴狂欢节上的假面具。行政机关的蛀虫猛于山间野兽,它更为低级,它更具有复仇性,于是,人失去了方向,精神变得失常,最后倒下。人不是厌烦,不是逃走,不是自杀,他们不是这样,而是惊恐、畏缩、软弱,他们做着最苦恼、最愚蠢的事,他们鼓励鲁莽行动,强化统治,你只要看看报就知道了。这很不公正,也不光明正大,公正依然是相当遥远的梦,光明正大像一朵不幸的鲜花被暴风雨打得凋谢了。昨天早晨六点钟,军事法庭星期四宣判的七十三名死刑犯被枪毙了,等等。

“蒙齐娅,这如同一场大地震,我的眼睛依然模糊不清,也许过一段时间才能看清楚。”

“不要去想它了。别把威士忌打开,保存好,留着你一个人喝。我来给你配一杯酒,当然啰,也给你配一杯,罗宾。”

卡山杜尔费人莱蒙多喜欢喝现配的酒,但必须是苦艾酒加上杜松子酒,各占一半,再加几滴苦啤酒、一片薄荷、一颗野樱桃。

“我这里没有冰。”

---

① 罗马诗人维吉尔(公元前70—前19)的史诗,同《伊利亚特》和《奥德赛》齐名。

“没关系，我们就当它已经冰过了。”

卡山杜尔费人莱蒙多喝着现配的酒，顿时忘却了那些令他失望和痛心的事。

“在科鲁尼亚，美洲咖啡馆和航海咖啡馆都卖现配的酒，美洲咖啡馆坐落在皇家大街的左侧，对堂奥斯卡尔必须倍加小心，我只和我的表兄弟去，有时和安帕罗去，安帕罗真是一个好姑娘！我应该回科鲁尼亚看看她去，她也许有男朋友了，很可能有男朋友了。”

贝妮希亚不识字，也不会写字，她没有必要会，会了也没有多大用处，我不敢肯定识字和写字有什么用处。贝妮希亚的奶头像两颗瘦栗子一样，过了这么多年，还没有长大，她总是满面春风。

“贝妮希亚。”

“您吩咐吧，堂莱蒙多。”

“到店里去，给我买一包火柴，还要一本信纸。”

“邮票呢？”

“也要邮票，给我买四张吧。”

“要虔诚的天主教徒、王后伊莎贝尔的，还是最高长官①的？”

卡山杜尔费人莱蒙多笑了笑。

“有哪种就要哪种，讨厌鬼，有哪种就要哪种吧。”

今年去圣巴依拉参加朝圣圣母活动的人不多，圣巴依拉就在拉林过去一点的地方。今年是愚昧的死人年，是惊愕的犯人年，是心中指南针折断了的游牧人年。今年去的坏人少，民警多，据说要改变我们的习俗，去看热闹的少了，吹风笛的少了。

“可以吹风笛吗？”

“白天可以。”

那棵茂盛的大栎树下，一个女人用念珠敲打着一个天真的小

---

① 指佛朗哥。

伙子,让他把魔鬼从嘴里吐出来。

“猪猡,你是想让魔鬼总那样待在身体里呀!快吐出来吧!撒旦,魔鬼,你快从这个小伙子身上跑出来吧!”

卡山杜尔费人莱蒙多感到厌倦,他看到一切都有些异样和做作,当然啰,他感到厌倦很自然。

“蒙齐娅,咱们走吧?我觉得在加利西亚连念珠都失去了它的作用,我们为什么不早出生一百年,或者晚出生一百年?”

在回归的路上,卡山杜尔费人莱蒙多几乎一直沉默不语,表情忧伤。他们坐一辆旧埃塞克斯,那是拉蒙娜小姐从一个葡萄牙人手里买来的。她的那辆庄重的黑色汽车和那辆漂亮的白色汽车,战争一开始就被征用了,自那以后她再也没有看见过,一定为某个人效了力。

“你在想什么?”

“什么也没想,你已经看到了,有一个讨厌的想法一直在我的脑海里翻腾。”

雨点怀着爱轻柔而镇静地滴落在绿色的荒凉田野上,滴落在黑麦上,滴落在玉米上,也许雨点并没有怀着温存的爱,也不是轻柔地、慈祥地滴落下来,很可能是怒冲冲地突然倾盆而落,因为雨也被改变了原来的模样。卡山杜尔费人莱蒙多坐在拉蒙娜小姐身边,又开口讲了起来,不过,无精打采。

“西班牙是一具死尸,蒙齐娅,我不愿意去想它。但是,对于西班牙变成一具尸体,我感到害怕,我不知道我们要过多长时间才能把这具尸体埋掉,我也许是错的!但愿西班牙没有死去,西班牙只是暂时处在昏迷之中,它还会醒过来的!西班牙是一个美丽的国家,蒙齐娅,只是命运不好,我知道,这不能用语言表达,可是,你说呢?我们西班牙人已经没有勇气生活下去了,我们西班牙人应该做出巨大的努力,应该付出很多很多精力,才能避免自相残杀。”

太阳还没有落山，拉蒙娜小姐和卡山杜尔费人莱蒙多就回到了村子里。

“把我放在家里就行了，蒙齐娅，我觉得累极了，我先睡一会儿，不吃晚饭了。”

“好吧。”

生命仍然伴着死亡，看来这是上天的大法，有的人把这叫做没有生气，另一些人则看不见这一点，他们看不见生命，也看不见死亡。

“你的脸色有些苍白，蒙齐娅，脸色不好看。”

“对，我有三四天没睡好觉了，不知道是怎么回事，也许是因为月经不正常吧。”

高登西奥懒洋洋地拉着手风琴，外乡人的声音不可能使心脏充满激情地跳动。“葡萄牙女人”玛尔塔是受人尊敬、得人欢心的女人，她很知道自己的职责。

“我做的一切我本人知道，我专心致志，付给我多少钱都可以，我从不过问。”

高登西奥拉起了施特劳斯的华尔兹舞曲《维也纳森林的故事》，旋律非常浪漫、细腻、动听。格莱门特·帕罗马雷斯是军曹，是负责后勤军务的军曹。他喜欢吓唬女人，有时还打骂她们，实际情况是，我们都喜欢干那种事，问题是钱要给得多一些，或者找到一个听你吩咐的。

“对于我，给多少钱都不在乎，给钱就行，知道吗？但是，你如果让我流出血来，我就骂你是狗娘养的，你如果让我流泪，我就杀掉你，这是上帝的意志！”

“我要送给你一块红宝石和一颗珍珠，玛尔塔，红宝石像一滴鲜血，而珍珠是一滴眼泪，是一滴眼泪。”

“好吧。”

堂娜普拉，也就是帕罗恰，浑身大蒜味，她并不喜欢这种气味，而是为了治病。堂娜普拉，也就是帕罗恰，血压高，她吃早饭时总是要食用一点调味蒜油，一心想把血压降下来。大蒜是抵抗瘟疫的良药，还能防备吸血鬼，驱打寄生虫，大蒜的缺点是留在嘴里的难闻气味不容易消失。堂安赫尔·阿列格利亚，矫形外科，修复手术，搜集社会救济总署的徽志，西班牙天才的天才塞万提斯，西班牙步兵，十八世纪的步枪射手，马略尔卡，美丽群岛的明亮珍珠。堂安赫尔患睾丸炎，阴囊肿得像棵大菜花，帕罗恰妓院的女人都远远地离开他，仿佛他得了霍乱似的。

“不行，不行，您别过来，您还是和您夫人睡觉去吧。您如果不愿意，那就忍着点儿吧，在这个世界上，我们大家都得忍着点儿。堂安赫尔的那东西烂成了脓水，可别让我倒霉一辈子，我还要靠身体谋生呢。”

马麦德·佩特莱依拉被判处死刑，因为他私自带着枪支跑到山上，被捉到了，那是一桩十分严重的罪行。他妈妈站到佛朗哥经常经过的拐弯处，扔给他一封信，请求他免除儿子的死刑，佛朗哥卫队以为那是一颗炸弹，开枪把她打死了。这时佛朗哥读了信，当即决定赦免，于是把死刑改判为三十年劳役。马麦德·佩特莱依拉在被押往劳役场的路上逃走了，他现在躲在霍尔赫·拉梅依罗家里，谁也不知道，对了，他的妻子是知道的，他妻子很正直，人可靠。马麦德·佩特莱依拉躲藏在一口枯井里，里面有垫子、毯子，至于饭菜，都是用绳子和滑轮送下去的。他每隔两三天趁夜深人静时上来一次，活动一下四肢，洗漱洗漱。

“至于我嘛，你愿意待多久就待多久，对卡门也一样，我们都认为这种状况不会持续一辈子。”

“我不知道该对你说什么，也许要比我们大家估计的时间更长久。”

许多年以前,年轻人拉萨罗·科德沙尔在这几座山上活动,他的脑袋像辣椒一样光秃,眼睛如同泉中的清澈水滴。拉萨罗·科德沙尔是被里弗的摩尔人杀害的,现在已经没有谁记起他了。

“他使那么多姑娘受了孕,她们当中也没有一个记起他?”

“没有一个记起他。”

人们保持着沉默,但是,没有任何东西永远一成不变,永远是原来的模样,现在更是如此,也没有任何东西永远按固有的模式发展下去。帕罗恰妓院的嫖客不再气喘吁吁,不再得到享受,为什么?他们已经不呼吸不走动了,他们死了,埋了。堂娜根玛的丈夫堂德欧多西奥心脏病突发死去了,可怜的堂德欧多西奥最喜欢的妓女应该是维希,她总是那样温柔,笑脸盈盈。堂赫苏斯·曼萨内多那条老狗死时全身臭不可闻,帕罗恰妓院的女人都躲开他,他经常给她们八九个雷阿尔的小费。“猫脸”卡维尼多·贡萨雷斯也是一个令人讨厌的家伙,他在门廊里被人砍了两刀,一刀在喉咙,另一刀在胸部。人们都把莱苏列克西翁·佩尼多叫做“云雀”,因为她看上去好像随时准备起飞似的。“云雀”看见“猫脸”的尸体时吓了一大跳,“云雀”是第一个发现“猫脸”尸体的。在帕罗恰妓院里,没有一个人为他的死掉过眼泪,那个人的身上有着和他本人背道而驰的东西,这从脸上可以看出来。“葡萄牙女人”玛尔塔善于观察死人的内心世界,“葡萄牙女人”玛尔塔名不虚传,她是一个善良女人,很会动情,明白人介绍说,她的屁股像西瓜那样喀喀作响。我一直注意观察,不止她一个人是这样,还有一两个女人也是这样。高登西奥拉了一支欢快的斗牛士进行曲,《马西亚尔,你是最伟大的斗牛士》。赫苏莎姨妈的未婚夫里卡多·巴斯盖斯·维拉里尼奥,我们大家都说他是赫苏莎姨妈的未婚夫,而实际上并非如此,他也常去帕罗恰妓院,次数不是很多,完全是出于治疗目的,防止体温升高。有时,一个人简直都走不了路呀。对里卡多·巴斯盖斯·维拉里尼奥来说,随便一个女人都是好的,他口味不高,唯一的要求是让他接近她们。路西奥·莫罗很少去奥伦塞,但是,他每次去那里时,都要到帕罗恰妓院看看。路西奥·莫罗喜欢乳房丰满的女人,喜欢喝茴芹酒,喜欢探戈舞曲。

"这个令人讨嫌的高登西奥很会拉手风琴,这我当然相信了!他的手风琴比世界上任何一个人都拉得好。"

堂赫苏斯·曼萨内多那个婊子养的家伙死了,他女儿格拉莉塔的未婚夫也死了,不幸的伊格纳西奥·阿劳霍·希德,由于忍受不了恐惧,战争期间乖乖地让人打死了,他很可能是心甘情愿地让人打死的。那些婊子养的不三不四的人把别人的性命握在他们的手心里,杀了人还恶毒地哈哈大笑。那些不幸的人死了,一声不吭地让人家活活打死了,太惨了,太令人羞辱了。堂赫苏斯·曼萨内多和他的那个无所作为的女婿也常常去帕罗恰妓院,人们需要放松一下,而放松就要找一个合适的场所,这很自然。我认为唯一没有去过帕罗恰妓院的就是炮团士兵卡米罗,我不知道我为什么要这么说,他也没有死,他的家离这儿很远,他几乎从来不到奥伦塞这边来。

"那么,他一定常去蓬特韦德拉了?"

"是常去那里,还有圣地亚哥,他去圣地亚哥要比去蓬特韦德拉的次数多,帕特隆人可以算是半个圣地亚哥人。"

前面提到的其他人都已经死了,并且埋掉了,但愿上帝早已宽恕了他们。之所以没有再提他们,是因为事情想要结束自己的进程,还有,并非所有死了的人都是帕罗恰妓院的顾客,有好几个就不是,在奥伦塞还有别的妓院。圣蒂斯特万神父在讲道时勃然大怒,他把这些妓院叫做堕落的女人之家、拉皮条的窝穴、人肉市场。

"至少还有一百个名字,但是,那个幽灵并不知道。"

大部分人身上都有反叛的一面,这倒没有太大关系,因为这是人的一大特征,这个特征人人皆知,知道就行了。堂卡斯托·博莱戈·桑切斯-普恩特降低尿酸指数以后,身上的那股劲大大减弱了。先前没有一个人能够对付他,帕罗恰妓院的女人都视他如虎似狼,就是帕罗恰那样天不怕地不怕的女人,也不敢小看他,付不付钱没什么关系,最好快些走掉,走掉算了。堂卡斯托被汽车撞了,没有死,但是,两条腿断了,另外,司机根本没有理睬他。堂卡斯托说司机是意大利人,汽车上的人都是意大利人,天知道是不是!夜间巡逻的人发现了他,把他半拖着送到急救站;看样子,堂卡斯托拉了一裤裆屎尿。

“喂,堂娜普拉,有一个留着小胡子的上校,是马拉加人,名字叫费尔敏·朋冬·帕斯,您还记得他吗?总该记得吧,亲爱的,他来这儿什么也不干,只坐在客厅里天南海北地聊大天,舍不得花钱。”

“啊,知道了,我还记得他!他出了什么事?”

“没什么事,昨天晚上被人用一个老大的汽水瓶子打死了,当场就死了过去,连一口气都没有喘上来。”

“太不幸了!在什么地方?”

“在大街上,从‘独眼母马’妓院出来以后就闹翻了,军事法院正在干预此事。”

“我的天!”

卡山杜尔费人莱蒙多对罗宾·列宝桑·卡斯特罗·德·塞拉说:

“这次该轮到你以卡米罗舅舅的名义召集亲戚们聚会了,依我看,应该请莫兰人,这是当然的,不过也要请古欣德人,多请些人没关系,因为事情很重要,我们大家都应该发表意见。在聚会之前,我们绝不能声张出去,蒙齐娅把她的房子让给我们,她的房子条件好。”

拉蒙娜小姐的父亲堂布雷希莫是著名的飞行技巧表演家维得林内斯、加尔涅尔、莱福列斯蒂尔和拉贡贝的好朋友,他们在空中翻滚跳跃,入夜,飞机上亮着彩色的灯光。每个座位二十五或五十分币不等,那要看座位的位置了。贵妇人戴着宽边礼帽,披着薄纱,十分漂亮,这是许多年以前的事了,那时拉蒙娜小姐还没有出生呢。

我们所有莫兰人都有一张马脸,牙齿分离开来,有的人分离得很厉害,这一点炮团士兵卡米罗已经提到过一次。还有人说我们浑身都是蜡烛味,朝圣和参加婚礼时都喝得醉醺醺的,但这不是实情。古欣德人不大被人注意,原因是他们同其他人通婚使血液混杂了,也许是这样,我不能说不是这样,但通婚以后,种族不但不会失去自己的特征,反而会更加显现出来,不过,两者的特点有时会混在一起,血统也是这样。常言说得好,一个东,一个西,血统在哪里?你会懂得我的意思的。我们莫兰人并不全是帕尔多·德·塞拉元帅的后代,尽管其中大部分人都是他的后代;在当时,元帅并不是指挥军队的首长,而是管理马夫的领班。埃维利奥舅舅长得很帅,人们都叫埃维利奥舅舅是“野猪”,因为他身材魁梧,生性粗野。“野猪”很少下山来,和外乡人根本不打招呼。战争期间,“野猪”遇到了许多困难,但是他很走运,一个个都克服了。

“那是饿死鬼之间的官司,严肃的男人绝不会变化无常、突然自杀的。他们很像法国人,他们做的事情和驯化山羊差不多,除了吉卜赛人以外,谁也不会想到驯化山羊的。”

“野猪”喜欢吃、喝、抽、嫖、玩,“野猪”是一个主张发扬传统习俗的绅士,在这一点上,他和格拉乌迪奥·蒙特内格罗舅舅是一样的。

“这么说您不惜用子弹保护自己的怪癖了?那好,您就保护吧,但是,您应该亲自把子弹射出去,不要叫别人替您射。拿上猎枪,到山上去吧,像个男子汉,放他两枪,看看吧,您如果有胆量,那些人就会退缩,吓得全身哆嗦,向您求饶,而且没话找话说,问您现在几点钟了。”

“野猪”已经七十岁高龄了,戴着一副眼镜。

“这都是因为年龄,我年轻时眼睛很好,比谁都看得远,但是这不能保持一辈子,我知道得很清楚;糟糕的不是老了以后而是正当风华正茂时就戴上眼镜,年轻时戴眼镜的,不是神学院的学生,就是女人气十足的男人。”

“哎呀呀,埃维利奥舅舅,是不是所有人都这样?”

“几乎所有人都这样,也可能有例外,我不能否认。”

“野猪”的妻子已经死了好多年,五十多年了。“野猪”的妻子又漂亮又聪明,她总是戴一串珍珠项链,衣着入时。虽然有人给他介绍女朋友,但他一直没有结婚,整天到处找野花。这个女人我喜欢,那个女人我不喜欢,我让这个给我生个大儿子,儿子进神学院,再让那个给我生个胖丫头,给她开一家店铺,他就是这样打发时光的。“野猪”请人在亡妻墓前立了一块白色大理石碑,并且在上面写了这样一段墓志铭:正因为你和圣母一样都叫玛利亚,我才为没有给你照张相而永远感到悔恨。

“这也像诗句呀?”

“是不像诗句,‘野猪’从来不会写诗。”

“野猪”把自己厌倦的东西和蔑视的东西划分成几类,以厌倦和蔑视的程度而论,从大到小依次排列是这样的:神父、军人、意大利人、缉私队员、掘墓人、矮子和结巴。

“葡萄牙人呢?”

“不包括,葡萄牙人不包括在内。”

萨比尼亚诺·萨格拉蒙·罗依迪斯不但口吃,而且说话时还唾沫四溅,溅到侍童脸上。萨比尼亚诺是个很令人讨嫌的人,他经过这里的苦难谷地时，所有人都被他吐过唾沫，真让人难以忍受。他的妻子胡斯蒂妮塔·塞莱依莎尔·罗依博斯一直让他戴绿帽子，直到一天她厌倦了，不想再争吵、隐瞒下去了，就一下子跑到大街上，把丈夫送进疯人院，自己跟一个名叫费利佩·阿尔比奥尔·福尔内尔的卡斯特龙人走了。那个人其实是卡斯特龙辖下的阿尔卡拉·德·齐维尔特人，他有一家扁桃仁糕作坊。

“还做榛子糕、松子糕和其他硬果糕吗？”

“对，也做，阿尔比奥尔拼命地干，什么样的果仁糕都做。”

胡斯蒂妮塔从来不欺骗她的情夫，尽管有人引诱她，她一直没有让阿尔比奥尔戴绿帽子，据说她对萨比尼亚诺的那股激情已经完全消失了。

“我看萨比尼亚诺很正派！”

胡斯蒂妮塔是“野猪”爱妻的侄女，所以和“野猪”还算沾亲带故呢。胡斯蒂妮亚打扮得和城里女人一样，穿一双红色高跟皮鞋，带子系在踝骨上。

“这倒问题不大，反正什么鞋都要踩在地上，都一样，穿着鞋就行。至于说到穿什么妓女鞋呀，那都是次要的，只要在一个地方定居下来，其他的就不打紧了。”

“野猪”打发人把卡山杜尔费人莱蒙多叫来了。

“人们的情绪在渐渐冷下来，你想怎么处置那个卑鄙的家伙呀？你知道我在说谁。”

“您可以想象得到，埃维利奥舅舅，但是，还应该听听大家的意见，我已经告诉罗宾把大家都召集来。”

“好吧。不过，不必着急，事情还没有结束，还有时间！”

玛鲁哈·博德隆·阿尔比雷斯，也就是和塞尔索·巴列拉私奔的那个朋费拉达女人，还保存着堂赫苏斯·曼萨内多的讣告：尊贵的堂赫苏斯·曼萨内多先生，上帝和圣母的虔诚崇拜者，我们天父功绩卓著的使奴、律师、法院代理人，做完忏悔以后带着教皇的安慰和祝福安详地谢世了。安息吧。凭这份讣告可以得到一公斤面包，圣科斯麦的面包坊在七天内可以供应这一公斤面包，以帮助亡灵。

“有些讣告，让人看了高兴，您说是不是呀？”

“是的，亲爱的，有些讣告让人高兴。”

“说到底，但愿他安息。”

“对，最能证明上帝存在的，莫过于堂赫苏斯·曼萨内多最终获得安息了。”

玛鲁哈·博德隆冷静下来以后，和佛朗哥卫队的一个摩尔人结了婚，那个人叫德里兹·本·高沙法特。

“他对我很好，在床上表现得像个基督徒，我的德里兹有一个驴那样的‘家伙’，他掏出来，简直吓死人。”

“玛鲁哈！”

“请原谅，我刚才说走了嘴。”

“在这里，要想让事情都恢复到原来的状况，那可要费好大的力气。现在，人们什么也不干，东游西逛，这怎么能够振兴国家呀，不用多久，我们大家就都非挨饿不可，但愿英国人或德国人别大兵压境。”

阿布·阿拉·阿齐兹·本·梅鲁安，外号叫“葡萄牙人”，也是摩尔人，他已经死了好几百年了。这儿一直有摩尔人，他们当中有的珍藏着黄金，有的珍藏着宝石，还有的把虱子传给别人，整天在麻风烂疮上抓痒。现在有好多西班牙人是患麻风病的伊斯兰教徒的后代，这可以从职业上看出来，堂格列门德·巴里兹，也就是堂娜丽塔那个自杀身亡的丈夫，人们都叫他“富翁”，因为他是一个“全富”的人物：身体重，钱财多，“绿帽子”多，厌世情绪盛，等等，他什么都多，堂娜丽塔想让先前就与她有来往的，后来又同她成婚的神父堂罗申多·维拉尔在堂格列门德弥留之际给他涂圣油。

“我不能去做那种事,亲爱的,如果死亡的危险不是源于病痛的话,是不能涂圣油的,绝对禁止这样做。”

“他已经是死了的人,而且死因又是多方面的,你还说什么死亡的危险呀?”

“真的,真的!”

可是,堂娜丽塔摆好桌子,铺上洁白的桌布,在托盘里放了许多小棉球,那是从卫生纱布上摘下来的,因为已经没有备用的了,另一个托盘上盛着面包渣、几块柠檬、圣水,等等。堂罗申多神父开始祈祷。

“万能的上帝哟,请您赐福。”

“阿门。”

赫欧希娜和阿德拉是蒙乔·雷克依索·卡斯博拉多的表姐妹。赫欧希娜杀害了她的第一个丈夫阿道夫·佩诺塔·阿乌加莱瓦达,他也许是自己上吊死的,众说纷纭,她让他喝了仙草汁,到另一个世界去寻找爱,而对另一个男人,即卡迈洛·门德斯,他在奥维多受围困时被打死,她每个星期都给他吃导泻药,从而使他变得温顺起来。阿德拉咀嚼魔草,整天像个梦游患者似的。蒙乔非常感谢他的表姐妹的母亲,他的米卡埃拉姨妈,因为他小时候,姨妈天天逗弄他玩,有些事情一辈子也忘不了。

“现在,家庭关系都比较松散,各走各的路。”

很遗憾,“沙鱼”还没有把安蒂奥基亚城的大钟偷走就被打死了,很难找到另一个像“沙鱼”那样善于潜水的人。

“你还记得那天夜里你们去帕罗恰妓院取暖吗?”

“当然记得!为什么不记得呀?有些事情永远也忘不了。”

可怜的阿吉列,他因为吐血而死掉了,他的遗物被伊希特罗·戈麦斯·门德斯,我是说,被伊希特罗·苏亚雷斯·门德斯统统偷走了，凡是死人的东西他都偷，从不放过一个。伊希特罗·戈麦斯·门德斯是在布里亚纳战场被打死的，当时他正在海里洗澡。我不知道为什么常常记起医院和战争的场面，对了，实际上我什么都记得。

“那不是很好吗？”

“我不敢十分肯定那是好还是坏。”

拉蒙娜小姐也想拜访“野猪”，“野猪”像个老祖宗似的，并不是每次都能见到他。“野猪”在肩胛上方刺了一条美人鱼，但只在自己生日那天露出来给别人看一看。他的生日是五月十一日，五月十一日就是和他同名的圣神的纪念日，还有别的圣神，安蒂莫圣神、埃维利奥圣神、马克西莫圣神、巴索亚圣神、法比奥圣神、西西尼奥圣神、迪奥格西奥圣神、佛罗伦西奥圣神、阿纳斯塔西莫圣神、甘古尔弗圣神、马梅尔托圣神、马约洛圣神、伊鲁米纳多-佛朗西斯科·德·赫罗尼莫圣神。五月十一日是炮团士兵卡米罗的生日，“野猪”风度不凡，满头鬈发。

“喂，蒙齐娅，生活对于所有人都是艰难的，生命抵制死亡，就如同死亡扼杀生命一样。然后，最后总是死亡战而胜之，因为死亡不像生命那样来去匆匆，也不像生命那样羞涩。”

“对，舅舅。”

“当然对了！喂，蒙齐娅，战争已经结束了，许多不幸的人不是倒在山上就是倒在沟渠里，肠子和脑浆都流了出来。但是，我们，我们家的这些人，几乎都健康如初地留在了自己的家乡，不需要去学习别的语言、别的生活习惯。强迫一个人改变固有的东西很不得人心，而且对于心灵来说也是痛苦的。”

“对，舅舅。”

“当然对了！喂，蒙齐娅，我对意大利人、希腊人和土耳其人没有好感。我本人喜欢英国人、荷兰人和挪威人，他们不是那么活跃,但人可信,不说大话空话。”

“对,舅舅。”

“当然对了！你想喝一杯吗?”

“对,舅舅。”

“你只会说‘对,舅舅’?”

“野猪”斟了两杯甘蔗白酒。

“甘蔗白酒不烈,从不伤人,水手为了同大海搏斗,总是喝这种酒,它对女人也有裨益。你认识矫形大夫安赫尔·阿莱格利亚吗?”

“不认识,为什么?”

“不为什么,我只是问问。”

“水獭”七姐妹避开了风暴,平安无事也好,艰难曲折也好,总算避开了。有些事对男人的震撼要比对女人强烈,这虽然不是规律,但十次也有八九次如此。对于一个男人来说,最糟糕的是自己死了还不知道是怎么死的,我这里不是说灵魂,不是永恒的拯救或者永恒的地狱,而是指肉体和肉体的消失。摩尔人连一根指头都不愿意被割掉,他们要带着完整无缺的身体升入天堂。一具尸体埋葬起来,被蛆虫吃掉,这和扔进大海被鲨鱼吃掉就是不一样,和被野狗撕碎后吞到肚子里也不一样,和火化后飞散空中,变成麻雀的食物也不一样。有的人一辈子靠吃男人的尸肉活着,直至他本人死去。这种可怕的事绝不会袭扰女人,“水獭”七姐妹仍然活着,没有什么大的操心事,她们还是那样漂亮,那样健康。

“多洛利妮娅,她已经从阑尾摘除手术中恢复过来了吧?”

“当然啰！她现在长得像朵花似的,让人看不够。”

罗宾·列宝桑和卡山杜尔费人莱蒙多对哲学津津乐道,高谈阔论。拉蒙娜小姐留他们吃点点心,罗宾说得多,因为莱蒙多有些疲倦,他疲倦已经有好几天了。

“生活下去,要学会伪装,莱蒙多,我,我由于身体不太好,身体弱,我在生活中要学会伪装,事实上,和你相比,我的生活不够丰富多彩,比如说吧,我本想活得快活些,但我不得不安于现状,耐心,应该有耐心!我认为,距离我们遥远的东西是没有生命力的,是不存在的,你知道我说的是什么。世界的轴心就是我们本人的心脏,就是蒙齐娅的家。距离我们遥远的东西也许根本就不存在,一个秘鲁印第安人吹笛子,一个爱斯基摩人捕捉海豹,一个中国人抽鸦片,你想象得出来吗?一个黑人吹奏萨克管,一个摩尔人给蛇施魔法,一个那不勒斯人吃长面条,世界十分狭小,人生短暂。‘懒虫’蒙乔周游了整个世界,是这样,‘懒虫’蒙乔在瓜亚基尔时曾经谈过恋爱,可是你们其余的人就根本没有走出这里的大山一步,而这为的是打仗,我还不如你们呢,对了,并不是所有人都这样,但大部分人如此。当然,谁也不敢肯定,出去见世面就是件好事,最为理想的是,一个妙龄少女坐在小板凳上,面对着暖烘烘的壁炉,弹奏琵琶。在动乱期间,铲除了以前的那些习俗,那些习俗随着动乱完全消失了。现在什么都变了,变得更糟了,一个时代死去了,另一个时代诞生了。莱蒙多,黑麦年年生,黑麦年年死,然而栎树比人活得长久,没有沉湎于不足挂齿的小事里,莱蒙多,你是懂得我的意思的,还不如在太阳穴开一枪呢。”

卡山杜尔费人莱蒙多神情悲凄。

“你谈到了动乱,罗宾,是这样,有些事是永远无法挽回的,我们无论如何看,都不能看得真真切切,被动乱铲除的那些习俗……我不知道,你是不是看到我很悲哀?我没有在年轻时就死去,也许这是个很大的错误,对,我现在年纪大了,应该年轻时就死去……我请求你们二位谅解我,蒙齐娅,给我杯白兰地,好吗?”

“好的,莱蒙多,我来弹钢琴,你想听吗?”

雨点滴落在阿尔内戈河上,河水流淌着,带走牙齿,驱走癞蛤螟和毒蝾螈制造的大脖子一类怪病患者，也冲刷着危在旦夕的病人。然而，就在这个时候，马尔蒂尼亚村的疯婆子卡塔利娜·巴茵特却赤裸着身子，在埃斯巴拉多山丘上吹着口哨，她的胸前吊着两只大乳房，头发像垂柳枝条一样披散开来，手里紧紧地握着一只麻雀。

“你要得肺炎的，卡塔利娜，肚子也会痛的。”

“不会，先生，寒气不会吹到我的身子里。”

这一切好像是昨天才发生的事，可是，在人们记忆中留下痛苦的那场风暴已经过去许久了。

“我们为死人能做些什么呢？”

“和以前一样，亲爱的，三件事，以前一直做三件事：把他们的脸洗干净以后掩埋起来，为他们做祈祷，为他们报仇，死亡不能再白白地重演。”

“是这样。”

雨点滴落在贝尔木小河的水流上，这条小河呻吟着，如同一个还没有最后淹死的小孩子。雨点滴落在五条河的水流上：从瓦尔多·瓦尔内依罗平原流过来的维尼奥河、发源于格列戈山上的阿斯内罗斯河、为神父皮肤降温的奥塞依拉河、沿着拉波沙·兰加达公路向北流去的科梅索河、阿格罗圣蒂尼奥的姑娘们洗头巾的布拉尔河。雨点滴落在栎树和栗树上，滴落在樱桃树和柳树上，滴落在男人和女人身上，滴落在荆豆、蕨类植物和茂盛的常春藤上，滴落在活人和死人身上，滴落在大地上。

“这是任何人都不可能改变的唯一东西。”

“感谢上帝。”

我舅舅堂格拉乌迪奥·蒙德内格罗的葬礼，我们大家都在场，当民选省长出现时，气氛曾一度很紧张，万幸的是人们很快镇静了下来。我舅舅堂格拉乌迪奥·蒙德内格罗从来没有惧怕过任何人,他曾经用套狼的夹子把那个不幸的温塞斯拉奥·卡尔特拉加夹住了,他一连嚎叫了三天三夜,没吃没喝,没有面包,也没有水,我舅舅把他放开时,他像一只家兔那样温顺了。

“他是跑着走开的吧?”

“对,先生,他腿瘸了,但却是跑着走开的。”

杀害“蛮子”和西得朗·塞加德的那个死鬼还没有死去,但是,离死已经不远了。三年前的玛尔塔圣神日和路易斯圣神日期间,他至少杀了十二个或十五个人,可能还要多。他现在浑身都是死人气味,人们一看到他就躲得远远的。

“你没注意到他身上有死人味吗?”

一天早晨,盲人高登西奥听完弥撒回来时,突然晕倒在大街上,好像得了癔病似的。

“他是帕罗恰妓院的手风琴手,可能是饿晕的。”

盲人高登西奥被送到警察局,喂了他一杯咖啡以后,便苏醒过来了。

“摔坏什么地方没有?”

“没有,先生,我感到眩晕就坐了下来。”

他回到帕罗恰妓院时,还没有人知道发生的事,因为所有的女人还都在睡大觉,是一个警察陪着他回来的,那人咳嗽得厉害。

“到了。”

“让上帝报答您。”

盲人高登西奥躺到床上,蒙上脑袋,想发点汗。

“出点汗就好了,看来我是不注意,身上有什么地方被风吹着了。”

“高登西奥。”

“听您吩咐,堂萨莫埃尔。”

“把那支漂亮的玛祖卡舞曲再拉一遍吧,你知道我说的是哪一支曲子。”

“知道,先生,我知道,但是,您应该原谅我,今天不是拉那支玛祖卡舞曲的日子,我看再也不会有拉那支玛祖卡舞曲的日子了。”

疯婆巴西莉莎是科鲁尼亚的托纳莱依拉妓院的妓女,人们都说她是世界上最大的妓女,但那不是事实,这种事谁也不会知道。疯婆巴西莉莎一直在给已故步兵班长安特米尔邮寄巧克力和烟丝,最后厌倦了才停下来。疯婆巴西莉莎始终不知道安特米尔已经死去,她还以为他见异思迁、反复无常呢,所有男人都是这样,只有哈维利托·佩尔特加除外,他是一个女人气很重的人,只能干干小事,再就是让人踢屁股。

“你裤裆里吊着那么一大串东西不觉得害臊吗?”

堂莱斯梅斯·卡维松·奥尔蒂盖依拉,也就是那个给人看病,做些小手术,担任科鲁尼亚骑兵团首领之一的人,掉到渔船码头的海水里淹死了,那儿以前曾发现过一条鲸鱼,但他也有可能是被人推到海里去的。“水獭”姐妹多洛利妮娅听到这件事以后,觉得很好笑。

“那个大傻瓜蛋对女人太狠了,淹死了倒好。”

老太婆贝尼托妮亚·卡尔多埃罗斯活着时就是一个废物,现在被杀人凶手曼努埃尔·布兰科·罗马桑塔咬死了,他的幽灵依然在满是夜莺的普拉多·阿瓦尔栎树林上空游荡。

“栎树林里还有黄雀和红雀。”

“对,太太,另外还有碛鹨和乌鸫,土色云雀,普拉多·阿瓦尔栎树林里什么都有。”

死人节应该平平静静地度过,先前,那一天人们习惯到公墓去,吹奏风笛,吃小面包圈,死人令人心情沉重,谁也不该参加娱乐活动。

“是不是把死去的人统计个数字呀?”

“永远统计不出数字来，有人说，死人还生死人哪，有这种可能，不过，我认为不可能。”

一九三九年的死人节那天，第二次世界大战已经爆发，死人节过后不久就是卡洛斯圣神日，一九三九年的卡洛斯圣神日那天，在罗宾·列宝桑的召集下，二十二个人——他们都是同一血缘的亲戚——聚集在拉蒙娜小姐的家里，他们是：卡山杜尔费人莱蒙多，从来没有人称他的姓，因为那会勾起令人痛心的往事，这事说来话长，并且让人悲痛欲绝，卡山杜尔费人莱蒙多一段时间以来没有心思多说话，他的心情有些沉重；加莫索四个身体正常的兄弟，也就是说，“魔鬼”塔尼斯，他能用一只手推倒一头大黄牛，他的妻子从楼梯上摔下来，断了一条腿，一定是身体里茴芹酒积存过多的缘故；克梅沙尼亚修士罗克（也称罗基尼奥），他的那个远近有名的大“家伙”现在有些肿胀，尽管看上去依然令人惊异；“活宝”马蒂亚斯，他有好几个月没有跳舞了；“机灵鬼”胡里安，怀表、手表、闹钟、装饰表、台钟和挂钟，一应俱全；“玉米穗”塞莱斯蒂诺和“耗子”塞费利诺没有来，因为他们是神父；“南蝎”贝尼托和“牢骚狂”萨路斯蒂奥，因为身有残疾，可以不来参加；住在布里尼德洛的马尔维斯三兄弟，塞贡多、埃瓦利斯托和卡米罗，他们生性勇猛，善于骑最野的马驹，不用鞍子，不用缰绳，他们的父亲罗克因为上了年纪而没有来，留在埃斯佩列洛陪伴他的“葡萄牙女人”；堂卡米罗和炮团士兵卡米罗，堂卡米罗耳朵痛，耳朵痛得很厉害，但是，因为那是一般感官的病痛，他没有声张；堂巴尔塔沙尔和堂埃杜亚尔多，他们是堂卡米罗的兄弟，一个当律师，另一个是工程师；路西奥·塞加德和他的三个大儿子——路西奥、佩尔费克托和卡米罗，费了很大劲儿才把他们拉住，因为他们要报仇，谁的话也不听；格列托舅舅，怕沾染细菌而不和任何人握手；马尔科思·阿尔必德，他是让马尔蒂尼亚村的疯婆子推着小车一路颠颠簸簸地赶来的，马尔科思·

阿尔必德一声不吭，他打着伞，好像是被我们的上帝赶到水里受苦受难的灵魂；高登西奥·贝拉因为没有眼睛，没有要求他来；巴加涅依拉人玻利卡波，他在衣兜里装着一只温顺的老鼠，只是出于礼仪而没有掏出来；“懒虫”蒙乔，是他发现了那棵名叫“欧姆别尔”、长着蜗牛叶子的树；德高望重的埃维利奥舅舅，依然一副刚毅表情；再有就是罗宾·列宝桑了，他当然在场。有些人是从很远的地方赶来的，每个人都戴着礼帽、鸭舌帽和贝雷帽，一些人以“你”相称，另一些人则以“您”相称。堂卡米罗戴一顶圆顶礼帽，穿着狼皮毛领大衣。接待他们的是拉蒙娜小姐、阿德加、她女儿贝妮希亚、马尔蒂尼亚村的疯婆子和蒙乔的两个表姐妹，即赫欧希娜和阿德拉，拉蒙娜小姐的几个用人已经指望不上了，因为一个个年事已高。他们的晚饭是肉汤、肘子肉和肉饼，可随意挑选，还有高级奶酪、榅桲汁和桃脯。十二点整，堂卡米罗打了个手势，在场的人立刻静了下来，默默地坐下，点着香烟，堂卡米罗拿来许多香烟，让大家随便抽。这时，女人们走上前来斟咖啡和白酒，然后转身回到厨房里，没有一个女人留下来，躲在门后听男人们讲话，因为只有男人才能决定有关他们生死存亡的大事。女人们明白这一点，她们尊重习俗，有些关于打官司的事，女人们只是在睡觉时，只是和一个男人谈论一下，有时，甚至和自己的男人也不能谈。

“起立。我们的上帝，你在上天……”

“我们每天的面包……”

大家重新入座以后，对了，不是所有的人都入座，因为椅子不够，应该说差不多都入了座，堂卡米罗把目光转向罗宾·列宝桑。

“我们的亲戚罗宾·列宝桑·卡斯特罗·德·塞拉给我们讲话，他不会讲假话，也不会隐瞒实情。”

罗宾的声音好，他详细地讲述了我们大家早已知道的那些事，讲完以后问道：

“你们是不是想让我告诉你们是谁杀害了巴尔多梅罗和西得朗呀？”

“是。”

罗宾低下头，用眼睛看着地板。

“但愿上帝原谅我。他是法比安·明盖拉·阿布拉干，人们都叫他莫乔·卡罗波，前额上有一块猪皮印记，你们大家都知道他是什么人，从现在起，我们谁也不要说他的名字。”

“野猪”埃维利奥舅舅打破了沉默。

“你说吧，卡米罗。”

堂卡米罗没有开口，表情非常严肃，注视着地面，他的决定尽管在人们的预料之中，还是使在场的每个人都有些震惊。

“你派谁去？”

堂卡米罗一直沉默不语，这时他把眼睛转向“魔鬼”塔尼斯，塔尼斯站起来，摘下帽子，在胸前画了个十字。

“但愿上帝和我们的亲戚圣者费尔南德斯帮助我。阿门。当你们听到炸弹爆炸声时，事情就办完了。”

与会者逐渐地、秩序井然地散去了。布里尼德洛的马尔维斯三兄弟立刻骑马上路，他们要去很远的地方。堂巴尔塔沙尔和堂埃杜亚尔多去拉林的远房亲戚、神父弗莱依希多家过夜，他们乘汽车，那天夜里天气不好，这也好，因为民警巡逻也就少一些，不会到处检查通行证。堂卡米罗和“野猪”埃维利奥舅舅一块儿走，炮团士兵卡米罗则睡在卡山杜尔费人莱蒙多家里。从外地赶来的加莫索三兄弟和他们的兄弟塔尼斯一块儿过夜，大家都很注意，谁也不多说一句话。唯一留在拉蒙娜小姐家里的是“懒虫”蒙乔和马尔科思·阿尔必德，前者缺一条腿，后者缺两条腿，瘸子在夜里走小路太困难了。卡塔利娜·巴茵特蜷缩在门廊里，拉蒙娜小姐家顿时被深沉的宁静气氛包围了。堂卡米罗临行之前，叫人给渔夫、“耗子”塞费利诺·加莫索带去了一道命令,圣彼得①也曾经是渔夫。

“叫他为我知道的那个人的灵魂做一场弥撒。他不必问,也不要猜测,他有义务做弥撒,他要像死人那样保持缄默。”

“是,堂卡米罗。”

在拉蒙娜小姐家上方,在男人和女人的身上,降下了一团浓雾,浓雾把刚刚说过的,此刻仍在空中回荡的话语一个个抹掉了,记忆抵不住浓雾的考验,这样也好。

“咱们明天再说吧,好吗?”

“好,最好后天,明天我还去卡尔瓦利尼奥呢。”

“据说拉蒙·诺那托圣神保护乞丐、骗子、赌棍,雇佣赌徒和其他形形色色的流氓无赖。”

“为什么?”

“不知道!”

疯婆托拉和随便一个男人睡觉,这没有什么可非议的,您知道谁吃过疯婆托拉的奶头,但是,请不要说出他的名字,吃就吃吧,谁也不必操那份心,她和这个男人睡觉还是和那个男人睡觉,都是她自己的事,所有女人都有权和她们喜欢的男人在一起。不是说那个小子是婊子养的吗?对,可能是,婊子养的多了,不过,那都一样。

“你说疯婆托拉会和野猪干那种脏事吗?”

“这和你有什么关系?”

“从拉蒙·诺那托圣神日那天起就一直下雨,拉蒙·诺那托在靠近里瓦达维亚公路的卡尔瓦利尼奥有一家赌场,说不定哪一天民警会把他们都抓起来,关到监狱里。”

“请您原谅,里瓦达维亚公路上那家赌场的主人不是拉蒙·诺

---

① 耶稣的使徒。

那托，而是马卡里奥，不要把两位圣神弄混淆了。”

“都一样，反正都是他们圣神之间的事。”

雨一个劲儿地下，不紧不慢地滴落在小草、房瓦和玻璃上。雨在下，但是天气不冷，我是说不很冷。假如我会拉小提琴的话，一定会一个下午一个下午地拉小提琴，假如我会吹口琴的话，也一定会一个下午一个下午地吹口琴，假如我会拉手风琴的话，我一定会一个上午又一个上午、一个下午又一个下午、一个晚上又一个晚上地拉手风琴。高登西奥的手风琴比谁都拉得好，由于我不会拉小提琴，不会吹口琴，又不会拉手风琴，由于我什么都不会，我其实应该很小的时候就死掉，而不必让大家为我哭泣。我每个下午都跟合得来的人干那种脏事，上午和晚上我比较开心，有时不能跟别人干那种脏事，不过也一样，对那个我可有两只手了。男人们应该接受命运安排，因为一切甚至在我们来到这个世界之前就写在纸上了。堂萨莫埃尔·伊格莱希亚斯·莫列在费依霍神父大街经营一家蜡烛店，堂萨莫埃尔像个蜡人，他的夫人也一样，人们把堂萨莫埃尔叫做“天国之人”。堂萨莫埃尔有时下午去帕罗恰妓院消遣，听会儿手风琴，问题是他没有运气听到好曲子，他非常喜欢高登西奥很少拉的那支玛祖卡舞曲。

“你为什么不经常拉那支曲子呀？”

“这和您有什么相干？”

“天国之人”常常和“葡萄牙女人”玛尔塔睡觉，喜欢给她讲些胡编乱造的事儿。

“她乳房大，很舒服，给人以快感，葡萄牙女人的确名不虚传。”

“对，先生，人们都这么说。葡萄牙女人有礼貌。”

“是这样。”

堂塞尔万多比堂萨莫埃尔有特权，堂塞尔万多不必排号，因为他是省议员。堂萨莫埃尔给“葡萄牙女人”玛尔塔带去了礼物，是一支毛边大蜡烛。

“我们点燃它，好吗？”

“不要点，我想就这样新着带给耶稣。你稍等一会儿，我脱掉衣服洗一洗，你的时间不会少。”

堂塞尔万多总是对“裤头”埃乌特洛拳打脚踢，而对堂萨莫埃尔却常常很热情。

“不难看出来，堂萨莫埃尔是位绅士，他的面色有些苍白，但他是绅士。他的妻子堂娜多莉塔是位真正的贵妇人，堂娜多莉塔慷慨解囊，救济穷人衣物。他们夫妇都是好人，忠厚、老实、可信。”

堂伊萨克是堂萨莫埃尔的弟弟。堂伊萨克开一家通心粉作坊，他的维苏威牌空心粉在全加利西亚都是有名的。堂伊萨克早就是个同性恋者，一生下来就是，他可以和随便一个人搞那种事，和您和我都行。但是，他从来不到很远的地方去，他不失人格，不干太越轨的事，所以从来没有被人捉住过。人们把堂伊萨克·伊格莱希亚斯·莫列称作“抽绣”。堂伊萨克被邀请参加婚礼时，便在圣母玛利亚教堂或其他教堂弹风琴；在自己家里，堂伊萨克则拨弄七弦琴，能奏出优美动听的旋律来。“抽绣”堂伊萨克的家里供着一尊教皇皮奥十世的半身石膏彩色塑像，胭脂红、金黄、蓝色、肉色，等等，教皇塑像就摆在七弦琴上面，那儿有个角柜，塑像上面罩着西班牙国旗。

“我弟弟是个真正的艺术家，是个名副其实的艺术家。他很有音乐天赋，我认为他是因为感情原因才去搞同性恋的。”

“也许是这样，我不能说不是，常有这种事。”

可以肯定地说，杀害磨坊主人路西奥·莫罗的，也就是杀害那两个人的同一个凶手。

“是谁呀？”

“别再说了，他妈的！难道你还不知道他是谁吗？”

“请原谅,我没有注意听。”

路西奥·莫罗背上被打了一枪,脑袋上也被打了一枪。他被打死时,帽子上还戴着一朵花呢,人们说那朵花是一枚金扣子。

“他是个大好人,卡塔利娜,你还记得他吗?”

“为什么不记得?”

罗西克莱尔第一次逗弄猴子“赫列米亚斯”时才十岁,也许还不到十岁呢。

“现在提那个干什么?”

“不知道,有些事是该知道的呀。”

“也对,那事是真的。”

“再说,那些事总是不知不觉地在脑袋里转悠。”

罗西克莱尔发现猴子也和男人一样有小鸡儿,只是小一点儿,她心中很高兴。

“我要把这件事告诉蒙齐娅,她很可能早就知道了。”

一天,蜡烛作坊老板,即“天国之人”,也就是堂萨莫埃尔·伊格莱希亚斯·莫列,到村子里去办一件事;他和马尔蒂尼亚村的疯婆子在马尔科思·阿尔必德家的阁楼上嬉闹时,被当场捉住了。

“卡塔利娜,你这个不幸的人怎么能束手就擒呢?”

“这事您是知道的,我去给马尔科思刷尿罐,堂萨莫埃尔给了我一个比塞塔,就把那‘家伙’掏出来了。”

“就这样?”

“对,先生,就这样。我对他说,不行,不行,这样会遭诅咒的。噢,光荣的圣徒哟,圣犹大哟,你这个巴比伦的第一个国王哟,我向你祈祷,快把我心中的苦痛变成快乐吧,他说着就把我按到了草垛上。”

“魔鬼”塔尼斯对卡山杜尔费人莱蒙多说:

“堂卡米罗的命令一定要执行,有上帝保佑,任务一定能完成!

我一切都想好了，现在我所需要的是思索再三，下定决心，不动摇，这样，以后就什么都好办了。问题不大，因为他还有没生疑，他很可能认为一切都结束了，大局已定，但愿他这样看，失去警惕才好呢。”

“魔鬼”塔尼斯在石头上磨那两把大刀，一把镶着鹿角柄，另一把是银柄，两把刀上面都刻着他的缩写名字。塔尼斯·加莫索的这两把刀已经使用好几年了，但是，还可以继续使用，因为都是好钢，保存得又好，平时总是擦得干干净净的。

“问题是这两把刀吃肉不多，因为我很少出去，刀不吃肉，就会变软。”

巴加涅依拉人玻利卡波已经没有兴趣去公路看颠簸行驶的圣地亚哥公共汽车了，他咳得厉害，像葡萄牙哮喘病患者一样。巴加涅依拉人玻利卡波虽然右手少了三根指头，烟卷却卷得很好，现在烟丝里有很多硬梗，必须把烟丝倒在报纸上，将硬梗挑出去。把硬梗点燃放在烟缸里，气味很好闻，因为散发出一种香气来。在圣地亚哥的公共汽车上，总是有两三个神父，他们吃着无花果干和杏干，神父们喜欢吃甜的东西，喜剧演员也喜欢吃甜食。巴加涅依拉人玻利卡波说他会驯化青蛙，但是我有点怀疑，青蛙很难驯化，因为青蛙不听话，而且愚笨，这是最糟糕的了。只要让女人喝醋，她们也是可以驯化的，困难的是她们不喝醋，现在她们的脸皮很厚，有了反抗精神。巴加涅依拉人玻利卡波为自己发生的那种事儿偷偷发笑，甜食店老板门德斯的妻子、甜蜜的乔妮妮亚很令他着迷，但是，表面上好像没事儿似的，甜蜜的乔妮妮亚根本不理睬他。安东·贡蒂米尔，也就是费娜·拉蒙德的亡夫，是在奥伦塞火车站被一列货车轧死的，对了，不是轧死，而是被火车分尸两半。安东·贡蒂米尔说话结巴，是个半呆子，他妻子一直这么说。

“慈善学校的学生那‘家伙’很大，看了让人吃惊，人家也是上帝的造物，可是，那东西有你的两个大，呆子，你真是个呆子，不觉得害臊吗？”

“不要这么说，亲爱的，你让我怎么办呢？”

洛尔德斯舅妈染上天花以后，法国人把她弄死了，他们完全会干出这种事来。另外，他们还把她的尸体连同波兰人、吉卜赛人、摩尔人和印度支那人一齐扔到一个大坑里，在这种事情上，法国人太特殊了，做事不近情理。曼努埃利尼奥·雷梅塞依罗·多明盖斯的外号叫“乌鸦”，也许不叫“乌鸦”，他的表弟蒙乔得了百日咳，六七岁时就死了。

“没活多久？”

“对，没活多久，据说是身体不好。”

“乌鸦”蒙乔会用口哨声吹出盲人高登西奥那首玛祖卡舞曲的一些节拍，但是，不能吹出整个曲子。

“玛利亚·阿乌希利亚多拉·波拉斯，在快结婚时把她的未婚夫阿道夫抛弃了，因为她发现他有一副死人表情，后来，曼努埃利尼奥·雷梅塞依罗·多明盖斯和她有了来往。不过，他们之间的关系有时顺利，有时曲折，真的是这样吗？”

“太可怕了！这是谁给你讲的呀？”

在和男人的关系上，拉蒙娜小姐很不走运，对了，我是说她在和可能成为她丈夫的那几个男人的关系上很不走运。看来，她把准星瞄得太高了，这当然打不中了，在这种事情上还是谦虚为好，时间往往同自己的想法和意志作对。拉蒙娜小姐一直以为爱上谁就能和谁结婚，男人都任她挑选，听她摆布呢，但是她错了，现在可要当一辈子女光棍了。

“对，当一辈子女光棍，但不是当一辈子老处女，这事很清楚。我最不理解的是她为什么那么晚才失去贞操，二十五岁时还把自己的处女膜保护得完好无损，这种事在谁身上也不会有。”

罗宾·列宝桑用加利西亚文写诗，但是，他不愿意把诗拿给别人看。

“我认为把自己的诗念给别人听是不合适的，谁理呀？”

卡山杜尔费人莱蒙多还没有把头抬起来，他依然很沮丧，不愿意讲话，他的良好教养挽救了他。

“我一直盼望听到炸弹爆炸声。明天我要去拜访埃维利奥舅舅，从他那儿获得一些勇气。真让人笑话，要一位老者安慰一个年轻人！卡米罗舅舅的命令一定要执行，这我知道，命令就是命令，但是，我盼望听到炸弹声。死了一个人，只有再死一个人，才能取得平衡，这不取决于任何人的好恶。我们大家都要在帽子上缝一枚金扣子，或者戴一朵荆豆花，每个星期天和弥撒日，诺列加·瓦列拉都往公墓送几朵荆豆花。”

“给哪个人送？”

“不是专为某一个人送的，堂安东尼奥的荆豆花是送给所有死人的。死人也是上帝的造物，死人很喜欢鲜花，请您注意观察一下，公墓里生长的鲜花特别好看，死人的灵魂就是通过自己坟墓上的鲜花逃走的，如果在死人墓上压一块石头，灵魂就会喘不过气来。”

卡山杜尔费人莱蒙多沿着崎岖的小路走着，表情阴郁。

“死人从这里一边哼唱着一边走过去了，他们的血管里流动着和我一样的血液，他们和我一样，也许他们就是我本人，这事我不得而知。当他们的鲜血洒在大地上时，当他们的鲜血流出来时，野狼嗥叫着，痛哭着逃走了。有的人本来就不应该生下来，我一直盼望听到炸弹声。塔尼斯很尊重卡米罗舅舅，该听谁的就听谁的嘛，对，我们都很尊重卡米罗舅舅。塔尼斯点燃炸弹的导火线时，一定要好好喘一口气。但愿上帝保护我们每一个人，法律得到兑现以后，和平就会降临。所谓法律，就是许多年前已经在这里的山区颁布并执行了的那种法律，家里的所有死去的人都要求兑现那种法律，一些人是这种血统，另外一些人是那种血统，这并不是巧合。”

卡山杜尔费人莱蒙多和罗宾·列宝桑下棋，总是赢。

“你走神了。”

“没有，我就是这样，我不是玩这个的材料，这你是知道的。”

佩贝尼奥·波沙达·科依雷斯，即“鲹鱼”佩贝尼奥，在当电工，对，他在“安息”棺材厂做助理电工。这一带有许多棺材厂，有黑棺材，有白棺材，白棺材是给小天使们用的，豪华棺材都是用栎木做的，还有用仿桃花心木做的，就是没有绿棺材、红棺材或者黄棺材。“鲹鱼”佩贝尼奥总是张着嘴巴，“鲹鱼”佩贝尼奥爱摸小男孩或者说小天使的小鸡儿。“鲹鱼”佩贝尼奥和孔齐娅·德·科娜结了婚，他还算幸运，他们婚后生了两个傻女儿，但是很小就夭折了。孔齐娅·德·科娜离开了他，据说是对他厌了，孔齐娅·德·科娜很活泼，会敲响板，还善于唱民歌。一天，人们看见“鲹鱼”佩贝尼奥和“小绵羊”西蒙希尼奥在一起。“小绵羊”是一个聋哑孩子，也就是五六岁的样子，身体十分瘦弱。那孩子满脸惊色，一看就知道，那个样子让人哭笑不得。“鲹鱼”佩贝尼奥站在孩子身后，抱住他的脖子，差一点儿就把他勒死。“鲹鱼”佩贝尼奥先是被押到监狱，后来被送到疯人院。

“在疯人院打人比在监狱打得还厉害，看来他们以打疯子取乐。”

“对，可能是那样吧。”

后来，“鲹鱼”佩贝尼奥被放了出来，条件是他同意阉割，可实际情况是，他阉割以后，那毛病也没有改多少。战争爆发时，“鲹鱼”佩贝尼奥每天早晨都去望弥撒，为某个不幸的人祈祷，祈求怜悯、仁爱、宽容，等等。南蝎呀，长蝎呀，蛤蟆呀，也应该让它们活下去，让它们逃走，人也是一样，对于那些小动物，獴呀，猞猁呀，獾呀，猞猁也叫鹿狼，应该在死亡的界河上竖一根桤木桩子，用圣水而不是用枪弹吓跑它们。

“为什么人一定要成为这样忧虑、紧张的动物呢？大概是魔鬼影响的缘故吧。”

罗宾·列宝桑找到了他母亲给他的那只大海螺，高兴极了。大海螺就放在书的后面，已经十多年没有看见了，把大海螺放在耳边，可以听到海浪声，也可以听到盲人高登西奥那支玛祖卡舞曲的旋律声，我是说那支他几乎从来不愿意拉的玛祖卡舞曲，那支禁止拉的玛祖卡舞曲，对了，不是禁止，但几乎可以说是禁止。

“咱们再下一盘棋吧？”

“听你的。”

罗宾·列宝桑很晚才能入睡，这种现象已经有一段时间了。他有时半夜两三点钟醒来，以后就再也睡不着，很久很久才能入睡，有时眼睁睁地看着黎明降临。

“你为什么不在睡觉之前喝一杯椴树花浸剂呀？”

“你说得对，我得想个法子，失眠真让人难受。”

谁也没有杀小狗维斯波拉，没有必要杀它，小狗维斯波拉死于严重的肠病，很可能是格列托舅舅最近两次的呕吐物里含胃酸过多，小狗吃了不好受，原来还以为能挺得住呢。不过，“沙皇之子”却表现非凡，很有生气，现在根本不叫它的名字了，狗能听懂人的话，更能听懂声音的语调。

“您知道‘母狼’佩帕和胡安·金托的故事吗？”

“知道，先生，我还知道特鲁克、娄沙奥、温托塞列的故事呢。”

“那么，马麦德·卡萨诺瓦的故事呢？他穿那种已经死了埋了的印第安阔佬一样的衣服。”

“知道，我都知道，我小的时候，收养我的亲戚马尔塞诺·安特拉德都教给我背下来了，我能够一口气讲出来，您想听的话，我现在就可以讲。”

“不必了。”

罗宾·列宝桑夜里醒来时,用油灯照明,电灯好像一个痨病鬼,有气无力,没有一点用处。罗宾·列宝桑阅读那些已经写好的东西,改正个别不通顺、重复或者不清楚,不准确的词句,也纠正一两个拼写错误,这儿用逗号比冒号合适,这儿不应该用括号,等等。罗宾·列宝桑认为一切都在走下坡路,小说这种东西就如同生命本身,情节有时突然中止,有时骤然停止,心一下子提到嗓子眼儿,生命结束,便从眼睛逃走,也从嘴巴逃走,故事总是在某个关键时刻结束,把那个婊子养的杀了,事情就完了。你再想想爱伦·坡吧,我们的思维迟钝凋谢,我们的记忆常常失真凋谢,我真希望没有思维,没有记忆,但是,我不能做到这一点。我希望自己变成玫瑰和忍冬,它们所有的只是一点点知觉,也许弱小的虫子,蛞蝓,也就是鼻涕虫,同玫瑰和忍冬一样,有一颗空的灵魂,一颗没有得到安慰的灵魂。

“睡吗?”

“不睡,我刚才只打了一会儿盹。”

堂格拉乌迪奥·布兰科·雷斯皮诺坐下来以后,叮嘱索莫沙的遗孀堂娜阿根娣娜·维杜埃依拉不要说话,然后把身子转向他的妹夫赫拉多·巴加米安,对于他,他不怎么使用尊称“堂”。他对他说道:

“你能想象出中世纪一位国王举行盛大典礼庆祝一次军事胜利时,在满朝大臣面前被他自己的滑稽演员杀死吗?这种事真有,那就是迪诺五世,即贝得加伯爵。他头戴假发,有一只玻璃眼,一只铁手,一条假腿。他的七个儿子把那个演员乱棍打死、碎尸万段并准备喂老鹰时,几乎笑破了肚皮。他们把父亲的死当作一件大喜事来庆贺。他们闯进修女院,使修女无一例外地受了孕,《麻风病人亚里斯地德纪实》收入了这件事,并且列举了人名地名,材料翔实,那一家人的冒险举动我真无法用记忆再现出来。”

拉蒙娜小姐一直怀疑堂格拉乌迪奥·布兰科的话。

“我觉得这事有些滑稽,您讲的话有一大半不可信。”

格列托舅舅去看望拉蒙娜小姐,他比任何时候都沮丧和古怪,他用脚尖走路,生怕把瓷砖踩出直线裂纹和十字裂纹来。格列托舅舅哼唱着《西班牙民警战歌》,每唱一小节,都放个响屁做句号。格列托舅舅笑一笑,皱皱鼻子,把眼睛眯缝起来,活像一个中国人。格列托舅舅比任何时候都肮脏,比任何时候都干净,这不免难以理解,但确是事实,他满面愁容。格列托舅舅很讲究卫生,他觉得什么都是脏的,这事谁都知道,他爱干净,无病防三分,他使用大量酒精消毒,但看上去仍然是个脏人,他从来不换洗内衣内裤,旧了脏了,随便扔在一边,格列托舅舅一厌烦就呕吐,吐在痰盂里或者立柜后面,有时吐在墙壁上,有时也吐在自己身上,因为他坐得很舒服,不愿意动弹。格列托舅舅看望拉蒙娜小姐是好久以前的事了,那时战争开始不久。

“蒙齐娅,我们现在处在一个可怕的时刻,有一大堆重要问题摆在面前。我们把赫苏莎葬在什么地方呀?我们的家人都葬在墓里了,各就各位,各有其墓。但是,现在墓地已无立锥之地,幸好我把可怜的洛尔德斯丢在了巴黎!我如果不把可怜的洛尔德斯丢在巴黎,你能想象出她的命运该是怎样的吗?第二个问题,我马上讲给你听,到处都是问题。我们从什么地方把赫苏莎的尸体抬出去呀?埃米莉塔坚持从正门抬出去,对了,你知道埃米莉塔是个什么样的人,她脑袋从来都是空空的。如果从正门抬出去,那就要把那些东西清扫一番,太脏了,叫人看了恶心,至少已有十五年没有任何人来过这个家,也没有任何人把地板打扫一下,把墙壁擦一下。老鼠在柜子里安了家,蜈蚣和蟑螂大大方方地待在画的后面,画后面潮湿，那里是它们的好去处，在阿尔瓦罗纳，气候潮湿。”

“我们能不能雇个人呀?”

“当然可以，这事由我来办好了。我只要说一声，就会有人来，把门厅里的东西都搬出去，箱子呀，书呀，书最沉了，把所有东西都搬出去，一把火烧了。烧完以后，你再进去，只让你一个人进去，别人不能进。”

“好吧。”

死亡是经常发生的顽固现象，是一种渐渐失去声誉的习惯势力。古老的种族蔑视死亡，死亡是一种规律，它看着女人在葬礼上如何洋洋得意，指手画脚，规劝这个规劝那个，女人参加葬礼时总是随便坐在地上。神父圣蒂斯特万镇静自若地谈论着死亡，说不定还要为它举行宗教仪式呢。《圣经》里说道，活狗胜于死狮，这是百分之百的真理，活蚯蚓胜于死美女，你如果没有了灵魂，就是整个世界都属于你，那又有什么用呀？这也是真理。格列托舅舅弹奏爵士乐，用一根小木棍敲着桌子、茶杯、瓶子、痰盂、窗框，每样东西都会发出声音，问题是如何让它们按照节奏发出声音，不能提前，也不能拖后。赫苏莎姨妈已经再也不能听见格列托舅舅的响屁了，从天上听不见难听的声音，埃米莉塔姨妈很孤独。

“从来没有人潜到安德拉湖的幽深的水底，谁渡过安德拉湖，谁就会失去记忆，并且永远无法恢复，失去记忆的人不能保住自己的生命，因为上帝和诸神非常重视记忆，在记忆中刻着痛苦，也刻着快乐。”

堂格拉乌迪奥·布兰科·雷斯皮诺不用好眼看索莫沙的遗孀阿根娣娜·维杜埃依拉。这个女人多嘴多舌，背后议论别人是个很坏的毛病，会给社会造成许多灾难，背后议论能说什么好话呀！背后议论甚至可以引发战争、传染病和其他灾祸。独眼龙巴加米安的大舅子堂格拉乌迪奥默默地沉思着，就连苍蝇飞动都能听见。

安德拉湖里全是蚊子、青蛙和水蛇，安蒂奥基亚的死人在约翰圣神日的夜里敲响大钟，大钟在水底发出奇怪的响声。

“怎么会有那样的想法呀？我好像受到了良心的谴责。”

堂布列希莫·法拉米亚斯，即拉蒙娜小姐的父亲，很喜欢弹班卓琴，遗憾的是他已经死了。傻子罗基尼奥被关在色彩鲜艳的铁皮柜子里长达五年之久，铁皮上画着各种各样的曲线饰纹，现在他母亲不时地用棍子敲打他。只要没有人看见，塞孔蒂娜就抽烟，她用醋把烟头洗干净，将烟丝清理出来。为格列托舅舅打扫前厅的并不是男人而是塞孔蒂娜，她是劳科酒馆老板娘雷梅迪欧斯推荐来的。

“她真是个蠢驴，但是干起活来很卖力，傻子不打扰她，因为她把他安顿在屋角，他总是安安静静地待着，有时甚至不喘一口气。”

拉蒙娜小姐对格列托舅舅说：

“雷梅迪欧斯说没有男人，塞孔蒂娜能够把房子打扫干净，她明天一大早就能来。”

“好吧，那就让她明天十二点整来，不要早来。”

拉蒙娜小姐的母亲是在阿斯内罗斯河淹死的，有的人就是在脸盆里也能淹死，拉蒙娜小姐的母亲是一位很高贵很受人尊敬的女人，这样的女人总是想自杀的。

“我记得她很喜欢贝克尔的诗。”

“这不奇怪。”

格列托舅舅的家里乱七八糟，七零八碎，井里的水泵坏了，玻璃碎了，几乎没有一块好玻璃，窗户都用硬纸板和铁皮钉着，水烛椅面也是这样，没有灯，电话切断了，蜘蛛网一层又一层。小狗维斯波拉吠叫得累死了，小狗维斯波拉之所以吠叫，是因为嗅到两个死者的气味，赫苏莎姨妈的死和它自己的死。塞孔蒂娜把箱子和书堆成了山，还有衣物和便鞋。一块油布至少有十米长，她请示之后就点火烧了，不能不请示就烧东西。有的人迷信，有的人不迷信，这是因为每个人的爱好不同，有的人相信会出现奇迹，相信温泉疗法，而另外一些人则不相信，这也许是每个人受教育不同的缘故。有性情温柔、教养有素的神明，胡须非常稠密的苏塞琉斯[①]和长着犄角的塞奴诺[②]神，还有性情粗暴、缺乏教养的神明，这些神明只要说一声他们的名字就会带来厄运。愚昧的黑潮朝我们大家涌来，无法阻挡，也无法躲避，罗宾·列宝桑前一天夜里提醒了拉蒙娜小姐。

“蒙齐娅，这股愚昧的黑潮将要引起痛苦的反响，我不知道什么药物能够解除这种毒剂。”

“我不知道，罗宾，我们必须等待黑潮退去，不要被它卷走。”

卡山杜尔费人莱蒙多一边刮着胡子一边哼唱《圣心》：圣心，你终将得胜，你永远是我们的魅力所在。

“你不会唱别的歌了？”

“会不会和你有什么关系？”

卡山杜尔费人莱蒙多也哼唱《面向太阳》和《我的小马驹》，至于《奥利亚蒙迪》[③]，他只能用口哨吹出节拍来，因为他不记得歌词。《雷科进行曲》[④]也一样，应该特别注意这首歌，因为有可能引起别人的反感。卡山杜尔费人莱蒙多不会忘记拉蒙娜小姐那朵白色茶花，看来悲痛没有进攻他的记忆。

“蒙齐娅，拿着，这就如同一份证明，让你看到我是把你永远记在心上的。”

“兜肚”巴尔多梅罗·马尔维斯·卡萨雷斯，即加莫索兄弟的

---

① 罗马神话人物。

② 凯尔特人崇拜的主管财富的神。

③ 1837年3月17日，卡洛斯派军队在奥利亚蒙迪大胜，为此作歌纪念。

④ 此歌谱写于1820年1月27日，后来成为西班牙第二共和国（1931—1936）国歌。

父亲,总是说输和赢同样都是困难的,在生活的道路上应该把脚步走得坚实一些。对,是应该这样,但是,不要闹出乱子来,也不要加害他人,加害他人可能引出灾祸来,因为有些人会亮出匕首,而并不是每一个人的身体都有愈伤能力的,有的人有,有的人就没有。奴霞·萨瓦多尔想见见世面,但是连布尔加斯都没有走出去。一个人可能心想,人家给什么都要吃到肚子里,但是后来发现事情并非如此,有时连个面包圈也吃不上,而且必须低三下四,以避免被人用棍子打死,失败和逆来顺受的滋味可真不好受,蒂帕雷里郡的青蛙没有什么可令安德拉湖青蛙嫉妒的。

“你收到堂娜阿根娣娜的信了吗?”

“收到了,就是在那封信上,她给我讲了飞行表演的事。您看她是怎么说的:这是维德林内斯航校,维德林内斯是个很有名的飞行员的名字,庆祝活动委员会聘任他,让大家观看他驾机在空中做各种杂技动作,入夜,飞机上的彩灯闪烁,这我已经对您讲过了。那场面真壮观呀!付二十五分币就可以找个活动椅子入座,位置好一些要付五十分币,其他人,特别是小孩,集中在场地四周。您听厌了吧?”

“没有,没有,接着念下去。”

“好吧。在场的女人,一个个打扮得漂亮极了,宽边礼帽上绣着花鸟,裙子拖到地面。飞行员是……好了,我不念下去了,那些事您都知道。”

历史宛如脱缰的野马奔驰,又似猎狗追捕野兔那样飞跑,也像多脚虫快速爬动,日历上白色和黄色的纸页像无花果树的绿色和金色的叶子一样,一张张地落下去,这就像无花果树那凋谢的叶子到最后落光了一样。人们发明用冷冻精液使母牛受精,而不必求助于公牛,可是从上帝创造母牛和公牛以来一直是雌雄交配的呀!历史在发展,也在践踏,有时,由于历史的过错,事物落在了时代的后面，反之，也如此，为什么阿尼巴尔①的大象没有跑出诺亚方舟？堂娜阿根娣娜的孙子诺贝托·索莫沙·冬弗列安是个现代兽医。

“对，对，我知道那是科学进步，我不会否认这一点，但是，诺贝托搞人工授精那种玩意儿也太下流了，简直目不忍睹。我看见他带着那么多圣油去帮助做弥撒时，不禁自问：他既然以扒母牛屁股为职业，做了弥撒又有什么用处呀？”

这种局面还需要过一段时间才会出现，历史并不永远是时代、真理之光，记忆生命的见证人，在这里有许多流言蜚语。

“我什么也不能干，一心想听到炸弹声。听不到炸弹声，我什么也不能干。再说，我也没有那么大的兴致，再给我一杯白兰地，好吗？”

“好的。”

赫苏莎姨妈和埃米莉塔姨妈一直哭得很厉害，她们至少大半辈子是在痛哭中度过的。格列托舅舅从不理睬她们，她们也不值得他理睬，她们不是喜欢哭吗？那就哭好了，哭不会影响任何人，对了，有时还是影响的，不过，都一样，也许赫苏莎姨妈在炼狱里还哭呢。

“或者说她在天堂里哭泣。”

“在天堂，谁也不哭泣。”

“野猪”埃维利奥舅舅听到桃花村人维森特·恰布罗住进了奥伦塞医院，便说：“在他恢复健康以前就干掉他。”说完就又去抽他的带有约翰牛②形象的瓷烟斗了。第二天，维森特·恰布罗就被用枕头闷死了，是的，两个人按住他，另外一个人坐在他身上直到他

---

① 公元前2世纪西班牙卡塔赫纳人民反抗罗马帝国的将领。

② 此说源于英国作家阿布什诺特(1667—1735)在1727年写的《约翰·布尔的历史》中创造的形象——一个矮胖愚笨的绅士。因为英文“布尔”又有“牛”的意思，故又译为“约翰牛”。后来，这个名字就成了英国和英国人的绰号。

窒息身亡，没有人打一颗子弹。事实上，维森特·恰布罗不是什么重要人物，只是一头无足挂齿的可怜猪猡而已。

“一个小人物死了，尽管他是本地人，您认为会有什么反响吗？”

“我不知道，反响大概不会大，也许根本不被人注意。”

雨点滴落在阿伦特依罗十字路口和利克贝洛小溪上，年轻姑娘们常常潜到这条小溪里消暑去热。那时，主教区最聪明的猎手托贝略的牛车正沿着莫斯特依龙土路往上滚动，车轴发出刺耳的吱吱呀呀声。

“您还认得莫斯特依龙那五个被吊死的孩子吗？”

雨点滴落在犯有罪恶的人和道德高尚的人身上，滴落在学者、清白无辜的人和普通人身上，滴落在我们莱昂人和葡萄牙人、男人和女人、动物、树木、植物和岩石上，滴落在皮肤、心田和灵魂上，也滴落在灵魂上，滴落在灵魂的三大威力的光环上。

“您还记得福米盖依罗斯山那边马拉尼斯村的两个小姑娘被闪电击死的事吗？”

拉蒙娜小姐、卡山杜尔费人莱蒙多和罗宾·列宝桑各自打着一把雨伞，在雨下漫步，也许他们愿意被雨淋湿。

“你可以在一个无雨的国家里生活吗？”

“可以，为什么不可以呢？一个人什么都可以适应，你看英国人和荷兰人。在无雨的国家里也有生命，也有感情，我很难想象这一点，然而我敢肯定实际情况就是这样的。”

桃花村人维森特·恰布罗无声无息地死去了，下层人和粗鄙人死了根本没有人给他们涂圣油，甚至不进行尸体解剖，那有什么用？尽管是窒息而死，腿还在颤动，但并没有施涂圣油礼，没有这个习惯，谁也不想那么做，也没有那么多时间可浪费。蠢驴死了，随便祈祷一下，扔到坟坑里算了，两个人一个坟坑。维森特·恰布罗不知不觉地变成了一个坏人，得到了报应。

“通知家里没有？”

“没有，他们大概也不会发现他不在了，您应该知道这个。”

罗宾·列宝桑谈论着孤独，拉蒙娜小姐和卡山杜尔费人莱蒙多听着，三个人都淋湿了。他们慢慢地走着，表情很沉静，也许心中很快活，罗宾·列宝桑犹如一个小有名气的哲学家，不时地张开嘴巴，高谈阔论。

“孤独并不是件坏事，上帝就是孤身一人的，他也不需要伴侣。当然了，人不是上帝，这一点我知道。《圣经》说，孤独是件坏事，但是，我的看法却不一样，孤独使灵魂感到清爽，而相伴却使之肮脏，伴侣常常玷污灵魂，魔鬼在孤寂无伴的人心中造巢筑窝。但是，把它吓走驱走并不困难，寂寞的环境比喧闹的场面更能容下欢愉，平静永远伴随着孤独者。莫非寂寞只在令人讨嫌的伴侣面前才存在？当人们惧怕自己、厌烦自己的时候，便逃避孤独。手淫者，蒙齐娅，请原谅，手淫者不可能感到自己受到良心谴责，也不可能独自忍受厌烦，手淫者必须骄傲地要求得到独立的光荣的孤独。马查多①说过，一颗孤独的心不称其为心，这是很漂亮的诗句，对了，言简意赅，但是，仅此而已，这并不是实情。现在不能谈论马查多，即安东尼奥·马查多，但是，可以谈论另一位马查多②，秘诀是背向一切生活。这很难做到，那几乎是天福，只有两种可能性，要么让孤独自我祝福、自我寻找，要么让孤独自己惧怕自己，不管我们如何痛苦，孤独依然存在。第一种情况，可说是一种奖赏，第二种情况则是一种代价，独立的代价，诸神可以赠给人的最珍贵福音就是自身独立，请原谅我，我打扰你们了。”

---

① 马查多(1875—1939)，西班牙诗人。

② 这里指前者的弟弟，即曼努埃尔·马查多，也是诗人。

塔尼斯·加莫索带着他的四条狗——花花、珍珠、巫婆和小蝴蝶——从路上走过去。他把它们放出来散散步,活动一下筋骨。他不常唆使这几条母狗去和野狼搏斗,因为每一条狗都值很多钱。公狗比较皮实,苏丹、莫里托[1]、莱昂[2]、马里涅依罗[3],沙尔[4]断了一条腿,对了,公狗也并不总是那样皮实,问题是它们很便宜,便宜不便宜倒无关紧要,塔尼斯不把公狗放出来遛,因为一放出来,它们就互相咬架。公狗只有在面对敌人时才合力相助,它们高尚、平静,但是感到厌倦的时候,便常常互相咬架。这也取决于当时的情况,它们咬起架来就可能变得很危险,因为一个个都拥有难以想象的体力。塔尼斯的那几条公狗的体重都在八十公斤以上,马里涅依罗可能快到一百公斤了,不能让它们跑得很远。母狗体重轻些,但也相差无几。

"我们什么时候能听到炸弹声呀?"

"魔鬼"塔尼斯微微笑了笑。

"快了,亲爱的,快了。"

塔尼斯对他的几条大猎犬关怀备至,精心饲养,选择食物十分严格,还要清洗身子,消除扁虱,按时注射疫苗。他常常把它们放出去活动活动,塔尼斯的大猎犬是那一带的骄傲,人人羡慕,个个称赞,方圆几莱瓜都找不到一条哪怕和它们近似的猎狗。

"塔尼斯,你这条狗值多少钱呀?"

"值多少钱和你有什么关系?我不卖。"

阿德加把杀害她亡夫的死鬼挖了出来,她女儿贝妮希亚帮了她。贝妮希亚有一对栗子样的奶头,这样的奶头让人看不够。现

---

① 有"小摩尔人"之意。
② 有"狮子"之意。
③ 有"水手"之意。
④ 有"沙皇"之意。

在，那个死鬼还没有死，但是，他活不长了。不要着急，炸弹说不定什么时候就炸了，他越放松警惕越好。阿德加把事情讲给堂卡米罗听，他不是唯一知道此事的人。

“您，堂卡米罗，是个古欣德人，我的亡夫也是古欣德人，对了，您是个莫兰人，现在莫兰人比以前少了，人们说死了一些，这很有可能。我用自己的双手和一把为了不染上疫病而祝福过的铁镐，亲自下手把杀害我亡夫的死鬼挖了出来。我女儿贝妮希亚帮助我，就她一个人帮助我，没有别人。我知道，上帝会原谅我偷死人，所有死人都是上帝的造物，这我知道，但是，那个家伙不是一般的死人，与其说他属于上帝，毋宁说属于我。萨巴斯圣神日那天夜里，我去了卡尔瓦利尼奥公墓，把铁镐藏在车上散发着香气的荆豆秧下面。我用了很长时间，一共三个多小时，才把死鬼从地里挖出来。死鬼身上的蛆虫劈里啪啦地往下掉，臭气熏天，幽灵下到地狱里的死人格外臭。我把腐肉扔给了后来被我吃掉的那头猪，猪肉味道不错，前肘放在一边，腊肠和猪头放在另一边，火腿在灶火上熏烤，还有里脊、猪油，什么也没剩下。每当我记起那个死鬼而胃里觉得恶心时，我就尽量去想别的东西，想被钉在十字架上的耶稣，想我的哥哥高登西奥，想身着神学院校服，已经失明而拉着手风琴的哥哥高登西奥。他有许多事值得我去想，我还要喝口葡萄酒，我把一部分猪肉分给了亲戚们，肉香四溢，他们一个个连声称赞好吃好吃。只有拉蒙娜小姐听我说了此事，她没有开口，但是让一颗泪珠淌了出来。她亲了我一下，并且送给我一盎司金子。”

拉蒙娜小姐伤感地笑了笑，我对阿德加讲了几句并不含多少秘密的话：

“阿德加，可不能碰我们的人呀，你很快就会看见，想逃避山野法规的人将会有怎样的下场。”

劳科酒馆老板对警察法乌斯托·贝林琼·贡萨雷斯解释说，

高登西奥只拉了两次玛祖卡舞曲《我亲爱的玛利亚娜》,一次是一九三六年的霍阿金圣神日,另一次是一九三九年的安德列斯圣神日。

“我听说是一九三六年的马丁圣神日和一九四〇年的依拉里约圣神日呀。”

“那是您听错了,人们有意把什么都颠倒了,看来这是有缘由的。”

托佩略的小胡子往上撅着,一副肃穆而威严的表情,他一边唱着一边从福西尼奥山坡上走下来。

“你没有看见人?”

“我看见谁呀?”

“谁都行。你没有看见人?”

“没有,先生,谁也没看见。”

“那么,你得向我发誓。”

“我如果看见了,不得好死。”

托佩略估计古欣德人要打仗,他们沉默不语,但是要打仗,古欣德人默默地行动起来时,最好远远地离开他们,而要是莫兰人跟在你身后,那就干脆别出家门,特洛伊城起火了。

“你有多久没有喝宝沙·德·加戈泉水了?”

“少说也有一个月了,这段时间里我一直呆在西雷和圣马利纳那一带,最后一条狼我是在圣彼得罗·德·达丁看到的,那条狼钻到瓦尔杜依德路上的科巴斯山里去了。”

“嗯。”

高登西奥刚刚失明便被赶出了神学院,看来校方不愿意背上这个慈善包袱,也不愿意瞎子给他们带来麻烦。

“一个人只有开始唱弥撒才能称得上是神父,他唱弥撒了吗?没有吧?那就去他妈的吧!神学院不是收养所,宗教的航船应该在没有任何障碍物的航道上航行。”

“对，堂基梅诺。”

堂基梅诺是奥伦塞的圣费尔南多神学院的教务长。堂基梅诺一向以心肠狠毒、缺乏怜悯感情而著称，他也是满嘴大蒜味，时不时地说一两句拉丁语，堂基梅诺是个百分之百的拉丁语言学家。堂基梅诺特别喜欢天使博士①的论证透辟的学说，他在《论反对异教徒》一书中收入了中世纪的全部智慧。眼下，到处是魔鬼般的、不伦不类的学说，共济会的不三不四的思潮。盲人高登西奥有运气，实际上，他不会有什么埋怨情绪，他如果有这种情绪的话，不会得到上帝的宽容。他会拉手风琴，生性又快活，可以在帕罗恰妓院找一处落脚之地。堂娜普拉是个好人，虽然她的生活之路违背上天之法，但是，从本质上看，她是个好人。

“不要到大街上流浪了，您不是会拉手风琴吗？那就留在这儿拉手风琴吧，手风琴给人以快乐。”

阿奴霞西翁·萨瓦德尔比“葡萄牙女人”玛尔塔温柔，这两个女人都很喜欢盲人高登西奥，眼睛瞎了倒有助于和女人打交道。门德斯照相馆老板布利塞普托·门德斯给帕罗恰拍了二十多张艺术照片，有年轻时的，有裸体的，有披着马尼拉大披巾的，可惜高登西奥看不见。瞎子不能靠视觉，而是靠听觉、嗅觉、味觉和触觉，特别是触觉，点燃自己的情火。帕罗恰披着马尼拉大披巾，露出一只奶头的半逆光照片美极了，和她相比，现在那些女人简直是些傻大姐。艺术终归是艺术，而现在太不幸了。维希要比费尔米妮塔淫荡，两个费尔米妮塔也抵不上一个维希，我真不懂，可是事实就是这样，人太怪了。堂德欧多西奥常常去找维希寻欢作乐，这个女人对他很了解，他爱讲谎话，有怪癖，堂德欧多西奥总是心满意足地

① 圣托马斯·德·阿基诺(1225—1274)，意大利天主教神学家。

返回家去。

“根玛,别再喝茴芹酒了,我早就给你说过,茴芹酒对肛门瘙痒有百害而无一利。”

“你呀,给我闭上嘴吧!”

“那就随你便吧,是你自己遭罪。”

弗洛里安·索图略·杜列沙斯在巴尔科·德·瓦尔德欧拉斯警察局当过警察,会吹奏风笛,精通巫医和魔术。他是在特鲁埃尔战场被打死的,他刚刚到了那里,就啪地挨了一枪,子弹正好打在眉心上,即刻丧了命。弗洛里安·索图略·杜列沙斯的连鬓胡子一直长到板斧样的大嘴两侧,胡髭也很有风格。他身上的半盒香烟没有被带到另一个世界去,而是被神父拿去抽了。

“上帝哟,让他永远安息吧,让光明永远照耀着他吧。”

这是战争,到处都被死亡的气氛笼罩着,不跑,那就得飞。在班长帕斯瓜利尼奥·安特米尔·卡奇索死去以后,疯婆巴西莉莎仍然给他寄香烟和巧克力,她不知道帕斯瓜利尼奥·安特米尔·卡奇索已经被打死,还以为他把她遗忘了呢,总是有更好的女人冒出来,疯婆巴西莉莎已经卸去了负担。很多时候形势不被人们所认识,在战争期间更是如此。有的人先死了,有的人后死,还有的人活了下来,他们活下来讲述发生的事情。死人留下的香烟和巧克力,总是有人享用的,这儿,什么都不会扔掉。

“您知道现在是几点钟吗?”

“不知道,我从来不知道几点钟,几点钟不几点钟,和我毫不相干。”

“猫脸”被打死了,没有悲痛,也没有荣光,帕罗恰妓院的女人没有一个为他掉一滴眼泪,而是相反,她们一个个拍手称快,有的人拍得重些,有的人拍得轻些。

“他和堂赫苏斯·曼萨内多一样,都是狗娘养的吗?”

“差不多,也有点不同,但是,他有过之而无不及。”

拉萨罗·科德沙尔在成年之前就被杀害了,死神有时突然降临,说夺去谁的生命就夺去谁的生命。拉萨罗·科德沙尔是在里弗战役中被摩尔人杀害的,子弹上没有写着是摩尔人还是基督徒的,子弹本性残忍,不管你是谁,子弹没有长眼睛,它是瞎子。几乎所有瞎子都拉一手好手风琴。拉萨罗·科德沙尔被杀以后,山界就消失了,再没有人看见它,就是野狼和猫头鹰,包括老鹰,也没有再看见它。拉萨罗·科德沙尔长着一头胡萝卜颜色的头发,眼睛碧蓝,神秘得像两颗绿松石,太遗憾了,那个可恨的摩尔人偏偏打中了他,谁也不知道那个摩尔人是谁,就是他本人也不知道。

“喝咖啡吗?”

“不喝,喝咖啡睡不着觉。”

罗宾·列宝桑重新拿起写好的东西看起来,有些文字他能整段地背诵下来,哪些地方做过涂改也记得一清二楚。拉萨罗·科德沙尔是这个真实故事中的第一个死者,故事伊始就交代:罗布斯蒂亚诺·塔鲁略死在摩洛哥的贝尼·乌利谢克阵地上。根据最可靠的消息,他是被贝尼·乌利西盖尔部落的一个摩尔人杀害的。罗布斯蒂亚诺·塔鲁略很有本事让姑娘们受孕,也就是说,他善于干这种事,并且有那种嗜好,等等。最后一个死者还没有死,在这个永远不会完结的死亡统计表中,总有个把死者等待列进去,其实,这就是被惯性推动着的一个没有尾环的死人链条。拉萨罗·科德沙尔·格洛瓦斯有可能就是罗布斯蒂亚诺·塔鲁略·格洛瓦斯,也可能不是,那场战争已经过去许久了,一方是基督教军队,另一方是摩尔人军队,这一点是不会记错的。那时,消息很慢,人们不像现在这样恐惧,也不像现在这样互相残杀。那时疫病多,但是不会无故地流这么多的血,现在流的血不以重量计算,而是以百分比计算,我弄懂了。

“你知道他还在这儿吗?”

“不知道。”

“我告诉你他在什么地方,好吗?”

“好吧。”

巴加涅依拉人玻利卡波手上少了三根手指,那是被一匹烈马咬掉的。巴加涅依拉人玻利卡波可以驯化山上的野兽,包括凶猛的和温顺的,瞪着眼睛咬人的和善于伪装逃走的。巴加涅依拉人玻利卡波压低了嗓音。

“他在维哥·德·阿巴霍,住在‘夏至草’多明戈家里,明天去西尔瓦博亚。”

“你怎么知道的?”

“是多明戈的女儿埃乌赫妮娅告诉我的,我想是她父亲打发她来告诉我的。”

“很可能。”

塔尼斯·加莫索力大如牛,一只手就能拉住一头大骡子。塔尼斯·加莫索的几条大猎犬是好品种,安静、沉着、勇敢、强壮,它们待厌了,就互相咬架,这大家都知道。苏丹和莫里托这两条猎犬就足以吓跑萨古梅依拉山上的野狼,也能吓跑瓦尔达斯·埃戈西斯山上的野猪,那只狼、那头野猪常常跑到栎树林来吃果子。苏丹和莫里托老远就能嗅到那个婊子儿子的气味,辨认出婊子儿子的九个特征,有些特征并不散发出浓重气味,事实上,几乎没有一个特征散发出气味,对了,有两个,手上的汗液和龟头的尿碱,但是,嗅觉就是嗅觉,苏丹和莫里托训练有素,“百发百中”,能即刻变得十分凶猛。这两条狗几乎不需要使出一半力气,它们的力气太大了。

“你干什么去?”

“和你没有关系,问这个干什么?”

塔尼斯·加莫索像半疯似的。塔尼斯·加莫索思考问题一向敏捷,但是,他现在像半疯似的,看来他思绪翻腾,脑袋里有,心里有,嗓子里也有,都是些迟钝的、凋谢的想法。同时,往事也如同马蜂一样簇拥在一起,这些往事都是些可怕的、凋谢的回忆。

“你牙齿真痛吗?”

“谁告诉你的?”

“你耳朵真痛吗?”

“这和你有什么关系?”

塔尼斯·加莫索竭力把翻腾着的思绪和众多的往事回忆梳理一下,当然也包括他的希望、他的义务和他的行为。恐惧如同一条象鼻虫,正在逐渐地蚕食着灵魂的各个部位,这样蚕食着灵魂的各个部位也许已经有好多年了,只是没有人知道而已。应该迈出的脚步正在轻盈地迈出去,而且如果有必要那就闭上眼睛,谁也不必问什么。人之上还有上天之法呢,那是管理我们的上天之法呀,仿佛上帝从两片云朵中间开的小窗窥视着我们,上帝手中总是握有一束光线的。

“我什么都想好了,但愿上帝原谅我,但是,我什么都想好了,现在只差实际体会一下了。良心上一定会感到不安,首先是感到一点不安,然后是大为不安,最后连牙齿和耳朵都痛了起来,再后就一切都得心应手了。牙齿和耳朵痛一点儿,那没关系,对了,现在牙齿和耳朵痛得很厉害,但是没有关系,疼痛很快就会过去的。”

塔尼斯·加莫索来到拉米尼亚斯山时天还黑着,这座山坐落在西尔瓦博亚、福尔戈沙和莫斯特依龙之间。那时人们还在睡梦中,狗迎着晨露汪汪叫个不停。塔尼斯·加莫索身边只带两条狗,带多了的话,在狗出击时难以指挥。据说狗的眼睛会模糊不清,从而疯狂起来,如果有三条以上的狗在一起,并且任它们自由行动的话,狗就不再听主人的话了。

“我如果愿意，可以丢下这事不管。现在雨还在下，事实上雨一直在下，现在，我的牙齿和耳朵痛得很厉害，但是，我肯定地说，这是无关紧要的。他们吩咐我去干他们想要干的事，但是没有告诉我一定要在星期二、星期三或者星期四干，没有给我指定时间，我如果愿意，我可以丢下这事不管，问题是我不愿意丢下。”

雨点滴落在山上，滴落在小溪和泉水的水面上。雨点滴落在荆豆和栎树上，滴落在绣球花上、水磨坊的芦苇上和公墓的忍冬上。雨点滴落在活人身上、死人身上和将要死去的人的身上。雨点滴落在男人身上和凶猛的动物身上，滴落在女人身上和野生植物、家养植物上。雨点滴落在普吉尼奥山上和宝沙·德·加戈水泉上，那只野狼就是喝这眼清泉的水，有时个把迷路的、永远归不了队的山羊也在那儿喝水。雨好像下了一辈子，甚至要下到来世；雨好像在战争期间下个不停，在和平时期也下个不停；看着雨不停地下真让人高兴，也许雨停了，生命也就完结了。雨好像在上帝创造太阳以前就开始下，雨不紧不慢地下，雨点里含着浓厚的同情心，雨在下，天空并没有表现出被雨下厌的征候。

塔尼斯·加莫斯带着两条狗在雨中行走，无声的云低垂在他头上，法比安·明盖拉在西尔瓦博亚山间小路上往前走，他在维加·德·里巴渡过奥塞依罗河，心中很害怕，一段时间以来他就心怀恐惧，身上总是带着手枪。

“如果有坏蛋跑出来挡住我的去路，我就干掉他，就是上帝，我也要杀死他！”

塔尼斯·加莫索坐在一块岩石上，两只手各牵着一条大狗。塔尼斯·加莫索卷了一支烟，镇静地深深吸了一口气。

“对婊子儿子完全可以像打狐狸那样打死他们，根本不要事先告诉他们，是吧？”

莫乔·卡罗波在天放亮时停了下来，在宝沙泉水里喝水，塔尼斯·加莫索凑了上去。

“我现在告诉你,我要杀死你;你虽然不配,但我还是事先告诉你。”

莫乔用手去摸手枪,塔尼斯立刻把他的手枪夺了过来。莫乔跪下,哭着乞求,塔尼斯·加莫索对他说:

“并不是我要杀你,杀你的是山野法规,我不能对山野法规置若罔闻。”

塔尼斯·加莫索闪开身子,苏丹和莫里托立刻扑上去咬了起来,它们只咬了那么几口,一口也不多。

“够了!”

苏丹和莫里托放开死人,摇着尾巴,一副欢快的神情。法比安·明盖拉死了,没有悲痛,没有荣光,过了不久,大约两个小时吧,或者说几乎两个小时,一声炸弹爆炸声响彻云端。

拉蒙娜小姐笑了。

“太好啦!”

那天夜里,盲人高登西奥,这个心灵纯净如同圣约瑟百合花一样的妓院手风琴手,以异常欢快的心情奏起了《我亲爱的玛利亚娜》那支玛祖卡舞曲。他一直拉到清晨。

“你不会拉别的曲子?”

“不会。”

推销员堂坎迪多·维利亚·桑切斯问盲人手风琴手:

“请您告诉我一件事,把那个家伙干掉了,您高兴吗?”

“高兴,当然高兴,再没有比这更让人高兴的事了!”

“那么,我们的上帝还要把他打发到地狱去,扔到油锅里炸,您也高兴吗?”

“高兴。”

附录

法医报告

地点和时间已经交代过了,等等。

死者姓名:法比安·明盖拉·阿布拉干

尸体外部检查

死者男性,成年,25 岁左右,身高 1.60 米,体重约 55 公斤。体质较弱。营养状况正常。额头和前头顶处皮脂溢较多,秃顶初期,发色深栗。额头部位头发稠密。

尸体呈俯状平卧,上肢弯曲,着棕色灯芯绒裤,半新,有撕口,特别是下部渗血和溅血污迹较多。外套为浅绿色,左侧衣袖及同侧肩部有破口和撕裂。翻领上有干血迹和几处溅血。右侧衣兜撕裂。灰色半新纯棉衬衣衣领脏污,并且缺一枚领扣。衬衣衣领上有大片大片的渗透血迹和干血迹,右侧的血迹已经浸透套在衬衣里面的蓝色羊毛衫。白色哔叽内裤脏污,且带有黏性大便和屎湿痕迹。同是哔叽布料的背心,在右肩及肩前部也有血迹。棕色皮靴和黑色棉袜都已破旧,没有血迹。

尸体具有下列外伤:颈部右侧有撕裂伤口,此处肌肉翻露。甲状腺软骨下方二厘米处和胸骨端部一厘米处吊着一片肉,上面仍然挂着皮下细胞组织和颈部皮肤纤维。撕裂伤口有一段延伸到锁骨前端弯部,约七厘米,另一段一直伸到舌骨前部肌肉,约五厘米长。伤口边缘不整齐,呈撕裂状,距离受伤部位中心有一厘米。另外,还清晰地发现规整的角形牙齿(不是人牙)伤痕;颈部右下方,即胸锁突后侧和斜方肌下缘前方,也有牙印。右侧锁突肌肉、胸甲状腺及同侧甲状腺处严重撕裂,血管神经束解剖关系已经完全脱离,颈部动脉严重撕裂。

此外，右侧外耳和右侧眼窝区也有牙伤，一道严重撕伤始于颧骨，终于右侧嘴角附近。鼻子也有擦伤和小块撕裂，此处撕裂同其他伤痕不同，并不属于同一病源性质，因为没有牙印，从形状及长度看，可能为跌倒和拖拉所致。尸体头部沾有大量现场枯叶。嘴部和鼻部有血迹。

左小臂同样有咬伤，尽管该处由于衣服作用而伤势较轻。左手内侧边缘和指根以及无名指和小指都被牙齿严重撕裂，小指伤势较重，第一骨节几乎断离。左腕部位也有撕裂，但因手表表带保护，撕裂程度较轻；表盘已经破碎。右手指根只有一处咬伤痕迹，但掌骨末端有多处擦伤。右手满是血迹，指甲间有几根笔直的毛发，长度约为五厘米，末端尖削，呈灰白色。肉眼观察，确认不是人发。

右小臂有黑色文身图案，绘制粗糙，一枚写着字母 R 和 T 的利箭穿过一颗心脏。

两条小腿均有严重牙伤，双腿都留有干血迹。

尸体已经完全僵硬；双侧角膜均有云翳，右侧髋骨凹陷处隐约辨认出一块青斑。从胡须长度看，死者最后一次刮脸约在六十几个小时之前。

尸体内部检查

使用玛塔①改进术对尸体进行解剖。

头颅：无论颅骨还是颈骨均未发现任何形式的骨折。脑膜正常，蛛网膜轻度水肿。脑正常，解剖发现局部缺血。脑表膜血管正常，威路斯②多边区发现几处小块粥样病灶。小脑、隆凸和脑髓体均正常。

---

① 玛塔(1811—1877)，西班牙法医之父。

② 威路斯(1621—1675)，英国医生。

胸腔:肺部轻度充血,表面及内部附有大量碳化物质。右侧肋膜有粘连,右侧外膜有重度纤维性变现象,这很可能是以前肺结核钙化痕迹。心脏后缩,乏力,右心房还存有沫状残血。心脏瓣膜和动脉血管均正常。

腹腔:胃中残留着尚未完全消化的食物(豆科食物、肉纤维和煮鸡蛋)。肝局部肿大,没有硬变征候,但是,含有大量酒精。胆囊紧缩。肾脏颜色暗淡。膀胱无尿。其他内脏正常,不必进行法医检查。

颈部解剖:颈部前区以 H 形刀口切开后,我们外部检查时所看到的伤情得到了证实。细心解剖发现甲状腺软骨骨突和右侧边角有骨折,气管有三根环骨受到压迫而断裂,造成泡状出血,侵入喉、咽、嘴。此血呈浅玫瑰色,并和支气管分泌物混杂在一起。喉管完全断裂,断裂边缘不规则,颈部被撕开一道一厘米半的口子,血肿已扩展一半,颈动脉附近的伤痕具有阿姆桑特①特征。

通过验尸,法医认为:

1.不是自然死亡,而是暴力致死,死前有过反抗和搏斗(右手指关节有擦伤,衣服多处撕裂)。

2.凶手看来不像是人,因为我们找不到一处人为致伤的痕迹(刀伤、挫伤、刺伤、擦伤、内伤、勒伤等)。只发现有咬伤,造成死亡的最大咬伤位于颈部右侧。

3.从伤口形状、大小、分布区域、严重程度和现场地理环境,以及受害者右手指甲中的毛发来看,该动物可能是狼。

4.咬伤分布广泛而严重,这说明死者不是受到一只动物而是至少两只动物的攻击。

---

① 阿姆桑特(1796—1856),法国医生。他对吊死和勒死尸体的颈动脉内壁特征有专门研究。

5.如果把搏斗情景真实地再现出来的话,我们可以用下面的文字作出综述:

a.受害者在山上行走,在遭受袭击前几秒钟发现一只狼向他的颈部直扑过来。受害者没有来得及抽出随身携带的武器——该武器扔在离尸体有一段距离的地方——而是下意识地抬起左臂,想用小臂保护面部和颈部,但这时,颈部已遭到第一次咬伤。然后,狼又咬了左侧几厘米手的部位,从而造成了上面描述的那些伤痕。当时,受害者已经摔倒,在地上同狼搏斗,企图用右手抓住它,同时用右拳猛击,以便抓住它的颈部或头部(手上有伤,同一只手的指甲处有毛发)。这时,另一只或几只狼看到受害者倒下,便一齐扑了上去(小腿有伤,裤子被撕裂),在潜意识的导引下,想咬住其比较活动的部位(双腿)。在搏斗中,衣服撕裂,纽扣丢失,等等。最后,另外一只狼,或者是开始攻击受害者的那只狼,咬了两次(乳突下方有两处牙印)颈部右侧部位,造成我们在上面描述过的肌肉撕裂。颧骨部位的伤迹是在颈部受伤之后牙咬留下的,狼在该处曾咬过两次(有两处牙印)。

b.受害者倒地以后发生了大出血,当时他仍然处在某种清醒状态。他放开狼,抚摸受伤部位(双手有浸血印迹),直到最后死亡。

6.非常奇怪的是,受害者身体虽然有多处被牙齿撕裂的伤痕,但是没有一块肉被野兽吞食,因而受狼猛烈攻击的可能性难以理解。唯一合乎逻辑的解释是,狼击倒受害者以后,被响声、喊声、枪声或其他目前难以想象的声音惊吓,丢下猎物逃走了。

经过尸体解剖研究,法医的结论是:

1.死亡是外部,即右侧颈动脉大出血造成的。

2.在上述死亡致因中,很可能还有其他因素,如颈动脉血管挤压(阿姆桑特特征),该处神经急遽收缩。

3.看来各处伤痕均为狼咬所致。

4.我们估计死亡时间为昨日七时左右。

5.由于没有人为因素,也没有发现人与人之间的搏斗痕迹,所以从法医角度分析,应是事故死亡。

法医马西亚尔·门德斯·桑托斯

(签字草体)

1983 年初夏写于西班牙

帕尔马·德·马略尔卡

作者介绍

卡米洛·何塞·塞拉（Camilo José Cela，1916—2002）

西班牙作家，1989 年诺贝尔文学奖获得者。主要著作有《蜂巢》《为亡灵弹奏玛祖卡》等。